KB185487

정 　 필

정 지 우

김 재 용

이 명 옥

강 동 훈

김 아 람

정 희 권

지 민 웅

김 주 화

선 　 영

서 　 산

구 경 희

김 영 란

안 은 경

정 　 연

그 일을
하고 있습니다

평범하고도 특별한 세상의 어떤 직업들
그리고 일하는 마음들

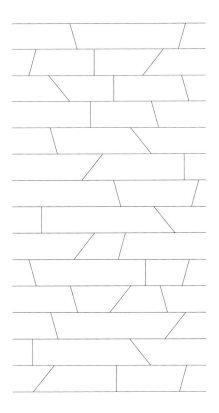

melite

일은 거의 모든 인생의 중심에 있다. 우리는 자신을 소개할 때, 먼저 내가 하는 일을 떠올린다. 아이들은 학교를 입학하기 전부터 아주 오랜 시간 공부를 한다. 그 공부란 단순히 사회에 잘 적응하기 위한 여러 상식과 교양을 배우는 면도 있지만, 그보다 더 중요하게는 우리가 가질 직업을 향한다. 우리는 직업을 갖기 위해 학교에서 지식과 기술을 배운다. 직업과 관련 있는 특정 학교나 학과에 진학한다. 내 인생의 직업을 갖기 위해 평생을 걸어 나간다.

물론, 삶에는 직업적인 일 외에도 해야 할 중요한 일들이 있다. 우정을 맺거나 사랑을 해야 한다. 삶을 윤택하게 해줄 취미 생활도 즐겨야 하고, 먼 땅을 여행해보는 일도 중요하다. 특히 요즘 사회는 '일'에 너무 빠져 살기보다는 다양한 것들을 '즐기라'는 권유를 우리에게 끊임없이 전해온다. 소비사회는 우리가 일보다는 소비와 즐김에 집중할 것을 요청하기도 한다.

그러나 그 모든 소비적인 즐김이나 여가 생활 속에서도, 우리는 때때로 우리의 일로 돌아가길 바란다. 너무 놀다가 일상으로 복귀해 일을 하게 되면, 묘한 안정감을 느끼기도 한다. 그 이유는 우리가 하는 일들이 우리 삶의 뿌리이자 기반이고 기둥이기 때문일 것이다. 동시에 우리는 나의 일에서 나의 존재 가치를 찾는다. 나의 일이 나의 쓸모를 증명하고, 내가 이 세상에서 살 만한 인간이라는 사실을 알려준다. 나아가 나의 일이 내게 주는 여러 성취감, 뿌듯함, 깨달음에서 내 삶의 가치를 느끼기도 한다. 군인 나폴레옹이든, CEO 스티브 잡스든, 소설가 한강이든, 그가 하는 일이 그의 삶을 의미 있게 하고 그의 존재를 증명한다는 데는 의심의 여지가 없다.

그렇기에 우리는 일에 대해 더 생각해야 한다. 어쩌면 놀고 즐기고 소비하는 것에 대해서는 이미 너무 많이 생각하고 있을지도 모른다. 그러나 단 한 번 사는 인생에서 무엇을 내 평생의 '직업'으로 삼아야 할지, 나는 어떤 '일'에서 진정으로 가치를 얻을 수 있을지는 그리 많이 생각하지 않는 것 같다. 직업이나 일은 그냥 돈벌이 도구로 전락했다. 우리 사회에서 돈만이 최고의 가치가 된 이래, 일이 주는 기쁨과 슬픔, 가치와 의미에 대한 깊은 성찰은 사라지고 있다.

이번 책을 위해 모인 열다섯 명의 직업인은 바로 자신의 생업이자 인생과 존재를 걸고 하는 '일'에 대한 저마다의 마음과 생각을 담았다. 사실, 요즘에는 워낙 SNS나 개인 미디어가 발달하다 보니, 궁금한 직업이 있으면 웹에서 찾아보는 일이 어렵진 않다. 챗GPT라든지 검색 포털에서 특정 직업에 대한 정보를 얻는 것도 쉽다. 그러나 한 직업인이 오랫동안 숙고하여 자기 내면의 이야기를 진지하게 풀어낸 '진짜 이야기'를 찾기는 더 어려워졌다. 같은 직업인의 이야기여도 적당히 그 순간 생각나는 이야기들을 풀어내거나 적당한 생각을 옮기는 것과, 자신의 직업을 진지하게 고민하고 성찰하여 기나긴 글로 진심을 담아내는 것은 차원이 다르다.

하나 확신할 수 있는 건, 이 책에 담긴 이야기들이 그런 가벼운 이야기나 정보, 심지어 조작하거나 가짜로 만들어낸 글 모음은 아니라는 점이다. 이 책은 아주 특별한 방식으로 만들어졌다. 수개월 간 각각의 직업인들이 자신의 글을 써내고, 서로에게 보여주면서 모든 이들의 코멘트를 들은 이후, 수정하고 다시 또 수정하면서 깊이와 정확함을 더해갔다는 점에서 그렇다. 그렇게 각각의 별과 같은 열다섯 개의 직업에 대한 낮과 밤, 새벽에 대한 이야기들이 만들어졌다. 이 책은 그런 별들이 이어내 만들어진 하나의 별자리다.

직업인의 '낮'에서는 그 직업의 현실적인 면들에 대해 적나라하게 다루었다. 햇빛 아래 모든 것이 낱낱이 밝혀지는 세상의 사물들처럼 우리는 직업인의 현실에 대해 이야기하고자 했다. 때로는 고충이, 때로는 부조리가 가득하기도 한 현실을 이처럼 솔직하게 풀어낸 이야기는 이 세상에 무척 드물 것이다. '밤'에서는 그렇게 낮을 통과한 이후, 직업의 가치와 보람에 대해 성찰하는 이야기를 다루었다. 모든 직업에는 그 나름의 의미가 있기 마련이다. 하루의 고단함이 끝난 이후 맞이하는 밤, 실제로 우리는 밤마다 모여 그 의미를 섬세하게 고찰하고 서로의 글을 들여다보았다. 마지막으로 '새벽'에서는 일터로 나가기 전 하루를 고요하게 준비하듯, 그 직업을 갖기 위한 방법과 과정에 대해 다루어보았다. 해당 직업에 관심 있거나 취업을 준비하는 이들에게 무엇보다 '쓸모 있는' 정보가 되길 바라는 마음을 담았다.

나는 이 책의 열다섯 가지 직업 중 '변호사'의 일을 다루었는데, 사실 작가로 산 세월이 더 길다. 작가로 살면서 여러 책을 집필하고 참여해왔지만 이번 책은 그 중에서도 진심을 담아 추천하고 싶다. 내 글을 자랑하고 싶어서가 아니라 오히려 함께한 공저자들의 이야기가 그 어디에서도 듣기 쉽지 않은 귀한 가치를 지니고 있기 때문이다. 직업 선택을 앞에 두고 고민하는 학생들이나 취업 준비생, 이직을 고민하는 사람, 혹은 내가 선택하지 않은 길의 낮과 밤을 온전히 들여다보고 싶은 사람 누구나 책에 적힌 한 편 한 편의 진심 어린 '일 이야기'를 들어보면 분명 값진 시간이 될 거라 확신한다.

우리는 각자의 자리에서 각자의 일을 하며 살아간다. 당신이 무슨 일을 하거나 하게 되든 그 일에서 당신만의 의미를 찾아내길 바란다. 아무 의미도 없이 어떤 일을 하며 평생을 보내기엔, 이 한 번뿐인 인생이 너무도 아깝다. 이 책이 당신에게 일에 대해 다시 생각해볼 수 있는 계기가 되길 바라본다.

마지막으로, 함께한 직업인이자 작가들에게 감사를 전한다. 여러 밤을 함께하며 나 또한 여러 일의 기쁨과 슬픔, 다양한 직업의 낮과 밤에 대해 깊이 알고 느끼며 성찰할 수 있었다. 더불어 그 첫 기획부터 마지막까지 늘 세심한 관심을 기울여주고, 이 값진 이야기들이 세상에 나올 수 있도록 도와준 멜라이트의 김태연 대표에게도 깊은 감사를 전하고 싶다.

열다섯 명의 작가들을 대표하여
정지우

정 필

보좌관으로 일했던 기억들을 다시 끄집어내서 글을 쓰는 날이 오리라고는 생각하지 못했다. 하지만 사람의 일은 아무도 모르는 것이고 세상일은 무엇도 장담할 수 없다는 말이 맞았다. 글을 쓰면서 예전의 나를 떠올리는 일은 마치 오래된 앨범을 꺼내보는 것과 같았다. 빛바랜 사진 속의 나는 촌스럽고 서툴렀지만 사람에 대한 애정이 있었고, 세상에 대한 낭만이 있었다. 지우고 싶은 순간과 고치고 싶은 순간들이 생각나기도 했지만 그 또한 나였으며, 글을 다 쓰고 나니 고스란히 앨범에 묵혀두고 싶은 순간들도 꽤 있었다. 이 글을 보고 나와 같은 보좌관이 더 많이 나와도 좋을 만큼 말이다. 이 글을 쓰는 작업은 과거의 내가 현재의 나를 구성하는 DNA임을 받아들이고, 미래를 위해 줄기세포를 추출하는 과정이었다. 이제 새로운 분화로 넘어가야겠다.

변호사

정 지 우

변호사로 일한다는 것은 세상의 여러 어두운 면면들을 헤치며 보람을 찾는 일이다. 타인의 인생에서 가장 중요한 일을 맡는 일이다 보니, 때로는 무거운 책임감을 느끼기도 한다. 때로는 내 인생보다 타인의 인생이 더 크게 느껴질 만큼 깊이 몰입해야 한다. 그런 일들을 하며 살아가다 보면, 내가 하는 일의 어려움이나 의미에 대해서도 깊이 고민해보게 된다. 이번에 변호사의 낮과 밤에 대해 쓰며 그런 점들에 대해 진지하고도 진실하게 생각해볼 수 있었다. 내가 세상의 모든 직업이나 변호사를 대변할 수는 없겠지만, 그럼에도 자신의 일에 대해 깊이 성찰한 기록은 세상 모든 '일'과도 이어지는 면이 있을 것이라 생각한다. 우리는 누구나 일에서 그 나름의 어려움을 통과하면서 성장하고 또 결국 의미와 보람을 찾아내야만 하기 때문이다. '일'을 뺀다면 인생에 대해 할 수 있는 말이 얼마 남지 않을 것이다. 나름대로 최선을 다해 쓴 이 진실의 기록이 누군가에게 가치 있게 다가가길 바라본다.

사회복지사

김 재 용

처음 만나는 사람이 나에게 직업을 물으면 '사회복지사'라고 대답한다. 사회복지사에 대한 관심이 적어서 그렇겠지만, 대부분 "좋은 일 하시네요"라고 말하고는 직업에 대한 대화가 끝난다. 내가 사회복지사로서 어떠한 사회 변화를 생각하고 행동하고 있는지 관심 갖는 사람은 거의 없다. 그래서인지 '사회복지사'의 삶에 대해 쓰는 것이 어색했다. 대학에서 사회복지를 전공할 때만 해도 사회복지사가 되겠다고 생각한 적이 없다. 첫 직장을 선택한 이유도 흔히 상상하던 사회복지사의 일과는 달랐기 때문이었다. 하지만 사회복지사로서 일하면서 지향점이 뚜렷해졌다. 특히 이 책을 통해 사회복지사의 힘든 현실과 그럼에도 포기할 수 없는 이상이 내 안에 있다는 것을 알 수 있었다. 이 앎을 확고하게 다짐하는 한편, 사회복지사인 나만의 뾰족한 정체성을 찾는 과정이었다. 이 글이 사회복지사가 할 수 있는 영역과 활동이 다양함을 전하며, 변화를 원하는 누구나에게 사회복지사로서의 삶을 부추기는 것이 되길 바란다.

보건교사

이 명 옥

나보다 더 유능하고 멋진 보건교사도 많지만 나와 함께한 아이들의 이야기, 내가 경험한 보건교사의 이야기는 나만이 쓸 수 있기에 용기를 냈습니다. 마치 카메라로 피사체를 또렷하게 응시하듯, 나의 일과 내가 만나는 아이들의 이야기를 깊이 들여다보았습니다. 자세히 보니 나의 잘못된 점도, 서툰 모습도 보였습니다. 글쓰기는 그런 나의 그림자마저 삶의 한 부분으로 받아들이게 해주었습니다.

함께 쓰는 과정에서 다른 작가들의 손길로 부족한 표현을 채우며 글을 완성할 수 있었습니다. 그렇게 함께 쓴 글이 세상에 나오니 그 글의 무게가 백팩처럼 내 어깨에 매달려 있는 듯합니다. 나보다 더 나은 글을 쓰고 싶었고, 내가 쓴 글보다 더 잘 살고 싶습니다. 여러 작가들과 함께 수정하고 다듬어 완성한 책처럼, 나의 삶도 내가 만나는 이들과 함께 끊임없이 다듬어지며 완성되어가기를 바랍니다.

강동훈

글을 처음 쓰기 시작하던 순간은 패배감이 나를 지배하고 있었다. 나는 다를 것이라며 호기롭게 서점을 시작했지만 현실은 냉혹했다. 책이 기대만큼 팔리지 않으면서 경제적으로 어려움이 있었고 심리적으로도 위축되었다. 하지만 글을 쓰고 다른 작가들과 합평을 하면서 이 일을 어떤 마음으로 시작했었는지, 지금 내가 놓치고 있는 것은 무엇인지 다시금 깨닫는 시간이 되었다. 글벗들의 관심과 응원 덕분에 어두운 터널 속으로 파고 들어가지 않을 수 있었고, 이 일을 다시 한 번 제대로 잘해보겠다는 마음을 가다듬을 수 있었다. 그 덕분에 '책만 팔아서 월세를 내는 서점'이라는 목표도 이 글을 쓰면서 처음으로 달성했다. 이 모든 것이 겨우 2년 차의 새내기 책방이지만 나의 일을 글로 써보겠다는 다짐과 실행 덕분이라 믿는다. 글에서 그치는 것이 아니라 한 권의 책으로 이 이야기를 다시 만나게 된다면 어떤 변화가 생길지 벌써부터 두근거린다.

말 수의사

김아람

언제인가 할머니가 되면 나만의 책을 간직하고 싶다는 막연한 꿈이 있었다. 그런데 막상 판을 열어주니 직업 속 내 삶을 드러내는 게 생각보다 몹시 두려웠다. 나만의 주관적 생각이 내 직업군 전체의 이미지로 평가받을 것 같아서 두려웠고, 글 속의 나 자신이 낯설고 가식처럼 보이기도 했다. 하지만 함께 작업했던 다양한 직업의 작가들 역시 같은 고민이 있다는 것을 나누고 나서야, '어쩌라고' 정신으로 글을 쓰기 시작했다. 세상은 여전히 직업에 대한 사회적 잣대가 획일적이다. 그런 줄 세우기를 다 내려놓고, 편안하게 이 책을 읽으며 각각 다른 직업으로 열다섯 번이나 살아보는 인생 게임을 해보았으면 좋겠다. 어떤 희망과 절망을 가지고 날마다 고군분투하는지에 대한 절절한 고민들을 읽다 보면, 어느새 내 자신이 어떤 것에 더 마음이 뜨끈해지는 사람인가를 슬쩍 느낄 수 있을 것 같다.

정희권

이틀 전, 독일 에센에서 열리는 세계 최대의 보드게임 전시회 슈필(Spiel)이 끝났습니다. 2003년 이후 거의 매년 이곳을 방문하고 있습니다. 사람들이 썰물처럼 빠져나간 불 꺼진 행사장에서 새삼스러운 감상에 사로잡혔습니다. 이곳에서는 우리가 상상할 수 있는 모든 것이 가능합니다. 다정한 고양이들이 할머니를 위해 생선 가게를 운영하거나, 화성이나 금성을 인간이 살 수 있는 곳으로 개척하기도 합니다. 외계인, 좀비, 뱀파이어, 모든 신화와 전설 속 존재들이 함께하는 이 허망한 꿈에 사람들은 기꺼이 시간과 노력을 바칩니다.

이것은 종이와 플라스틱, 나무로 이뤄진 상징들과 이야기들의 만신전입니다. 우리는 이 세계가 거짓이란 걸 알지만 아무도 거기에 대해 신경 쓰지 않습니다. 약속했기 때문입니다. 게임은 약속과 규칙으로 이뤄진 세계이고, 이야기는 그것을 하나의 일관된 것으로 묶어줍니다. 그래서 게임은 이야기와 떨어져 생각할 수 없습니다. 저는 30여 년 전에 이야기를 만드는 사람이 되고자 했지만 곧 그 길을 벗어나 게임을 만드는 일을 해왔습니다. 그러던 어느 날, 우연과 인연은 다시 글을 쓰게 만들었고 어느덧 세 번째 책의 공저자가 되었습니다. 오랫동안 게임을 만들어왔듯이 오래 글을 쓰는 사람이 되고 싶습니다.

비디오게임 개발자

지 민 웅

책상에 앉아 불을 밝히고 글을 쓰던 중이었다. 모든 것에 '왜?'라는 질문을 하며 살아왔던 내가, 왜 게임을 만들고 싶은 지에 대해서는 여태 제대로 알지 못했다는 것을 깨닫자 헛웃음이 나왔다. 본래 가장 원하는 것에 대해서는 그 진짜 이유를 알기 어려운 걸지도 모르겠다.

처음 게임 제작을 꿈꿨던 때와 지금의 게임업계는 많은 것이 달라졌다. 게임 제작 프로세스는 정형화되고 업계는 철저히 자본의 힘에 따라 움직이는 것처럼 보인다. 인력에 자본을 더하면 게임이 나오고, 작품이 사라지고 상품은 증식하는 현실을 다소 허탈하게 바라보던 중 이 프로젝트에 참여하게 되었다. 외로움을 참으며 글을 꾹꾹 적어 내려가다 보니 게임의 본질과 내가 게임을 만들고 싶었던 이유가 차츰 선명해졌다. 나는 결국 사람들을 행복하게 하고 싶었던 것이다. 그 덕분에 혼란스러운 세상에서 내가 나아가야 할 방향이 조금은 더 분명해졌다고 느낀다.

메디컬라이터

김주화

이 글을 쓰는 내내 제가 하고 싶었던 말은, 우리가 아는 직업의 세계가 전부는 아니라는 것입니다. 저 역시 기초과학을 전공하면서도 어디다 어떻게 배운 것을 써먹어야 할지 고심하는 시간이 길었습니다. 대한민국에서 기초과학이나 기초의학을 전공하면 국가에서 주는 연구비 외에는 연구에 전념하여 경제적 여유를 찾기란 힘들기 때문입니다. 그러나 이제는 달라졌습니다. 기초과학을 전공해도 산학연 협동으로 여러 가지 지원이 생기고 있고 활용할 수 있는 기회도 많아졌습니다. 제 직업인 메디컬라이터도 마찬가지입니다. 기초과학만을 안다고 할 수 있는 직업도 아니며, 의약학을 공부해야지만 할 수 있는 직군도 아닙니다. 스스로 길을 만들어가야 하는, 그러나 기초가 충분히 튼튼해야 하는 그런 직업입니다.

혹시 지금 화학이나 생물학을 전공하는 학생 중 미래에 대해 계획을 세우지 못했다면 제약 산업에 대해 알아보고, 하고 싶은 일을 찾아보라고 이야기해주고 싶었습니다. 그리고 그 학생들이 미래에 대한민국의 블록버스터급 신약을 개발하는 데 기여하여 인류가 건강할 수 있도록 그 능력을 충분히 발휘할 수 있기를 기도하는 마음으로 제 직업에 대한 글을 썼습니다.

선 영

최근 화두인 인공지능과 관련된 직업에 대해 쓴다는 것에 조금은 부담을 느꼈습니다. 하지만 그저 이 일을 하고 있는 나를 돌아보며 느낀 바를 솔직하게 써보자고 마음먹었습니다. 이 글을 쓰면서 내가 직업인으로서 걸어왔던 길, 걷고 있는 길, 걷고 싶은 길에 대해 생각할 수 있었습니다. 글을 쓰는 과정이 쉽지는 않았지만, 내 직업에 가치를 더하고 내실을 다져보자는 단단한 마음을 만들어갔던 시간이었습니다. 그뿐만 아니라 함께했던 작가들의 직업에 대해서 타인의 시선으로 멀리서 봤을 때는 미처 몰랐던 부분들에 대해서 알 수 있었던 뜻깊은 기회였습니다. 앞으로 살아가면서 어느 날 망망대해를 표류하고 있는 막막한 느낌이 들 때가 있다면, 다시 이 책을 썼던 순간을 기억하고 싶습니다. 이때 간직했던 마음은 '일하는 나'를 위한 이정표가 되어줄 것 같습니다. 나아가 많은 고민을 하며 써내려갔던 이 글이 인공지능 리서치 엔지니어라는 직업에 관심 있는 분들께 도움이 되었으면 좋겠습니다.

서 산

일과 삶을 구분하지 않는 삶을 추구합니다. 일하는 시간이 즐겁지 않으면 일하지 않는 시간도 즐겁지 않은 사람이기 때문입니다.

그렇다면 일을 즐기는 방법은 뭘까요? 일을 해내기 위해 충분히 고민하며 몰입하는 것이라 생각합니다.

몇 달 동안 작가님들과 함께 글을 쓰며 합평하는 시간이 참 즐거웠습니다. 일을 해내기 위해 치열하게 고민하고 노력하는 이야기를 읽는 것이 좋았습니다.

일을 즐기는 사람이 참 멋있다는 것을 다시 한 번 확인할 수 있는 시간이었습니다. 이 책이 일을 즐기고 싶은 누군가에게 닿길 바랍니다.

구 경 희

지금 하는 일을 30년 동안 계속할 줄은 상상도 못했다. '어쩌다 보니'라는 말로는 설명이 충분하지 않고, 아마도 나는 학생들과 함께하며 그들이 원하는 길로 나아가도록 옆에서 박수 치는 일을 무척 사랑했던 것 같다. 직업에 관한 글을 쓰는 프로젝트를 진행하면서 처음으로 진지하게 나의 일을 돌아보았다. 인생을 반추할 기회였고 스스로를 껴안는 시간이었다. 30년은 긴 시간이지만 해마다 입시를 준비해온 나는 1년마다 삶을 리셋해왔기 때문에 시간의 양이 실감 나지 않는다. 수학을 잘하거나 이야기를 좋아하거나 특별하게 머리를 잘 매만지는 것처럼 예술적인 재능을 타고난 아이들이 있다. 그런 아이들과 눈높이를 맞추기 위해 그림을 보고 음악을 들으면서 서서히 나 자신도 예술 세계에 매료되었다. 아름다운 시절이었다.

김 영 란

나의 이야기를 누군가에게 글로 전한다는 게 쉬운 일이 아니라는 걸 다시 한 번 느끼는 시간이었다. 깜박이는 커서를 보면서 한 자도 적지 못했던 날들도 있었다. 그것마저 오래된 나의 일과 대화하는 시간이었다. 일을 내 삶의 최우선 순위로 두고 일 중독자처럼 흠뻑 취해 있던 시간들이 주마등처럼 스쳐 지나갔다. 이 일을 만나게 된 건 우연이었지만 이 일을 사랑하게 된 건 돌아보니 어쩌면 운명이었던 것 같다. 나의 청춘의 희로애락을 함께했던 회사와 이 일을 만난 건 행운이었고, 이번 작업을 통해서 힘들었던 순간마저도 감사로 채울 수 있어서 좋았다. 글로 만나 함께한 작가들의 삶 속으로 여행을 같이 떠난 듯한 기분이었다. 항상 일이 우선이어도 그 시간을 묵묵히 곁에서 견뎌준, 그래서 서운했을지도 모르는 가족들에게 이 글을 통해서 나를 조금 더 보여줄 수 있을 것 같아 다행이다. 고마웠다고, 사랑한다고, 이 기회를 빌려 나의 마음을 전하고 싶다.

투자 상담가

안은경

내가 투자를 시작하지 않았다면, 지금 어떻게 살고 있을지 상상이 되지 않는다. 2021년, 투자 상담가로 일하던 은행을 그만두고 온 가족이 한국에 들어와 2년 정도 살았다. 그 귀한 시간에 한국에서 여러 도전을 해볼 수 있었고, 이번 책에도 참여할 수 있었다. 이 모든 게 투자 상담가로서 일하며 배운 것들을 나에게 적절히 적용해본 덕분이라 생각한다.

2024년 여름, 우리 가족은 다시 캐나다로 돌아왔고 나는 새로운 은행에 투자 전문가로 돌아갔다. 몇 년의 공백기가 있었던 만큼 상쾌한 기분으로 새롭게 일을 시작해보려 한다. 잠시 일에서 멀어져 있는 시간 동안 이 책을 쓰며 투자 상담가로서의 낮과 밤 그리고 새벽을 돌아볼 수 있어서 좋았다. 이 글로 인해 조금씩이나마 투자를 시작해보려는 독자가 생긴다면 좋을 것 같다.

정 연

일은 내게 애증의 대상이다. 어떤 순간은 존재의 의미를 일깨워주지만, 어떤 순간은 굵은 사슬의 속박도 선사한다. 취미나 봉사와 일이 구별되는 결정적 지점 가운데 하나는 역시나 금전적 보상이다. '일을 하고 돈을 받는다'는 명백한 전제는 일에 대한 동기부여로도 작동하고 구속의 요인으로 동작하기도 한다. 그러다 보니 자연스럽게, '사랑'이란 주제에 버금가는 세대를 뛰어넘는 대화의 토픽이 되었을지도 모른다.

그런 일이란 존재와 함께 좌충우돌하는 고민과 번뇌의 시간을 통과하며, 그 가운데 토핑처럼 뿌려지는 의미와 재미, 보람과 성장을 부여잡고 직업적 여정을 밟아왔다. 그 과정에서 함께 땀 흘려온 동료들이 생기고, 강호의 고수처럼 내공도 품게 되고, 어느 자리에서나 나의 일에 대해 단단하게 말할 수 있게 되었다. '해야 할 일'의 터널에서 벗어나, '하고 싶은 일'로 삶을 더 채울 수 있는 마음의 여유도 생겼다.

이 여정에서 만난 이 책의 다른 작가들이 삶의 도반처럼 느껴진다. 너무나도 다른 일을 해온 이들이 자기 일을 이야기하고 삶을 나누면서, 서로 다르지만 무언가 같은 데칼코마니와 같은 길을 걸어왔다는 사실을 발견하게 된다. 그 순간, 묘한 응원과 위로가 나를 감싸 안았다. 그 훈훈한 경험을 당신도 하길 바란다. 당신과, 당신 일의 낮과 밤을 마음 깊이 응원한다.

차례

세상을 움직일 수는 없지만

사람을 움직이는 일

국회의원 보좌관

정 필

○

보좌관의
휴대전화

전화벨 소리에 잠에서 깨어난다. 실눈을 뜨고 창밖을 보니 아직 어두컴컴하다. 손을 더듬어 휴대전화를 찾는다. 시간을 확인하니 새벽 5시 35분. 국회의원 보좌관의 하루는 휴대전화 벨소리로 시작된다고 해도 과언이 아니다. 국회의원, 보좌진, 정부 관계자, 기자들 중 어느 한쪽에서라도 전화는 매일 아침 걸려 온다. 의원은 오늘 챙겨야 할 주요 일정과 메시지를 확인하고, 동료나 선후배 보좌진들은 아침에 새로 올라온 기사에 대해 상의한다. 정부 관계자들은 상임위원회에서 할 질의 내용은 무엇인지, 기자들은 보도자료의 주요 내용은 무엇인지 사전에 파악하기 위해 전화한다.

　아침에 눈떠서 밤에 눈 감을 때까지, 출퇴근하며 운전하는 동안, 밥 먹는 동안, 심지어 화장실에서도 전화벨은 계속 울린다. 의원 총회는 언제로 잡혔는지, 민원은 어떻게 해결되었는지, 질의서 초안은 나왔는지, 의원님과 면담 일정은 언제 가능한지 등 전화 통화의 대상과 목적도 다양하다. 중요한 정치 이슈가 발생했을 때는 단 하나의 사안에 대해 수십, 수

백 명의 사람과 같은 이야기를 해야 할 때도 있다. 내가 보좌하는 의원의 선거 출마 여부가 중요한 이슈가 되었을 때 나는 아침부터 하루 종일 전화에 시달려야 했고, "아직 정해진 바 없다"는 똑같은 답변을 계속 되풀이해야 했다. 도대체 몇 통화나 했을지 궁금해서 밤늦게 세어보았더니 무려 250통에 달했던 기억이 있다.

보좌관의 휴대전화에는 나와 관계된 지인뿐 아니라 의원과 관련된 모든 사람의 연락처가 저장되어 있기도 하다. 의원의 가족, 친지, 친구는 물론 내가 보좌관이라는 직업을 갖지 않았다면 평생 연락할 일도, 연락처를 알 길도 없는 다른 국회의원이나 정치인, 정부 부처의 장·차관, 사회 유명인사, 국회 출입기자, 심지어 외국 대사나 외교관까지도. 딱 한 번 휴대전화를 잃어버린 적이 있었다. 그날 하루가 마치 태풍의 눈처럼 고요하게 느껴졌다. 나 대신 전화를 받고 업무를 처리하느라 다른 보좌진들이 애를 먹었고, 그것 때문에 마음은 좀 불편했지만 정말 오랜만에 자유와 평온을 느꼈다.

보좌관의
레이더

국회는 국정 전반에 대한 감사를 효율적으로 진행하기 위해 보건복지위원회, 환경노동위원회, 외교통일위원회 등 각 분야별로 구분된 17개의 상임위원회를 두고 있으며 모든 국회의원은 반드시 하나의 상임위에 속하도록 되어 있다. 보좌관은 상임위와 관련된 이슈에 대해서 항상 레이더를 높이 세우고 있어야 한다. 행정안전위원회 소속 의원을 보좌하고 있을 때의 일이다. 소방관들이 화재 진압용 장비를 제대로 지급받지 못해 장갑이나 손전등 등을 사비로 구입하고 있다는 내용의 글이 SNS에 올라왔다. 당장 이 내용이 사실인지 아닌지 파악해야 했다. 소방청 내 담당자를 찾아 물었지만 정확한 실태를 모르고 있었다.

　의원에게 보고한 후, 소방관들의 장비 지급 실태에 대해 대대적으로 조사해보기로 했다. 먼저, 소방청에 소방관 장비 지급 실태와 현황에 대한 자료를 요구한 다음 현직 소방관들을 직접 만났다. 소방관들은 전문 장비를 제대로 지급받지 못해 사비로 구입하는 것뿐 아니라 화재 진압 중 부상을 당하면 자비로 치료하고 있었다. 국민의 안전과 결부된 중요한 문제인 만큼 더 집중해서 다룰 필요가 있었다. 즉시 소방관들의 목소리를 직접 들을 수 있는 정책토론회를 개최했다. 전국의 소방관들이 여의도로 모여들었고, 500석 넘는 회의실이 비좁을 정도로 토론회에는 많은 사람들이 참여했다.

　토론회가 끝난 후 나는 의원에게 소방관들의 처우 개선뿐 아니라 조직 운영까지 국정감사 때 집중적으로 다루자고 했다. 의원은 나의 제안을 바로 수락했다. 국정감사는 정부의 국정 운영 전반을 감시하고 잘못된 부분을 적발하여 시정하도록 하는 것을 말한다. 국회의 가장 중요한 기능이며 통상 가을에 약 20일간 열린다. 소방청에서 온 자료들을 분석해보니 소방관들은 사비로 화재 진압용 장갑을 구매하고 있는데 정작 내부에서는 예산 낭비와 납품 비리가 벌어지고 있었다. 이러한 문제를 지적하고 대책 마련을 요구하는 질의서를 써서 의원에게 보고했다. 의원은 이 질의서를 들고 국정감사장에 들어가 소방청장을 상대로 잘못을 추궁하고 시정을 촉구했다.

의원의 질의가 끝나는 대로 신속하게 주요 내용을 보도 자료로 만들어 배포하고 홈페이지와 SNS에도 올렸다. 국정 감사 때 지적한 내용들이 국민들의 높은 관심을 받자 기자들의 문의가 끊이지 않았고 TV와 라디오 인터뷰 요청이 쇄도했다. 기자들 대응부터 인터뷰 일정 조율, 답변지 작성까지 모두 하루 안에 해야 할 일들이다. 다음 날이 되면 의원이 전날 했던 질의와 인터뷰에 대한 언론 보도를 모니터링하고 보고한다. 그리고 또다시 새로운 이슈를 찾아 레이더를 곤두세운다.

보좌관의
워라밸

국회에서의 일은 이렇게 동시에 그리고 여러 방향으로 진행된다. 행정안전위원회라면 소방관 장비 지급 문제 외에도 재해재난 발생시 지원 방안, 민생 치안 대책, 공공기관 낙하산 인사나 비리 문제 등 수많은 이슈를 다루어야 한다. 또 행정

안전부, 경찰청, 인사혁신처 등 30여 개에 달하는 소관 기관들의 운영 실태와 문제점도 살펴봐야 한다. 그래서 의원 보좌관 한 명이 공무원 약 300명을 상대하는 셈이 된다는 통계가 나온 적도 있다. 상임위 업무뿐만 아니라 소속 정당 내에서의 역할, 지역 민원, 의정 활동 홍보, 지지자 및 SNS 관리까지 챙겨야 한다. 태양을 중심으로 각기 다른 크기와 특성, 중력을 가진 행성들이 그 주변을 공전하는 것처럼 국회의원을 중심으로 각기 다른 중요도와 성격, 관계를 가진 일들이 항상 주변을 돌고 있다.

이 모든 것을 챙기기 위해 보좌관이 가장 많이 하는 일은 말하고 쓰는 것이다. 낮에는 전화 통화를 하거나 사람들을 만나 말하는 일들이 많고 밤에는 질의서, 보도자료, 연설문, 기획안 등 주로 쓰는 일에 집중한다. 두 가지를 동시에 해내려면 보좌관은 결국 자신의 시간을 오롯이 내놓아야 한다. 최대한 시간을 만들기 위해서는 결국 잠을 줄이고, 휴일을 포기한다. 국회에서 가장 바쁜 국정감사 시기에는 준비하는 두 달 동안 하루에 서너 시간밖에 자지 못하며, 선거가 있는 해에는 주말 없이 일하는 것이 보통이다.

몸이 아파도 쉬기 어렵다. 보좌관은 항상 의원의 일정에 맞춰서 일해야 하기 때문에 의원이 해외에 나가지 않는 이상 휴가를 내기 어렵다. 의원실 정원이 법률로 정해져 있는데다가 업무의 상당 부분이 철저한 보안을 요구하기 때문에 일반 기업들처럼 대체 인력을 구하는 것도 쉽지 않다. 국정감사 기간에 목 디스크가 심하게 온 적이 있었다. 매일 컴퓨터 앞에서 거북목을 하고 있다 보니 조금씩 통증이 있었는데 아무런 조치 없이 방치하다가 마침내 목을 가눌 수 없을 정도로 증상이 악화된 것이다. 가만히 앉아만 있어도 너무 아파서 눈물이 나왔다. 국회에서 가장 가까운 병원을 찾아갔더니 의사는 당장 휴식이 필요하다며 한 달 정도 쉬라고 했다. 하지만 그럴 수 없었다. 바로 다음 날 국정감사 일정이 잡혀 있었기에 질의서를 마무리해야 했다. 나는 결국 근육이완 주사를 맞고, 목에 간이 깁스를 한 채 국회로 돌아와 다시 질의서를 썼다.

보좌관에게는 '워라밸'이 없다. 대부분의 보좌관은 일과 삶의 균형을 찾기 어려운 상황 속에서 개인적인 삶을 포기하고 일을 택한다. 선거 때 새벽에 나와 한밤중에 들어가는 생활을 3개월간 했던 한 보좌관은 두 살 된 아기가 아빠인 자신을 몰라본다며 푸념을 늘어놓은 적이 있다. 또 국정감사 때 주말도 없이 국회에 나와 일을 했던 한 보좌관은 사귀던 사람이 휴일 없이 일하는 생활을 이해하지 못하고 간혹 의심까지 해서 더 이상 만나기가 어렵다며 헤어졌다. 개인적인 시간을 많이 갖지 못하기 때문인지 유독 보좌진 중에는 나이 많은 싱글 남녀들이 많다. 나도 보좌관이라는 직업을 그만두고 나서야 결혼을 했고 비로소 워라밸을 찾았다. 지금은 국회를 떠나 대학에서 정치학을 가르치고 있지만 보좌관으로 지냈던 시간들이 없었다면 지금의 '나'도 없지 않았을까 생각한다.

●

드라마 속
보좌관

2019년 JTBC에서 〈보좌관 ─ 세상을 움직이는 사람들〉이라는 드라마가 방영되었다. 이 드라마의 주인공은 '장태준'이라는 인물로 이정재 배우가 연기했다. 장태준은 경찰대를 수석으로 입학하고 졸업할 정도로 뛰어난 능력을 가졌지만 세상을 바꾸기 위해서는 권력이 필요하다는 것을 깨달은 후 경찰을 그만두고 국회 보좌관으로 들어간다. 장태준은 기필코 국회의원 배지를 달겠다는 강한 야망을 품고 있으며 탁월한 전략뿐 아니라 정보력, 판단력, 협상력까지 두루 갖춘 인물로 나온다.

　당시 이 드라마를 본 전현직 보좌관들의 공통된 반응은 '너무 비현실적'이라는 것이었다. 첫 번째 이유는 누구나 예상할 수 있듯이 보좌관 중에는 이정재처럼 슈트가 잘 어울리는 멋있는 사람은 없다는 점이었다. 성별을 막론하고 국회 보좌관들 대부분은 반복되는 밤샘 근무와 스트레스로 얼굴들이 누렇게 떠 있고 운동할 시간이 없어 경력이 높을수록 살이 찌거나 배가 많이 나온 사람들이 많다. 또 오랜 시간 책상 앞에 앉아 있기 때문에 편안한 옷차림을 선호하며 사무실 내에서는 주로 슬리퍼를 끌고 다닌다.

　두 번째, 현실의 보좌관은 세상을 움직이는 사람들이 아니다. 오히려 보좌관은 세상을 움직이지 못해 매일 좌절하는 사람들에 가깝다. 보좌관들은 세상을 단 1센티미터라도 움직여보기 위해 수십 장의 질의서를 작성하고 수백 명의 기자들을 상대하며 온라인상에서 수천 명의 국민들을 모니터링한다. 법안을 만들 때는 가장 적합한 단어 하나를 찾기 위해 며칠씩 고민하고, 예산을 검토할 때는 원 단위부터 조 단위까지 펼쳐진 수많은 숫자들의 나열을 눈이 빠지도록 보기도 한다. 그렇게 노력해도 세상을 움직이는 일은 너무나 어렵다. 그래서 매일 좌절한다.

때로는 더 드라마 같은
세상 속 보좌관

좌절감을 느낄 때마다 나는 보좌관이라는 직업이 마치 '시시포스의 형벌'을 받고 있는 것 같은 느낌이 들었다. 시시포스는 그리스 신화에 나오는 인물 중 하나로 신들의 왕인 제우스를 기만하다가 무거운 바위를 산꼭대기까지 밀어 올려야 하는 형벌을 받게 된다. 시시포스는 온 힘을 다해 바위를 산꼭대기까지 밀어 올리지만 바위는 다시 아래로 굴러 떨어진다. 아무리 힘겹게 일을 해내도 다시 원점으로 돌아가는 형벌에 처한 시시포스처럼 보좌관들은 아무리 노력해도 세상이 조금도 바뀌지 않고 그대로인 것 같을 때 엄청난 무력감에 빠진다.

하지만 좌절감과 무력감이 반복되는 가운데에도 이 일을 계속했던 이유는, 보좌관에게는 이 사회를 조금이나마 나아지게 만들 기회가 주어지기 때문이었다. 때로는 국민의 목숨을 구할 수도 있다. 10여 년 전 남미의 작은 나라에서 억울하게 살인 누명을 쓰고 악명 높은 감옥에 수감되어 있던 A씨의 사연이 SNS에 올라왔다. A씨의 가족이 도움을 구하며 올린 글이었다. 나는 SNS에서 그의 억울한 사연을 보자마자 외교부에 연락해서 사건 경위를 파악했고, 현 상황과 문제점을 의원에게 보고했다. 그 당시 내가 보좌하고 있던 의원은 외교통일위원회 소속이었다. 보고를 받은 의원은 외교부에 전문가 태스크포스팀을 구성해 당장 현지로 보낼 것을 요구했다.

처음에 외교부는 전례가 없다는 이유로 태스크포스팀 구성과 현지 파견을 주저했다. 하지만 법원에서 공식 판결을 받기 전에 반드시 누명을 벗겨서 무죄 선고를 받아야 하는 긴박한 상황이었다. 나는 외교부의 신속한 대책을 촉구하는 질의서를 작성했고 딱 한 문장에 굵고 진한 표시를 더했다. "전례가 없으면 전례를 만들면 된다." 내가 쓴 질의서가 의원의 입을 통해 강하게 전달되었다. 결국 정부는 외교부, 경찰청, 국립과학수사연구소 등 관련 기관 전문가 다섯 명을 모아 태스크포스팀을 구성하고 현지에 파견했다. 그리고 마침내 A씨는 무죄 선고를 받고 풀려나 1년 반 만에 고국으로 돌아왔다.

A씨가 귀국한 지 3일째 되던 날, 드디어 나는 그의 얼굴

을 직접 보게 되었다. SNS를 통해 A씨의 귀국을 환영하는 번개모임이 추진되어 그동안 온라인 공간에서 A씨를 응원해왔던 사람들 20여 명이 모인 자리였다. 나는 의원을 직접 수행해서 모임에 참석했다. 이 문제를 처음 의원에게 보고하고 담당해온 사람이기도 했지만 일을 떠나 개인적으로 A씨의 얼굴을 꼭 한 번 직접 보고 싶었다. 1년 반 동안 내 머릿속에서 그 사람을 떠올리지 않은 날은 하루도 없었다.

억울하게 살인 누명을 쓰고 1년 넘게 버틴 사람치고는 너무나 밝은 A씨의 얼굴을 보니 여러 감정이 교차했다. 먼저 그가 무사히 돌아온 것에 대한 안도감과 반가움이 올라왔고 이어서 그가 돌아오지 못했다면 이 사안을 다룬 의원에게 얼마나 많은 비난과 책임이 쏟아졌을지 생각하니 아찔해졌다. 그리고 내가 SNS에 올라온 A씨의 사연을 무심히 지나쳤다면 지금 어떻게 되었을까 생각해보았다. 내가 보좌관이 아니었다면 그저 딱한 사연이라 여기고 넘어갔을 것이다. 그리고 나에게는 국회의원을 움직일 자격도, 외교부 직원들의 대처를 촉구할 권리도, 국민의 목숨을 구할 기회도 없었을 것이다. 이 사건 이후로 나는 한 가지를 깨달았다. 보좌관은 세상을 움직일 수는 없지만 사람을 움직일 수는 있다.

스크린 뒤의
보좌관

A씨와 그의 아버지, 그리고 모임에 참석한 모두가 의원에게 진심으로 감사해했다. 의원의 노력이 아니었으면 지금 이 자리는 없었을 것이라고. 나는 그것으로 충분했다. 그것이 보좌관으로서 나의 역할이기 때문이다. 보좌관이라는 직업을 밝히면 많은 사람들이 '그림자 같은 존재'를 떠올리며 그런 직업의 특성에 많은 고뇌가 있을 것으로 예상한다. 하지만 생각보다 보좌관은 그림자로 있는 것에 대해 크게 불만을 갖지 않는다. 무대 뒤에서 일하기를 스스로 선택한 사람들이기 때문이다. 물론 화려한 조명을 받으며 방송이나 무대에 서고 싶어 하는 사람들도 있다. 이런 사람들에게 보좌관이라는 자리는 정계에 입문하기 위한 중요한 디딤돌이 되기도 한다. 하지만 여전히 많은 보좌관들은 스크린 뒤에서 일하기를 자처한다.

보좌관의 말과 글이 국회의원의 말과 글이 되었을 때, 그리고 국회의원의 말과 글이 우리 국민을 살리고 우리 사회를 조금 더 나아지게 만들었을 때 보좌관은 희열과 보람을 느낀다. 보좌관의 말과 글이 그러한 역할을 하기 위해 보좌관은 먼저 잘 들어야 한다. 해외에서 예상치 못한 곤경에 처했지만 아는 공무원 하나 없어 대처하지 못한 청년, 군대에 보낸 아들이 사망했지만 진상이 규명되지 않아 어디에도 호소할 곳이 없는 어머니, 20년 넘게 다닌 직장에서 부당하게 해고당했지만 법적 구제를 받기 어려운 노동자, 대기업의 재개발 사업으로 제대로 된 보상도 받지 못한 채 길바닥에 나앉게 된 자영업자, 복지 사각지대에 놓여 있지만 어떠한 도움도 받지 못하는 노인들의 이야기를 들어야 한다.

힘없고 돈 없는 사람들의 이야기를 듣고 그들의 억울함을 조금이라도 풀어줬을 때, 우리 사회의 부정의와 불평등을 조금이라도 완화했을 때, 그리고 한 사람의 목숨이라도 구할 수 있을 때 나는 보좌관이라는 직업을 유지할 수 있는 힘을 얻었다. 비록 국민들은 국회의원의 이름만 기억할지라도 말이다. 보좌관은 국회의원을 위해 일하지만 보좌관이 느끼는 자부심과 만족감은 국민으로부터 나온다. 이런 점에서 보좌관은 국회의원을 위해 일하는 직업인 동시에 국민을 위해 일하는 직업이기도 하다.

제작자의 기획, 감독의 연출, 작가의 시나리오, 스태프들의 노동 속에서 영화배우가 빛나는 연기를 스크린에 선보이고 마침내 관중의 환호를 받을 수 있는 것처럼 보좌관은 국회의원이 국민 앞에서 가장 자랑스러운 순간을 만들기 위해 어떤 일도 마다하지 않는다. 그래서 국회의 불빛은 꺼지지 않는다. 운전하면서 올림픽대로를 통해 여의도를 지나다니는 사람들이라면 한 번쯤은 봤을 것이다. 이른 새벽이나 자정이 넘은 한밤중에도 국회의 불빛이 반짝이고 있는 것을. 그 불빛 아래에 보좌관이 있다.

국회의원 보좌진은
어떻게 구성되는가

우리나라는 국회의원 한 명당 아홉 명의 보좌직원을 둘 수 있으며 이들을 통틀어 보좌진이라 칭한다. 보좌진은 4급 보좌관 2인, 5급 선임비서관 2인, 6, 7, 8, 9급 비서관 각 1인, 그리고 인턴 1인으로 구성되며 직급별 업무 분담은 다음과 같다.

일반적으로 4급 보좌관 두 명인 중 한 명이 수석보좌관으로서 업무를 총괄하며 정치적인 판단과 전략적 결정을 내리고, 다른 한 명이 지역구의 현안이나 민원, 조직 들을 전반적으로 책임지는 경우가 많다. 5급 선임비서관은 주로 법안 준비, 상임위 활동, 국정감사, 정책, 언론 등을 담당하며 6급 비서관이 보좌관 및 선임비서관의 일을 지원한다. 7급은 국회의원의 외부 일정을 담당하며 운전을 겸할 수 있는 수행비서, 9급은 일정, 회계, 후원회, 의원실 운영 등을 담당하는 행정비서로 구성된다. 8급은 신설된 지 얼마 되지 않아 의원실마다 유연하게 운영하고 있으며 SNS, 유튜브 등의 홍보 업무를 위한 인력으로 채용하는 경우도 있다. 마지막으로 뉴스 모니터링, 자료 조사, 의정 활동 및 홍보 활동 지원 등의 업무를 맡는 인턴은 대체로 20대 청년들이 채용된다.

　　이는 대략적인 업무 분담일 뿐이며 보좌진 구성 및 채용은 의원의 정치 경력과 보직, 그리고 보좌진들의 경력, 나이 등 각 의원실의 특성에 따라 매우 다르게 운영된다. 예를 들어 의원과 신뢰를 쌓아온 시간이 길고 경력이 오래된 경우 수행비서나 행정비서가 5급으로 있는 경우도 있고, 지역을 담당하는 보좌진이 5급이나 6급으로 있는 경우도 있다.

국회의원 보좌진이 되기 위해서는
어떤 자격과 과정이 필요한가

일반적으로 국회의원 보좌진이 되기 위해서 법학이나 정치외교학 전공이 필요할 것으로 생각되지만 사실 특정한 전공을 요구하지는 않는다. 국회의원들의 전공이 모두 법학이나 정치외교학이 아닌 것과 마찬가지다. 다만, 법학이나 정치외교학을 전공한 사람들이 정치제도나 입법 과정과 관련된 사전 지식을 갖고 있기 때문에 업무를 수행할 때 조금 더 편한 부분은 있을 것이다. 최근에는 법학전문대학원 졸업자나 변호사, 기자 출신의 경력자들이 들어오는 경우도 많다.

　　보좌진은 공무원 시험을 통해 채용되는 일반 공무원과 달리 '별정직 공무원'으로 분류되며 말 그대로 특정한 업무를 담당하기 위해 별도로 규정한 공무원이라 할 수 있다. 따라서 일반 공무원처럼 정해진 시험을 치르는 것이 아니라 의원실마다 개별적으로 채용이 이루어진다. 그리고 국회의원이 의원직을 상실하면 보좌관들도 자동 면직된다. 이 경우 경력이나 평판이 좋은 보좌관들은 다른 의원실에 다시 채용되는 일이 많고, 간혹 기업의 대외협력 분야로 스카우트되기도 한다.

최근 국회의원 보좌진 채용은 국회 홈페이지에 마련된 '의원실 채용' 코너에 공고를 올려 공채로 진행하는 추세이다. 해당 페이지에 들어가면 의원실 별로 채용하고자 하는 직급과 업무 등에 대한 공고가 게재되어 있고 대체로 1차 서류전형, 2차 수석보좌관 면접, 3차 최종 의원 면접 등을 거쳐 채용된다. 서류 전형은 대체로 이력서와 자기소개서 검토로 이루어지지만 의원실에 따라 특정한 시사 이슈를 제시하고 그에 대한 에세이나 논술을 요구하는 경우도 있다.

하지만 국회의원 보좌진은 의원과의 관계나 신뢰, 철저한 보안의식이 중요하고 일반 기업과 달리 오리엔테이션이나 훈련 기간이 거의 없어서 오랜 기간 함께 일한 경험이 있는 사람을 채용하거나 믿을 수 있는 지인의 추천을 받아 채용하는 경우가 많다. 이러한 특성 때문에 대학생 때 인턴으로 들어와서 경험과 신뢰를 쌓으며 비서관, 보좌관까지 승진하는 경우들도 있다.

어떤 사람에게
이 직업을 권하는가

일반적으로 사회적 성공을 규정하는 조건 두 가지는 부와 명예이다. 이 중 경제적인 부보다 명예를 더 중요하게 생각하는 사람에게 이 일을 권하고 싶다. 예를 들어 대기업 수준의 연봉과 복리후생을 기대하는 사람에게 보좌관이라는 직업의 근무 환경 및 조건은 실망스러울 수 있다. 4급 보좌관이 되어도 대기업 과장 수준의 연봉에 미치지 못할 뿐만 아니라 각종 추가 수당 같은 것들도 기대하기 어렵다. 또 재택근무나 탄력근무 같은 유연한 근무 일정 조정은 거의 불가능하다. 의원의 일정과 업무에 자신의 시간을 모두 맞추어야 하고, 야근과 주말 근무도 수시로 발생하기 때문에 개인적인 시간과 워라밸을 중시하는 사람은 이 일을 한 달도 버티기 어려울 것이다.

거창한 사명감이나 정의감까지는 아니더라도 우리 사회를 조금 더 나아지게 하는 것에서 자신의 존재 가치를 찾거나 자부심을 느끼는 사람들이 이 직업에 만족할 수 있을 것이다. 또한 국민의 세금을 받으며 국민을 위해 일해야 하는 직업이므로 강한 책임감을 가진 사람에게 적합하다.

이 일을 잘하려면
어떤 능력과 노력이 필요한가

보좌관이 되기 위해 가장 중요한 것은 전공이나 자격증보다 우리 사회를 바라보는 문제의식과 논리적으로 말하고 글 쓰는 능력이다. 수행비서나 행정비서를 제외하고 보좌진들의 주요 업무는 국정 운영을 감시하고, 법안 및 정책을 마련하는 것이기 때문에 사회 현상에 대해 비판적으로 바라보고 대안을 모색하는 관점이 요구된다. 따라서 스스로 우리 사회에 대해 어떤 문제의식을 갖고 있는지 먼저 생각해보고 자신과 잘 맞는 의원을 찾아볼 필요가 있다. 의원과 정치 성향이 완전히 일치할 수는 없지만 어느 정도 유사해야 자부심과 만족감을 갖고 업무를 장기적으로 수행하는 것이 가능하기 때문이다.

경력과 전문성을 요하는 정식 보좌진보다 인턴으로 지원 가능한 청년들의 경우 무엇보다 선거 자원봉사를 꼭 한 번 경험해보길 권한다. 국회나 정당에서는 선거 자원봉사 경험을 매우 중요하게 생각할 뿐 아니라 선거를 한번 뛰어보면 국회나 정치 분야에 자신이 적합한지, 어떤 정당이나 의원과 잘 맞을지 감을 가질 수 있기 때문이다. 선거 자원봉사 활동은 사무실 운영 보조, 자료 조사, SNS 홍보, 선거 유세 참여 등 다양하며 이 중 어떤 일을 할지는 선거 캠프와 직접 협의하는 경우가 많다. 학교 학생회 활동이나 공공기관 및 언론사의 대학생 기자단 같은 활동도 많은 도움이 될 것이다.

정치에 입문하기 위한
루트와 방법

정치에 입문하는 루트는 일반 기업처럼 정해진 절차나 과정이 있는 것이 아니라서 정형화하기 어렵다. 하지만 크게 외부에서 영입되는 경우 또는 내부에서 올라가는 경우로 나누어 말할 수 있다.

첫째는 주로 선거를 앞두고 각 정당에서 사회적으로 유명한 인사나 특정 분야 전문가들을 영입하는 형식이다. 예를 들면 정치 경력은 전혀 없으나 방송에서 유명해진 변호사나 의사, 프로파일러 등이 정당에 영입되어 국회의원 배지를 달게 되는 케이스이다. 청년들이 이 루트로 정치에 입문하기는 쉽지 않다. 청년 주거 정책 주장, 디지털 성범죄 추적 등과 같은 공익 기여 활동으로 이미 사회적 이슈가 되었거나 언론의 주목을 받은 이력들이 필요하기 때문이다.

두 번째는 오랜 기간 정당이나 국회에서 일해온 사람들이 실무진이나 보좌진에서 정치인으로 도약하는 경우이다. 예를 들면, 대학생 때 선거 자원봉사로 시작해 국회 인턴으로 들어간 사람이 비서관, 보좌관으로 승진한 후 지역 시의원이나 국회의원 선거에 출마하여 당선되는 경우가 있다. 최근에는 각 정당마다 청년 영입을 중요시하고 있기 때문에 정당 내 대학생위원회 활동에서 두각을 나타낸다면 다양한 기회를 얻을 수 있을 것이다.

예전에는 내부에서 올라가는 일이 매우 어렵고 드물었

지만 최근에는 이러한 사례들이 많아지며 하나의 정치 입문 루트가 되어가고 있다. 따라서 정치에 입문하려는 사람들에 게 국회 보좌진이라는 자리는 중요한 디딤돌이 될 수도 있다. 그러기 위해서는 보좌관으로 활동하면서 단순히 국회의원 업무를 보좌하는 것이 아니라 그 자리를 통해 자신의 네트워크와 활동 영역, 그리고 정당 활동을 확대해가는 것이 중요하고 짧게는 10년, 때로는 그보다 더 오랜 시간을 감내할 필요가 있다.

사회적인 생명을
찾아내고 지키는 일

변호사

정지우

○

미움받는
직업

법정을 걸어 나오는데, 일군의 사람들이 우리를 피하는 게 느껴졌다. 나는 당시 상사였던 파트너 변호사와 함께 변론을 마치고, 엘리베이터로 향하던 길이었다. 엘리베이터 앞에 있던 몇몇의 사람이 다가오는 우리를 보고 자리를 뜨며 큰 소리로 말했다. "그냥 계단으로 가자. 저 인간들이랑은 같이 타기도 싫다."

당시에만 해도 변론을 그리 많이 해보지 않았던 나는, 어쩐지 심장이 조금 쿵쾅대는 걸 느끼며 파트너 변호사의 옆에 가만히 서 있었다. 대화를 나누지 않고 자동차까지 함께 걸어가던 그가 넌지시 말했다. "피해자들이 우리를 싫어하네."

그 사건은 내가 로펌에 다닐 때 맡았던 것으로, 피해자가 여럿인 사건의 피고인을 변호하는 일이었다. 피고인에게도 나름의 사정이 있긴 했으나 무고한 피해자들이 많은 금전적 피해를 입은 사건이었다. 피해자들에게는 변호인이라는 존재 자체가 무척 미울 거라고 충분히 이해할 수 있었다. 만약 나의 가족이 그런 피해를 입었다면, 나 또한 피고인뿐만 아니라 그의 곁에서 그를 지키려고 하는 변호인이 죽도록 미웠을 것이다.

사실 변호사로 일하면서 누군가로부터 미움받는 게 그때가 처음은 아니었다. 오히려 변호사란, 대부분의 일에서 미움받는 존재라고 봐도 크게 틀린 말이 아닐 것이다. 왜냐하면 변호사란 그야말로 나의 의뢰인을 대신해서 그 '누군가'와 싸우는 존재이기 때문이다. 내가 상대하는 측의 당사자는 어쨌든 자기 말을 부정하고, 자신을 공격하는 상대편 변호사를 좋아할 리 없다.

미움받을 일은 거기에서 그치지 않는다. 법적 사건의 특성상 승소나 무죄가 100퍼센트 보장되는 경우란 존재하지 않는다. 민사소송에서의 승소율이라고 한다면, 어디까지나 반반이라고 보는 게 합리적이다. 형사소송에서는 일단 검사가 기소를 하면 유죄율이 90퍼센트가 넘는다. 그러니 변호사로서는 최선을 다해 애쓰더라도, 패소하거나 유죄를 막지 못해 의뢰인으로부터 미움받을 가능성도 적지 않다. 이 직업은 미움받는 일에 익숙해지게 한다.

환대가
익숙할 수 없는 직업

작가로서 10년 이상을 살아온 내가 변호사가 되어 이렇듯 '당연한 미움'에 노출되는 건 다소 어색한 데가 있었다. 물론, 글

쓰는 일 또한 각종 악평이나 악플, 반대 의견이라는 미움에 노출되는 건 사실이다. 그럼에도 대체로 작가가 자신의 일을 한다는 건 환영받는 일에 가깝다. 책을 내어놓든, 강연이나 북토크를 가든, 작가의 일이란 싸우러 가기보다는 환영받으러 가는 일에 가깝다. 그러나 변호사가 어딘가에 환대받으러 가는 경우란 흔치 않다.

대개 변호사를 찾아오는 사람들이 활짝 웃는 경우는 별로 없다. 대부분은 삶에서 절망적인 사건을 경험하고 있는 와중에 전혀 웃을 수 없는 마음으로 최후의 보루처럼 변호사를 찾아온다. 경찰이 피의자 곁에 따라온 변호사를 환영할 가능성도 별로 없다. 판사에게도 변호사는 그냥 매일같이 찾아오는 민원인에 가깝지 딱히 환영할 만한 사람은 아닐 것이다.

그래서인지 몰라도 나는 변호사들끼리 만나면 다른 경우보다 유난히 서로를 반가워하는 것처럼 느낄 때가 있다. 활짝 웃으면서 인사하고, 서로의 손을 잡고, 한참 각자의 이야기를 이어간다. 늘 의뢰인 등의 이야기를 듣는 입장이다 보니 서로의 이야기를 들어주는 데도 익숙하다. 모르면 몰라도 늘 다소 무표정하게 경찰서니 법원이니 구치소니 돌아다니던 변호사들이 그나마 서로의 마음을 가장 잘 알아주는 건 다른 변호사라고 본능적으로 느끼는 게 아닐까 싶다.

변호사는 어딜 가든 환대받기보다는 주로 경계해야 하는 입장에 있다. 경찰의 태도 하나에서 위법적이거나 문제적인 부분을 찾아내야 한다. 법원에서 상대편 변호사를 만나거나 검사를 만날 때도 그의 공격 한마디에 어떻게 방어해야 할지를 고민해야 한다. 의뢰인을 만나도, 갑자기 의뢰인이 울음을 터뜨리거나 분노를 가누지 못할지도 모르니 주의해서 살펴야 한다. 말하자면 변호사란 환대와는 정반대편에서, 어디에서 날아올지 모르는 공격에 늘 방패를 들고 있어야 하는 입장인 것이다.

그래서일까. 변호사가 되고 나서 나는 평생 처음으로 운동을 시작했다. 정말 누가 때리기야 하겠냐만, 아무래도 단단한 신체에 단단한 정신이 깃들 수 있지 않을까 싶기도 했다. 아무렴, 거북목에 바람 불면 날아갈 것 같은 왜소한 변호사보다는 조금이라도 튼튼하고 믿음직해 보이는 변호사가 제 역할을 해낼 것 같은 느낌이 있다. 작가가 여린 마음으로 누군가의 환대에 녹아내리기 좋은 아이스크림 같은 직업이라면, 변호사는 아무래도 내 뒤에 불안한 눈빛으로 서 있는 의뢰인을 두고 녹아버려선 곤란한 직업이다.

검은 태양 아래
서 있는 나날들

변호사의 '낮'이란, 아마도 검은 태양 아래 있는 시간이라 생각한다. 물론, 우울증을 '검은 태양'으로 묘사한 줄리아 크리스테바의 책 제목처럼 내가 우울증을 앓으며 절망적인 낮을 보내고 있다는 뜻은 아니다. 그러나 변호사를 찾아오는 사람들은 대개 절망해 있거나 분노하고 있고 매우 초조하거나 불안을 느끼고 있다. 지금까지 여러 의뢰인들을 만났지만, 희망과 행복에 겨워 변호사를 찾아온 사람을 본 적은 없다. 대부분은 미간을 찌푸리고 무언가 문제가 쌓이다 폭발할 지경이 되어야 구원의 밧줄을 잡듯 변호사를 찾아온다.

그런 상황에서 변호사가 호탕하게 웃거나 걱정하지 말라며 농담을 구사하긴 어렵다. 오히려 화창한 푸른 하늘이 있는 날에도 다소 검은 태양이 떠 있는 것처럼 눈앞에 있는 이 사람의 절망을 잘 들여다봐야 한다. 그 절망에 빠지지도 않고 외면하지도 않으면서, 그 절망을 응시한 채 올곧게 서 있어야 한다. 태양을 너무 오래 보면 눈이 멀어버릴 것이고, 연못에 뜬 달에 빠지면 목숨을 잃을 것이다. 그러나 검은 태양이라면 올곧게 서서 해가 질 때까지 그것을 응시할 수 있다.

변호사의 일에는 벗겨낼 수 없는 책임감이라는 게 있다. 타인의 인생이 좌지우지되는 순간에 내가 서 있음을 거의 항상 자각하고 있다. 그러면 나는 그 검은 태양이 지고 다음 날 다시 온전한 태양이 뜰 것을 상상하고 기다리며 희망해야 한다. 변호사에게 온 일들은 바로 그 변호사가 희망을 찾지 못하면 더 이상 희망이 없는 일들이다. 언제나 승소할 수는 없겠지만 적어도 최악의 상황은 막을 수 있도록 없는 곳에서 희망의 조각이라도 찾아내야 한다.

언젠가 변호사의 일이란 막연히 '정의로운' 어떤 것이라 기대했던 적이 있었다. 그러나 막상 알게 된 변호사의 일에서 '정의'를 찾는 일은 그리 쉽지 않다. 오히려 이 일은 생존 또는 어떤 목숨과 더 직접적으로 관련되어 있다. 변호사는 인생에서의, 사회에서의 생명이랄 것을 찾아내고 지키는 일을 한다. 그 일에는 사실 선과 악이 없다. 우리는 때로 악인을 살려내기도 하고, 선인을 살려내기도 한다. 그런데 누군가는 그 일을 해야 할 뿐이다.

●

어느 비 오는 날의
귀갓길

한번은 청각장애인 의뢰인의 변호를 맡은 적이 있었다. 일종의 사기 사건에 휘말린 경우였는데, 검찰의 소환 조사에 동석해달라는 요청을 받고 지방의 검찰청으로 갔다. 조사는 대낮부터 저녁까지 이어졌다. 조사할 내용 자체가 매우 복잡한 사건은 아니었는데, 아무래도 소통의 어려움이 있다 보니 단순한 질문에 답을 하는 과정만 해도 한참이 걸렸다. 수어 통역사까지 함께 대동하여, 나도 중간에서 이야기를 정리해 전달하면서 진술의 한 문장 한 문장씩 함께 해야 하는 그런 조사였다.

검찰청 직원들이 우르르 퇴근을 하고 나서도 늦은 시간에야 조사가 끝났다. 그날따라 비가 세차게 내리고 있었다. 집으로 돌아가면 자정은 될 것 같다는 생각에 한숨이 나왔다. 조사를 마치고 나오던 길에 의뢰인은 내 두 손을 잡고 열심히 흔들었다. 그리고 손가락으로 내 손바닥에 글자를 써주었다. '정 변호사님, 정말 고맙습니다.'

나는 기차를 타고 집으로 돌아가면서 계속 그의 얼굴을

떠올렸다. 이 사건에서 범인은 해외로 도피한 상황이었고, 의뢰인은 다소 억울하게 연루되어 조사를 받는 입장이었던 건 물론, 본인도 평생 모은 돈을 범인한테 편취당한 상태였다. 그런 사람 곁에서 늦은 밤까지 나름대로 최선을 다해 변호를 해주고 나니 어쩐지 내가 오래전 생각했던 '변호사다운 일'을 했다는 생각이 들었다.

이후 해당 수사 건은 사실상 무혐의로 종결되었다. 변호사 일을 하면서 항상 보람을 느끼긴 쉽지 않다. 열심히 노력했지만 잘 되지 않는 일도 있고, 뒤끝이 마냥 좋다고 느끼기 어려운 경우도 있다. 그러나 정말 억울한 사람을 만나 그 사람을 성심성의껏 돕고, 결과까지 좋다면 변호사로서는 1년 중 가장 기분 좋은 일로 꼽을 수 있을 법하다. 그날의 기억이 유난히 생생한 것은 세찬 비가 내리던 늦은 밤이었던 탓도 있겠지만, 내가 보람을 느꼈다고 믿었던 거의 첫 경험이었기 때문도 있을 것이다.

변호사는 대체로 누군가에게 미움받는 데 익숙해져야만 하는 직업이지만, 때로는 누군가에게 고마운 사람이 되기도 한다. 변호사의 온갖 고생도 그 '고맙다'라는 말 한마디에 눈 녹듯 치유될 때도 있다. 그 누군가의 인생의 가장 어려운 일을 함께 이겨내고, 그가 눈물을 흘리며 고맙다고 진심으로 전해주는 말을 살아가면서 들을 일이 있다는 것만으로도, 변호사라는 일을 할 가치가 있다고 느끼는 순간이 있다. 때로는 생각한다. 살아가면서 그 누군가를 한 명 살려낸 일이 있다면, 나는 잘 살아낸 것이 아닌가 하고 말이다.

변호사에게
필요한 정의

변호사로서 하는 모든 일이 완전히 옳다고 믿기는 어렵다. 때로는 사람들에게 큰 피해를 준 범죄자를 최선을 다해 변호해야 할 때도 있다. 그럴 때면 한 번씩, 과연 내가 하는 일이 옳은지 의심이 들기도 한다. 그러나 한편으로는, 누구든 변호를 받을 권리가 있고 무엇보다 자기가 저지른 죄를 정확하게 평가받고 딱 저지른 죄만큼의 처벌을 받아야만 하는 당위라 할 것도 있다. 내가 생각하는 정의란, 바로 그 '딱 잘못을 저지른 만큼의 처벌'을 받도록 돕는 것이다.

　　변호사의 일은 몇 가지로 나뉘는데, 흔히 드라마나 영화에서 볼 수 있는 법정에서 싸우는 변호사를 '송무 변호사'라고 한다. 송무 변호사의 일도 여러 가지로 나뉘지만, 일반적으로는 '민사'와 '형사'로 나뉜다고 볼 수 있다. 민사 영역은 흔히 상대방에게 받지 못한 돈을 달라고 청구하는 소송 등의 영역이고, 형사 영역은 범죄를 저질러서 검사로부터 추궁을 당하고 유죄와 무죄가 갈리는 영역이다.

　　앞에서 말한 '죄'와 '처벌'의 영역은 형사 영역에 속한다. 검사는 경찰과 함께 피의자를 수사한 후 범죄를 저질렀다는 확신이 들면 '기소'를 하게 된다. 기소란, 쉽게 말해서 검사가 이 사람이 죄를 저지른 것이 확실하니 판사한테 유죄의 판결을 내려달라고 요청하는 것이다. 일단 검사가 기소를 하게 되면 유죄율은 대략 90~95퍼센트에 이른다. 만약 기소를 당한 의뢰인이 찾아오면 변호인으로서는 다소 긴장할 수밖에 없다.

그런데 검사가 기소를 한다 하더라도, 검사가 요청한 그대로 피고인의 형량이 확정되는 경우는 많지 않다. 검사도 피고인이 원래 받아야 할 형량보다 항상 과도하게 죄를 지우고자 하는 면이 있는 셈이다. 그래서 만약 검사가 피고인에게 징역 5년을 내려달라고 판사에게 요청했다면, 변호인은 온갖 법리와 감형 사유 등을 찾아내어 가장 적절한 형량을 받을 수 있도록 판사를 설득해야 한다. 그러면 최종적으로 형량이 3년이 되기도 하고 1년이 되기도 하며, 무죄가 될 때도 간혹 있다.

변호사 일을 하다 보면, 검사가 자신의 칼을 매우 예리하게 갈아서 휘두른다고 느낄 때도 있고 너무 무디게 대충 휘두른다고 느낄 때도 있다. 문제는 후자의 경우다. 자세히 살펴보면 죄가 되지 않거나 이렇게 무거운 처벌을 할 일이 아닌데도, 지나치게 무거운 죄를 저지른 사람으로 손쉽게 몰아가는 경우들을 만나게 되는 것이다. 그럴 때는 역시 '정의'를 걸고 최선을 다해 싸우게 되고, 때로는 분노를 느끼기도 한다.

그렇게 최선을 다한 이후 정말 변호사로서 생각하는 최선의 정의가 달성된 결과가 나올 때가 있다. 그러면 내가 한 사람의 변호사로서 의미 있는 일을 해냈다는 기분을 분명히 느낀다. 변호사의 일은 누군가를 감정적으로 편들거나 미워하는 것이 아니다. 그보다는 객관적인 정의를 추구하는 일이다. 내가 주관적인 이익이나 감정만 좇는 게 아니라 그런 객관적인 정의에 기여하는 일이 내 삶에 있어서 다행이라는 생각이 들곤 한다.

타인의 절망을 공유하며
살아가는 일

다시 말하지만 변호사는 사람들이 가장 절망적인 상황에 처했을 때 찾아오는 직업인이다. 사기를 당해 재산을 날렸거나 직장에서 징계를 당했거나 누군가에게 고소를 당해 형사 처벌을 받을 위기에 처했거나 등 대개의 상황이 일종의 '사회적 생명'과 관련되어 있다. 그러다 보니 의뢰인들은 다양한 의미에서 절망해 있다. 그 절망은 분노나 슬픔, 우울로 표현되지만 본질은 크게 다르지 않다. 삶에 어떤 위기가 도래한 것이다.

이 삶의 위기는 변호사가 해결해주거나 그나마 해결에 가까운 도움을 줄 수 있지만, 때로는 단순한 해결과 도움 이상이 필요할 때도 있다. 즉, 특정한 절차나 법적인 문제 해결로 끝나지 않고 의뢰인이 끝까지 문제를 해결해 나갈 의지를 이어가도록 돕고, 삶에서의 가장 큰 고난을 이겨낼 수 있도록 마음으로 동행해야 하기도 하는 것이다.

달리 말해, 변호사는 법적 문제를 해결하는 로봇이 아니라 의뢰인의 인생에서 한 시기를 함께 보내는 동행자 혹은 동반자가 되어야 한다. 그런 역할을 잘해내기 위해 심리상담사 자격증을 따는 변호사도 있다. 혹은 그런 과정이 너무 어려워 심리적 부담을 느낀 나머지 송무 변호사를 그만두는 경우도 적지 않다.

그러나 동시에 그 누군가의 막막한 절망을 곁에서 함께 걷고 나면, 무언가 해냈다는 걸 확신하게 될 때가 있다. 그 '해냄'은 내가 올림픽에 나가서 금메달을 딴 것도 아니고, 다른 모두를 무찌른 뒤에 1등을 한 것도 아니며, 경쟁업체들을 물리치고 엄청난 영업 이익을 달성한 것도 아니다. 그보다는 누군가의 딛고 일어섬, 회복, 삶으로 다시 돌아가는 여정을 함께 걸어냈다는 것이다. 마치 세상을 떠난 사람이 안전하게 8대 지옥을 거쳐 환생에까지 이를 수 있도록 돕는 저승의 차사 역할을 한 것만 같다고나 할까.

나아가 그 과정에서 삶에 대해 배우는 것들도 적지 않다. 단순하게는 나도 사회생활을 하며 주의해야 할 여러 상황을 누구보다 잘 알게 되고, 주변 사람들이 문제에 휘말리는 걸 방지할 수 있는 예방책 등에 대해서도 배울 수 있다. 타인들의 삶을 가까이에서 보기 때문에 아무래도 내게 일어날 수도 있는 수많은 상황도 미리 예측할 수 있는 것이다. 한 달에 상담을 50건씩 하다 보면, 음주 운전이니 개인 정보 유출이니 명예훼손이니 임대차니 하자 보수니 세상 온갖 일을 다 경험하게 되고, 나와 나의 가족에게 무슨 일이 일어나든 당장 '해결사'가 될 수 있는 연습을 하는 느낌도 들게 된다.

그보다 더 진정하게 배우는 것은 삶과 사람 자체에 대한 것이다. 세상의 모든 삶에는 흥망성쇠와 희로애락이 있다. 아무리 대단해 보이는 삶도 언제든 부서질 수 있고, 세상에서 가장 부러워 보이는 사람의 뒷면에도 나름의 결핍이나 문제가 만만치 않게 존재한다는 걸 너무도 잘 알게 된다. 타인들의 비밀을 통과하면서 무엇보다 세상에 완벽한 삶도, 사람도 없다는 걸 배운다. 내 삶에도 어떤 절망이나 위기가 와도 이상하지 않다는 것을 절실히 알게 된다.

　그래서 나는 오늘도 배우며 나아간다. 보람을 배우고, 정의를 배우며, 삶을 배우고, 인간을 배운다. 내가 가장 생생한 삶들 가운데서 그렇게 삶과 사람을 배우는 직업인이라는 것이 다행이라는 생각이 들 때가 있다.

변호사가 되기 위해서는
어떤 자격과 과정이 필요한가

사법시험이 폐지된 이후로 변호사가 되기 위한 방법은 현재 하나밖에 없다. 법학전문대학원(로스쿨)을 입학하여 3년 간의 과정을 마친 뒤 변호사 시험에 합격하는 것이다. 그에 따라 크게 두 번의 준비 과정을 거치게 되는데 하나는 법학전문대학원 입시이고, 다른 하나는 변호사 시험 준비이다.

법학전문대학원 입학을 위해서는 흔히 '학토릿(학점, 토익, 리트)'으로 불리는 정량평가와 자기소개서와 면접 등의 정성평가를 거친다고 알려져 있다. 정성평가의 경우 명확한 기준이 공개되어 있지는 않기 때문에 대개 수험생들은 '학토릿'에 집중한다. 대학교 1학년 때부터 학점을 관리하고, 학점을 높이기 위해 적극적으로 재수강을 하는 식이다. 토익은 적어도 900점 이상을 목표로 한다.

정량평가 중 수험생들이 가장 신경을 쓰는 게 법학적성시험인 '리트(LEET)'인데, 리트는 언어 이해와 추리 논증이라는 두 개의 과목으로 구성되어 있다. 기본적으로는 리트 기출문제 전체를 여러 번 풀어보고, 공직적격성평가(PSAT)나 수능 언어영역 등 유사 시험의 문제들을 풀어보며 시험을 준비하게 된다. 그 과정을 길게는 2~3년씩 하는 경우도 있고, 1년 이하로 단기적으로 하는 경우도 있다.

개인적으로는, 한번 최신 리트 기출문제를 구해서(leet.uwayapply.com에서 무료로 다운로드할 수 있다) 시간을 재고 풀어보는 것으로 시작하면 어떨까 싶다. 점수가 너무 낮게 나온다면 1년 이상 시간을 투자해야 할 수 있다. 반면, 120점 내외의 적정한 점수가 나온다면 시험 전 기출문제를 몇 번 풀어보며 적당히 감을 익힌 뒤 도전해보아도 좋을 듯하다.

'학토릿'을 갖추고 자기소개서와 면접을 준비하여 법학전문대학원에 입학하고 나면, 더 본격적인 수험 생활이 시작된다. 거의 한 명도 빠짐없이 1학년 1학기 때부터 눈에 불을 켜고 공부하는 경쟁자들이 가득한 교실에 입장한다. 3년간 다 소화하기에는 터무니없을 정도로 많은 분량의 공부를 하게 되는데, 그나마 학교의 커리큘럼을 잘 따라갈 수만 있다면 조금씩 실력이 향상될 것이다. 그러나 대개 학교의 커리큘럼이 변호사 시험의 모든 내용을 다룰 수는 없기 때문에 방학 때는 별도로 더 방대한 양의 공부를 해야 한다.

변호사 시험 준비 방법은 수험생들마다 제각각이지만, 개인적으로는 '글로 써내는' 연습을 강조하고 싶다. 객관식이야 어떻게든 풀 수 있지만, 많은 수험생들이 서술형이나 기록형 등 긴 분량의 답안을 써내는 것을 무척 어려워한다. 1학년 때부터 단순히 교과서를 읽고 암기하는 데 그치지 않고, 자기 언어로 써내는 연습을 꾸준히 할 필요가 있다. 교과서를 열심

정지우

0 6 5

히 읽었지만 막상 써내라고 하면 한 자도 못 써내는 경우도 많기 때문이다.

변호사 시험에까지 이르는 과정은 정신적으로도 힘들고 외로운 과정일 수 있다. 공부는 혼자 하는 것이라 생각하며 더 스스로 고립될 수도 있지만, 그럴수록 함께 공부할 동료들을 의식적으로도 찾는 걸 권해보고 싶다. 서로 다독이며 정보도 공유하고 나아갈 길의 지도를 함께 만들어가는 과정이 무척 큰 도움이 된다. 어려운 시절을 함께 보내며 의지한 이들은 변호사가 된 이후에도 소중한 인연으로 자리 잡는다.

어떤 사람에게
이 직업을 권하는가

기본적으로 사람과 세상에 대한 관심이 있고, 세상 구석구석을 다녀보고 싶은 사람들에게 변호사란 꽤 훌륭한 직업이 아닐까 싶다. '법'은 우리 실생활부터 세상 거의 모든 영역과 이어져 있기 때문에, 변호사가 마음만 먹는다면 그야말로 세상의 온갖 일에 '간섭'할 수도 있다. 학교 폭력 등 교육 관련 일, 폐수나 폐기물 처리 등 온갖 환경문제, 저작권이나 NFT, 계약 문제 등 엔터테인먼트 산업이나 예술계, 의료 사고나 의료법 등 의료업계 등 일일이 열거하자면 관련 분야는 끝이 없다. 그 외에도 정치를 하거나 책을 쓰는 등 지식인으로 살아가는 길도 이어질 수 있다.

그렇기에 삶을 역동적으로 살면서 온갖 사람들을 만나고, 그들의 문제를 해결하고 싶은 이들에게 변호사는 괜찮은 선택일 수 있다. 세상 '모든 분야'와 이어져 있다는 점에서 나는 변호사가 기자와 닮은 직업이라고도 생각한다. 실제로 법적 문제 등을 문의하는 기자들을 만날 일도 자주 있다.

반면, 다소 안정적으로 반복적인 삶의 안정감을 추구하는 사람들에게 변호사는 다소 덜 어울릴 수 있다. 물론 변호사도 공직에 진출하거나 기업에 들어가서 안정적인 직장생활을 할 수도 있겠지만, 정년까지 한 직장에 있는 변호사는 드물다. 상당수는 40~50대 이후 개인 변호사 사무실을 '개업'하거나 로펌에서 다른 변호사들과 지분을 가진 '파트너 변호사'가 되어 자기만의 사업을 일궈가야 하는 현실에 맞닥뜨리기도 한다. 그러므로 기본적으로 삶에 역동적으로 임하며 자기를 열어두고 싶은 사람들에게 보다 어울릴 수 있는 직업이 변호사라 생각한다.

10년 후에도 이 일을 하게 될까
앞으로 이 일에 어떤 변화가 있을까

최근 우리나라에서 변호사 수가 폭발적으로 늘어나면서 변호사들의 업무 영역이나 방식도 다채로워지고 있다. 그저 '변호'를 하겠다는 생각만으로는 '평범한 변호사 1인'에서 벗어나지 못할 수 있다. 그보다는 '법' 혹은 '법정' 외에도 자기만의 관심을 가지고 있다면, 그 관심 영역을 어떻게 법과 이어 볼지 고민하는 게 중요할 수 있다.

예를 들어 스포츠에 관심 있는 사람은 운동선수나 스포츠업계, 헬스케어 등의 영역과 관련한 변호사 일을 할 수 있다. 나처럼 원래 문화 콘텐츠에 관심 많았던 사람은 저작권 분야를 특화하기도 한다. 물론 변호사의 일이라는 게 딱 한 분야에만 매몰되는 경우는 잘 없다. 나만 하더라도, 실제로는 저작권 사건보다 일반 민형사사건을 더 많이 다룬다. 법학전문대학원에서도 일반 민형사를 압도적으로 많이 배우다 보니, 자연스레 그런 일들을 많이 하게 된다. 그럼에도 자기만의 특화된 관심을 가진다면 일종의 플러스 알파가 되어 자기만의 입지를 개척할 수 있다.

인공지능 등의 발전으로 변호사 업계에도 위기가 오고 있다고들 한다. 변호사가 괜찮은 명예직이거나 전관 경력 등으로 큰돈을 벌 수 있다고 믿어지던 시절도 있었지만, 앞으로는 그보다 자기만의 일을 해낼 수 있는 틈새를 찾아다녀야 할 수 있다. 변호사가 확고한 자기만의 관심을 가지고 나아간다면, 자기의 일을 할 수 있는 영역들은 충분히 있을 것이다.

이 일을 잘하려면
어떤 능력과 노력이 필요한가

변호사 일은 기본적으로 끊임없이 사람을 상대하면서 사람이나 기업의 위기 상황을 다루는 일이다. 그러다 보니 사람들의 절망이나 분노, 불안 등을 마주하는 일이 흔하므로 단단한 정신력으로 무장할 필요가 있다. 타인의 인생을 사실상 책임져야 하는 상황들이 많이 생기기 때문에 기본적으로 책임감과 인내심 없이는 온전히 이 일을 해내기 어렵다.

자신의 자유로운 상상력을 마음껏 펼치며 즉흥적으로 살아내길 좋아하는 소위 예술가적 성향의 사람이라면 이 직업이 부여하는 여러 일과 관계가 어려울 수 있다. 그보다는 묵묵히 눈이 오나 비가 오나 자기 일을 해내고자 하는 심지를 가진 사람이라면 이 일에 더 적절할 수 있다. 물론 이런 성향이라는 것도 딱 잘라 말하긴 어려운 것이, 사람은 누구나 자기의 일이나 환경에 적응하기 때문이다. 그러니 너무 미리 겁먹을 필요는 없다.

변호사의
분류

변호사는 기본적으로 송무 변호사, 자문 변호사, 사내 변호사, 공공기관의 변호사 정도로 나누어진다. 우리가 흔히 드라마나 영화에서 보는 변호사, 즉 범죄를 저지른 이들을 변호하고 법정에 나서면서 개인의 사건을 추적하는 역할을 하는 게 '송무 변호사'이다. '자문 변호사'는 주로 로펌 등에서 기업의 궁금증을 해결해주는 역할을 한다. 송무와 자문을 함께 하는 경우도 많다.

'사내 변호사'는 기업에 소속되어 사내에서 일어나는 각종 문제나 다른 기업과의 거래에서 검토해야 할 법적 이슈 등을 다룬다. '공공기관 변호사'의 대표격으로는 계약직 또는 임기제 공무원인 변호사가 있는데, 주로 특정 행정부의 부서에서 일정 기간 공무원으로 일하며 공무를 처리한다.

전통적으로 변호사라고 하면 송무 변호사를 떠올렸지만, 요즘에는 대기업의 처우 및 복지와 안정성 등이 좋아서 기업의 사내 변호사가 인기가 많다. 공무직을 선호하는 변호사들에게 공공기관 변호사에 대한 수요도 어느 정도 존재한다.

변호사가 되면 이런 여러 갈래의 길들 중 고민을 하게 된다. 개인적으로 나는 공공기관(법무부) 변호사를 거쳐 송무 및 자문 변호사로 일하고 있다.

개인과 사회의 가치를

일치시키는 일

사 회 복 지 사

김 재 용

◯

코로나19와의
혈투

코로나19 바이러스가 확산되기 시작했을 때, 지역사회는 위기 상황임에도 오히려 사회복지시설은 문을 닫아야만 했다. "너거 도대체 문 걸어 잠그고, 그 안에서 뭐 하노?" 한 사회복지사가 실제로 주민에게 들었던 이야기다. 아침이면 불 켜지고 저녁이면 퇴근하는 사람은 있는데, 정작 이용자인 주민은 사회복지시설에 들어가지 못했다. 위기 상황에 문을 닫으라고만 행정기관에서 지침이 내려오니 사회복지사인 나는 무기력할 수밖에 없었다.

　　통상적인 사회복지 서비스 전달 과정을 보면 이 시기에 사회복지사가 무기력할 수밖에 없던 이유가 이해될 것이다. 먼저 어떠한 형태의 서비스가 필요한지 대면 상담한다. 복합적 지원이 필요하다면 사례 관리를, 사회 관계망 형성이 필요하다면 주민 공동체에 연결을, 삶의 동력이 필요하다면 각종 프로그램을 제안한다. 모든 과정은 직접 대면하는 상호작용 속에 이루어진다. 얼굴을 보고 이야기 나누고, 내담자의 비언어적 표현도 파악하고, 때로는 깊은 속이야기를 털어놓을 수 있도록 하는 상담실 같은 환경도 필요하다. 그러나 코로나19 바이러스가 대면 접촉을 앗아갔다. 사회복지사에게 가장 강력하고도 유일한 무기가 사라진 셈이다. '비대면으로 전환하면 되지 않을까?'라고 생각할 수 있지만, 사회복지시설을 찾는 주민은 비대면 접촉에 필요한 전자기기가 없는 경우도 많다.

기업이 사회공헌 사업을 활발하게 할 수 있도록 지원하는 사회복지사인 나는 그전까지와 다른 방식을 찾아야 했다. 문 닫힌 사무실에서 우선 코로나19 확산으로 지역에 구멍 난 사회 안전망을 파악했다. 우선 혈액 문제. 혈액은 풍족할 때보다 부족할 때가 많지만 대부분의 사람은 혈액 부족을 사회문제로까지는 인식하지 않는다. 보건복지부 기준에 따르면 혈액은 평균 5일분을 보유해야 '안정' 단계로 판단한다. 그러나 당시 부산은 1~2일분 미만으로 혈액을 보유하고 있어 '경계'와 '주의' 단계를 오가고 있었다. 우리나라 혈액 수급은 대체로 단체 헌혈에 의존하고 있다. 특히 부산은 대형 병원이 많아 혈액 사용량은 많지만, 학교 휴교와 코로나19 확산에 따른 감염 우려 등으로 헌혈하려는 사람이 확 줄었던 시기였다.

사회복지사는 사회문제에 민감하게 반응해야 한다. 내가 근무하는 센터와 평소에 협업하던 기업과 공공기관, 재단 등에 긴급 회의를 요청했다. 회의 결과 열 개 기관에서 직장인 단체 헌혈에 참여하기로 했다. 나는 참여 의사를 밝힌 기관과 일정을 조율하며 적십자에 헌혈 버스를 요청했다. 그렇게 시작된 '헌혈 릴레이 캠페인'에 기업 임직원 등 350여 명이 참여했고 부산의 혈액 보유량은 3.5일분까지 올라갔다. 하지만 이 한 문장으로 말하기까지 그 과정은 결코 쉽지 않았다.

처음 갔던 기업부터 변수의 연속이었다. 항공사였던 기업의 사전 헌혈 신청자에 유독 여성이 많았다. 헌혈 전 유의사항은 각 기업 담당자를 통해 미리 안내했는데 체중이 헌혈하는 데 문제가 될 것이라고는 전혀 생각하지 못했다. 여성기준으로 체중 45킬로그램 이상부터 헌혈을 할 수 있는데 그에 미치지 못하는 사람들이 많았다. 그뿐만 아니라 전날 회식이나 영업 등으로 술을 마셔서, 복용하고 있는 약 때문에, 눈썹 문신을 하고 6개월이 지나지 않아 발걸음을 돌린 신청자도 있었다. 감염 위험 등의 이유로 문신을 한 사람은 헌혈이 제한되기 때문이다.

기업 담당자와 나는 사내 방송과 메신저를 활용하여 현장에서도 참여자를 구해야 했다. 나는 목표 달성에 대한 걱정으로 초조했다. 실제 부족한 것은 혈액원에서 보유한 피였지만, 오히려 담당자인 내 몸속의 피가 바짝 마르는 것 같았다. 언론사에서 취재 왔을 때, 헌혈 진행 중인 해당 기업 임직원이 없어서 내가 다른 회사 사원증을 목에 걸고 보도용 사진을 찍어야 할 정도였으니 말이다.

돌봄 공백을
막고 싶었지만

나는 겁도 없이 코로나19에 덤볐다. 코로나19로 인한 각종 규제나 제한이 유난히 심했던 2021년에는 확진자와 같은 공간에 있었다는 이유만으로도 격리했던 것을 기억할 것이다. 감염 예방과 확산 방지를 위해 확진자와 접촉을 제한하는 것은 이해할 수 있지만 중증 장애인이나 혼자 병원으로 이동이 어려운 고령자, 상시 돌봄이 필요해서 장애인 주간보호센터를 이용하는 사람 또는 그와 가족으로서 함께 삶을 사는 사람에게 감염이 발생한 경우는 돌봄 공백을 막을 수 없었다.

혼자 조리가 불가능할 테니까 밀키트 형태의 식사를 제공하는 것은 해결책이 될 수 없다. 조리된 도시락을 집 앞에 가져다 둔다 해도 가지고 들어가서 쉬이 먹을 수 없는 사람도 있다. 가족이 돌봄을 위해 장기 휴가를 사용하는 것도 해결책이 아니다. 개인에게 돌봄의 의무를 오롯이 떠넘기면, 결국 돌봄이 필요한 사람과 함께 사는 가족은 생업을 포기해야 한다. 국가에서 지급하는 기초생계비로 삶을 영위할 수야 있지만 누구나 그렇듯 최저한의 삶을 원하는 사람은 없다. 이것도 지속 가능한 방법은 아니다. 돌봄을 해야 하는 가족이 확진자면 상황은 더욱 심각해진다. 돌봄이 필요한 사람이 오히려 돌보는 역할을 해야 하기 때문이다.

돌봄이 꼭 필요한 상황에서는 사회복지사가 주민의 안전을 위해 해당 가정에 들어갈 수 있어야 했다. 하지만 끝내 들어갈 수 없었다. 보건 자격증을 가진 의료인은 방호 장비를 착용하고 집에 들어가 확진자와 접촉이 가능했지만, 사회복지사에게는 허용되지 않았다. 의료인만 특별히 감염에 면역이 있는 것이 아님에도 말이다. 행정상의 구조로 돌봄에 구멍

이 생겼다. 내가 활동하는 지역만이라도 이것을 바꾸려 무던히 애썼다. 행정안전부의 감염 대응 지침에서 각 지자체 장이 위기 대응과 관련한 규칙을 만드는 결정 권한이 있음을 알고, 관련 부서와 기관에 전화를 돌렸다. "돌봄의 공백을 메워야 합니다."

하지만 돌아오는 답변은 대부분 비슷했다. "필요성에는 공감하지만, 우리가 결정할 수 있는 것은 아니에요. 상위 기관에 연락해보세요." 수없이 거절당한 끝에 내가 얻은 것이라고는 만성 스트레스로 인한 구내염이었다. 고작 혓바늘 정도가 아니었다. 1년여 지속된 구내염으로 대학병원까지 찾았지만 담당 의사도 뚜렷한 해결책을 줄 수 없었다. 돌봄 공백을 그저 바라볼 수밖에 없어 사회 안전망을 촘촘히 만들지 못했다는 죄책감, 일개 사회복지사의 노력으로는 사회를 변화시킬 수 없다는 좌절감, 매번 거절당하며 느꼈던 실패감 등으로 점철된 스트레스가 원인이었기 때문이다. 이는 사회복지사로서의 삶을 지속해야 하는지 되묻게 했다.

당신은
전문가입니까

"약은 약사에게, 법은 판사에게, 사회는 사회복지사에게. 안녕하세요? 김재용 사회복지사입니다."

회의를 진행하게 되면 딱딱한 분위기를 깨기 위해 내가

자주 사용하는 인사말이다. 나는 단연코 재밌는 사람이 아니다. 그럼에도 분위기에 따라 회의 결과가 달라짐을 알기 때문에 회의를 진행할 때면 마치 레크리에이션 진행자가 된다. 유행어나 '밈'을 공부하기 위해 SNS나 스탠드업 코미디를 꾸준히 챙겨 보기도 한다. 나는 회의가 시작되면 '김재용'을 버리고, '사회복지사'로서 준비된 가면을 착용한다.

사회복지사는 카피라이터 자질도 갖춰야 한다. 사회복지 영역에서 예산은 항상 부족해서 정부 보조금 외에는 모금으로 해결한다. 다만 직접 모금하는 것 말고도 방법이 있다. 특정 사회문제 해결을 위해 정부나 민간 재단, 기업 등 공모 사업에 지원하여 필요한 문제 해결 비용을 충당한다. 공모 사업을 신청할 때 지역 현안 분석과 사회문제 정의, 사업 필요성 등을 정확하게 잘 쓰는 것이 가장 중요하겠지만 사회복지사가 생각보다 많은 노력을 기울이는 것은 의외로 사업명을 정하는 것이다. 수많은 사업 제안서를 받는 재단이나 기업 입장에서 접수된 모든 기획서를 꼼꼼하게 읽어보지 못할 것을 잘 알기 때문에 조금이라도 눈에 띄게 하려는 것이다. '거부하는 고립 가구 사회 관계망 형성을 위한 공동체 조직 사업' 식으로 공모 사업의 대상과 목적, 방법만 작성하도록 사업명 형식을 지정해주는 기관도 있긴 하지만 자유롭게 작성할 수 있는 경우가 대부분인데, 그래서 공모 사업 신청 기간이면 직원 메시지 단체방은 내내 요란하다. 서로 사업명을 재미있고 신선하게 만들려는 아이디어를 주고받느라 분주해진다.

그뿐만 아니다. 사회복지시설이 있는 건물의 도배는 물

론이고, 소방 안전 관리, 화단 가꾸기 등 다양한 역할을 겸해야 한다. 건축 후 오랜 시간이 지났지만 재건축이나 리모델링할 예산이 없는 낡은 복지관에서는 비라도 많이 내리면 당직을 서며 옥상의 물이 넘치지 않도록 물 배출 펌프를 돌리기도 한다. 결국 예산 부족이 근본적인 원인이지만, 사회복지사는 상황에 따라서 다양한 역할을 수행하며 문제를 수면 밖으로 드러나지 않게 한다.

이로 인해 생기는 또 다른 문제가 있다. 많은 역할을 겸하다 보니까 외부에서는 사회복지사를 그저 '좋은 일 하는 사람' 혹은 '고생 많이 하는 사람', 심지어 '자원봉사자'로 생각하는 경우도 많고 사회복지사를 전문가로 인식하지 않는 듯하다. "사회복지사에는 '사' 자가 두 번이나 들어가는데⋯⋯." 사회복지사끼리 하는 농담이다. 전문가가 특정 분야에서 지식과 경험이 다양한 사람을 뜻한다면 사회복지 노동 환경은 특정 분야 일만 할 수가 없다. 다양한 일을 해야 하는 것에 더해 사회복지사 일이 돌봄 노동이라는 것 또한 전문가로 바라보지 않게 한다.

과거에는 사회적인 관계나 공동체 안에서 완벽하지는 않을지라도 상호 돌봄이 가능했다. 이를테면 가족 중에 아픈 사람이 있으면 가정 내에서 돌보고, 마을 사람 중에 위급한 일이 생기면 공동체 안에서 함께 돌보았다. 하지만 산업화되고 개인주의 성향이 만연한 현재는 사회구조가 변하면서 돌봄을 사회가 책임져야 하는 형태가 됐다. 예를 들어 흔히 치매라고 말하는 인지저하증의 사람은 누군가로부터 상시 돌봄을 받아야 한다. 인지저하증은 사회구조 변화에 따른 대표적인 사회문제 중 하나다. 의료기술 발달로 수명이 길어지면서 우리나라 인지저하증 발병자 수는 2050년에 300만 명이 넘을 것으로 추정되며, 1인 가구 비율이 35퍼센트에 육박하는 시대에 외로운 사람이 인지저하증에 걸릴 확률이 높다는 연구 결과가 있다.

즉 인지저하증 환자의 증가는 사회 변화로 인해 그 사회 구성원에게 생긴 변화이므로 당사자나 그 가족만의 책임이라고 말할 수 없다. 개인에게 책임을 온전히 돌리는 사회라면 그 가정뿐 아니라 사회도 함께 무너질 것이다. 사회가 변했으니 돌봄의 영역에서도 사회의 책임이 강화되어야 한다. 하지만 '돌봄은 가정에서 하는 것'이라는 인식이 바뀌지 않아서 사회복지사의 일을 비전문가의 일이라 생각하는 사람이 여전히 많다.

사회복지사가 한 인간을 둘러싸고 있는 환경에 대한 이해와 자기 결정권을 존중하는 기본 원칙, 질병이나 복합적 문제에 대한 전문 지식을 갖추고 있을 때 수준 높은 돌봄 업무와 서비스가 가능하다. 그럼에도 '최저임금 차등 적용' 등 값싼 노동력 취급이 현실이다. 사실 대부분의 주민은 사회복지사를 '선생님'이라 부르지만, 전문가로서 바라보는 사람은 드물다.

●

사회적
책임을 꿈꾸다

어느 가을날 해질 무렵, 한창 진행중인 플리마켓에 사람들이 모여 있다. 그 사이로 검은 정장을 입은 사람들 수십여 명이 두 손을 공손히 모은 채 걸어 나왔다. 그들은 동물 얼굴이 그려진 마스크를 쓰고, 왼팔 상단에 '사회적 책임으로 RE:TURN'이라 쓰인 상복 완장 같은 것을 차고 있었다. 행렬 맨 앞사람은 동물 영정 사진을, 뒤따르는 사람은 나무로 짜인 관을 들고 걸었다. 그리고 바다에 버려진 플라스틱으로 인해 고통받고 있는 동물 모습이 나오는 대형 스크린 앞에 서서 동물 장례식을 엄숙히 진행했다.

어렸을 때 수업 시간에 헤어스프레이나 에어컨 사용이 오존층 파괴의 주범이라는 식으로 배운 적이 있다. 하지만 환경문제는 이제 더 이상 개인의 책임일 수 없고 개인의 노력만을 요구할 수도 없다. 내가 기업 사회공헌 담당 사회복지사로 일하던 2019년 즈음에 특히 일회용품 및 플라스틱 사용 문제가 사회적인 화두가 되면서 대기업이 변화하는 모습을 보였다. 스타벅스에서 플라스틱 빨대 대신 종이 빨대를 도입했고 배달의민족은 주문 시 '일회용 수저 받지 않기'를 선택할 수 있도록 한 것이 그 예이다. 그리고 실제로 이런 변화가 우리 삶에도 의미 있는 영향을 끼친 것도 사실이다.

이제는 기업들도 생산과 영업 활동을 하며 생기는 문제의 책임을 사회로부터 요구받는다. 이윤 추구라는 기업의 존재 이유가 더 이상 사회 그리고 사회 구성원들과 분리해서 생각할 수 없기 때문이다. 기업은 이윤을 추구하는 과정에서 제품이나 서비스를 생산할 노동자가 필요하고, 생산 과정에서 필연적으로 환경에 영향을 끼치며, 생산하는 물품과 서비스를 소비하는 시민 역시 필요하다. 그런 이유로 기업들은 이제 다양한 방식으로 사회적인 의무와 책임을 다하는 '사회공헌'에 힘쓰는데, 예를 들어 나무가 주원료인 휴지를 만드는 회사가 나무를 베는 것보다 많이 심는다든가 라면 같은 생활 밀접 제품군의 가격을 동결해서 물가 안정을 꾀한다든가 또는 사회문제를 해결하는 프로그램이나 기관에 사업비를 기부하는 것이다.

하지만 모든 사회문제가 그렇듯이, 환경문제가 기업에게만 또는 개인에게만 원인이 있는 것이 아니고 책임 역시 그렇다. 현재의 기후 위기는 과거로부터 이어진 개발의 결과이며 시민의 인식 문제도 가볍지 않다. 해결 방법도, 해결을 위해 함께해야 할 주체도 다양해져야 한다. 기업 사회공헌 담당 사회복지사로서 나는 우선적으로 사회문제나 지역의 이슈를 파악한다. 그다음 기업이나 재단, 단체, 지자체 등 다양한 주체가 사회적 책임을 실행할 수 있도록 협업 구조를 만들고 다양한 사업과 퍼포먼스를 기획한다. 앞서 언급한 '헌혈 릴레이 캠페인'이나 '동물 장례식'도 그런 결과였다.

　'동물 장례식'이 일회용품과 플라스틱의 무분별한 사용에 경각심을 전하려는 의도였다면, 생활 속에서 쉽고 의미 있는 실천을 제안하는 뜻에서 흔히 사용하고 별 생각 없이 버리는 플라스틱 '테이크 아웃' 컵을 회수해 세척한 다음 조명을 넣은 '테이크 인' 컵으로 바꾸어주는 프로그램도 진행했다. 부산의 서면은 최대 번화가이기도 하지만 구청에서 쓰레기 수거를 거부할 정도로 쓰레기 투기 문제가 대단히 심각한 지역이기도 하다. 바로 그곳에서 사회적 경제 플리마켓을 열고 각종 퍼포먼스와 체험 프로그램 등을 진행하며 시민들의 참여와 인식 전환을 유도했다. 당시 실제 체험 프로그램에 참여한 사람은 1,400명 이상이었고 오가며 퍼포먼스를 관람하거나 플리마켓을 이용한 사람들까지 하면 수천 명을 대상으로 한 것이었다. 협업했던 기업들은 TV와 라디오 등을 이용한 사회공헌 캠페인 광고를 수개월 동안 내보내기도 했으니 수많은 사람들에게 사회적인 메시지가 꾸준히 전해졌을 것이다. 사회복지사의 민감한 감성으로 우리 사회가 직면하는 문제를 인지하고, 사회복지사가 꿈꾸는 이상이 우리 사회의 현실로 구현되도록 하는 하나하나의 노력이 이렇게 쌓이고 있다.

누구에게나
괜찮음을 전하는 사회

내가 꿈꾸는 사회는 '누구에게나 괜찮음을 전하는 사회'다. 내 과거와 현재의 대부분은 '괜찮지 않음'이었다. 어렸을 때는 한부모 가정에서 자란 아이라서, 학생이었을 때는 공부를 썩 잘하지 못해서, 서른이 넘은 지금은 결혼을 못해서 괜찮지가 않다. 주위 사람은 적어도 내가 남들만큼 살기를 바란다. 하지만 '남들만큼'이라는 말은 언제나 상대적이지 않은가.

우리 주위에는 '안 괜찮은' 사람들이 있다. 바로 소수자다. 장애인, 비만인, 성 소수자, 가난한 사람, 혼혈인, 여성, 노인, 은둔형 외톨이 등 모두 언급할 수 없을 정도다. 사회는 그들을 '괜찮지 않은 존재'로 인식하고, 그들 자신이 가진 소수성을 극복하길 바란다. 아마도 패럴림픽에서 신체장애를 극복하고 금메달을 쟁취하는 이야기, 잠을 줄여서라도 가난을 극복한 부자의 성공 신화, 타인의 시선 때문에 수십 킬로그램 감량에 성공한 사람의 경험담을 들은 적이 있을 것이다.

대한민국 헌법 제10조에는 '모든 국민은 인간으로서의 존엄과 가치를 가지며'라고 명시되어 있다. 우리 사회에 빗대어 보면, 소수자는 그 국민에 포함되지 않는 듯하다. 우리 사회는 그들을 존엄한 존재로 바라보지 않는다. '귀하고 엄숙한 존재'가 아니라 그저 '괜찮지 않은 존재'로 생각한다. "니 그래 살아가 우얄래?" 나는 자라면서 괜찮다는 말은 거의 들어본 적이 없고, 나를 걱정한다는 말로 포장한 비교와 비하에 시달렸다. 내가 한부모 가정의 가난한 아이라도 괜찮다면 학교에 내야 하는 가정환경조사지를 친구에게 숨길 이유도 없었을 것이고, 공부만이 선택지가 아니라도 괜찮다면 어릴 때 꿈이던 가수가 되었을지도 모르겠고, 결혼 적령기라는 기준을 남들과 비교당하며 보통의 삶을 강요받을 일은 없었을 테다. 하지만 남들이 보기에 나의 삶은 괜찮지 않았고, 괜찮아지기 위해서 소수성을 극복해야만 했다.

나는 '누구에게나 괜찮음을 전하는 사회' 같은 막연한 꿈을 현실로 만들기 위해 사회복지사로 일한다. 이처럼 추상적 기대를 현실로 만들기 원한다면, 흔히 떠올리는 사회복지사의 일로는 한계가 있을 수도 있다. 시민의 인식과 문화 같은 거시적 관념을 함께 바꾸어야 하기 때문이다. 사회복지사라고 하면 직관적으로 떠올리는 일은 주민과 상담하며 개인 삶을 변화하도록 돕는 것일 테다. 하지만 나는 현재 지역사회보장계획을 만들면서 지역의 시스템적 변화를 위해 노력한다.

'지역사회보장계획'은 쉽게 말해서 사회보장과 관련한 시 · 군 · 구 단위로 세우는 새해 목표 같은 것이다. 4년짜리 중장기 계획을 먼저 세우고, 이를 달성할 수 있도록 1년 단위로 세부 계획과 목표를 만든다. 우리 지역에서 이것만큼은 꼭 달성하겠다는 다짐 같은 것이다. 인식 변화처럼 추상적인 변화를 위해서는, 지역사회보장계획을 수립하는 것처럼 시스템 변화를 고민하는 것이 필요하다. 다만, 추상적 기대만으로 계획을 수립하는 것이 아니다. 계획은 주민의 다양한 욕구 분석과 지역문제 조사 등의 과정을 통해 만든다. 추상적인 목표를 구체적으로, 명확한 근거를 바탕으로, 현실적인 대안을 갖추도록 하는 것이 사회복지사로서 내가 하는 일이다. 그것은 결국 사회가 공동의 책임을 인정하고, 구성원 개개인에게 꿈을 가져도 괜찮다고 말하는 것과도 같다.

행복한 사회복지사가 행복한 사회를 만든다

사회복지사가 된 이후 나는 업무 시간에 집중해서 일하고 정시에 퇴근하는 것을 중요하게 생각했다. 퇴근 이후에 특별하게 하는 일이 있어서는 아니었다. '워라밸'은 누구에게나 존중되어야 할 가치이고 당연한 것이기도 하다. 처음에는 워라밸을 단순히 정시 퇴근하는 정도로만 여겼다. 하지만 사회문제 해결을 위해 애쓰던 낮의 노력과 사회복지사로서 가치관이나 소명 의식, 사회현상을 보는 다른 시각, 문제의식 등은 점차 나의 삶도 바꾸기 시작했다. 예를 들면, 기후 위기에 대응하기 위해 다양한 정책과 사업을 종일 고민하고 힘주어 이야기한다. 하지만 퇴근 이후, 플라스틱과 일회용품을 거리낌 없이 사용하던 나의 모습을 발견하고 스스로에게 염증을 느꼈다. 이것은 직장인으로서의 나와 개인으로서의 나의 정체성 분리가 아닌 통합된 주체로서의 삶을 고민하도록 했다. 나에게 워라밸은 여가 시간을 확보하는 것이 아니라 개인의 삶과 사회복지사로서의 삶을 일치시키는 노력이 되었다.

    사회문제에 민감하게 반응하는 사회복지사로서 나는, 기후 위기를 심각하게 인식하고 적극적으로 행동하려고 한다. 저렴한 가격으로 한 철 입고 버려야 하는 패스트 패션을 반대하고, 하루 한 끼 정도는 채식으로 전환하고, 재사용 가능한 제품마저 최소한으로 소비하는 미니멀리즘을 좇으며 살아간다. 나의 삶에 사회복지사로서의 직업윤리가 영향을 미친다. 사회복지사로 사업을 기획할 때에도 내 삶으로부터 영향을 받은 가치관이 다시금 현실에서 구현되도록 노력한다. 선순환이다.

    비단 환경에 대한 것에만 국한되지 않는다. 나는 글쓰기 플랫폼 '브런치스토리'에 사회복지사의 시선으로 바라본 사회현상과 변화에 대한 열망을 써서 다른 사람에게 전달하고, 인공지능같이 급격하게 변하는 트렌드나 진보하는 인권을 공부해서 사업을 기획할 때 적용하고, 예능 프로그램을 볼 때도 레크리에이션으로 활용할 수 없을지 고민한다. 나에게 직장에서 퇴근한 이후는 삶으로의 출근을 의미하지 않는다. 동료는 나에게 이렇게 묻는다. "팀장님은 도대체 언제 쉬어요?" 나는 답한다. "이런 고민과 상상, 행동이 저에게는 쉼이에요."

    물론 변화는 언제나 번거롭고, 불편하고, 이제까지 해왔던 익숙한 방식보다 힘든 것이다. 그러나 내가 간절히 바라는 삶의 가치를 직장인으로서도, 생활인으로서도 동시에 추구할 수 있음에 행복함을 느낀다. 아마 사회복지사라면 '행복한 사회복지사가 행복한 사회를 만든다'라는 슬로건을 알 것이다. 사회복지사가 불행하다면 일에도 온전히 집중할 수가 없다.

김재용

우리가 관계하는 주민의 삶에도 직접적인 영향을 미친다. 따라서 사회복지사는 행복해야 한다. 우리 서비스를 이용하는 주민들을 위해서라도.

　밤이면 내가 바라는 사회를 꿈꾼다. 그리고 아침이 되면 간밤의 꿈을 현실화하기 위해 치열하게 문서를 쓰고, 다른 사람에게 변화가 필요함을 설득하고, 프로그램 진행으로 구체화한다. 이처럼 현실화되는 과정을 경험하면 삶이 아름다워 보이는 순간이 있다. 물론 이상적이지 않은 상황을 더 자주 마주하는 것이 현실이지만, 현실을 아름답게 바꿔갈 밤의 꿈이 낮의 현실을 지탱할 수 있도록 하는 힘이 되기도 한다. 나는 사회복지사로 일하면서 정체성이 분리되지 않고, 삶이 단단해지는 것을 느낀다. 나는 행복한 사회복지사다.

●

사회복지사가 되기 위해서는 어떤 자격과 과정이 필요한가

사회복지사가 되기 위해 필요한 자격증은 1급과 2급으로 구분되는데, 우선 대학의 사회복지 관련 필수 과목 이수(17과목)가 필요하다. 2급 자격증은 시험 없이도 전공 필수 수업과 실습, 실습 세미나 과정만 이수하면 받을 수 있다. 2024년 기준으로 1급 시험은 2급 조건에 더해 국가자격시험을 통과해야 한다. 다만 2급 자격증 취득에도 곧 시험이 생길 가능성이 있다. 변동 내용은 사회복지사협회 홈페이지를 참고하면 된다.

1급과 2급 모두 자격을 취득하기 위해서는 실습 과정은 필수다. 실습은 직접 원하는 사회복지시설에 진행 여부를 확인하고 신청해야 하며, 보통 여름방학이나 겨울방학에 진행된다. 시설에 따라 상시 모집하는 경우도 있다. 실습은 160시간이 의무 기준인데, 하루에 8시간씩 4주간 참여하면 된다. 이 실습 기간도 필수 과목으로 최대 두 번까지 학점 인정이 가능하다. 나는 한국에서 한 번, 학교와 연계된 일본의 개호 시설에서 한 번, 총 두 번을 했다. 실습과 별도로 진행해야 하는 30시간의 실습 세미나 과정도 필수다. 조금 복잡해 보이지만 학교에서 요구하는 이수 과정을 따라가면 어렵지 않다.

어떤 사람에게
이 직업을 권하는가

주변 사람들에게 "세상에 무슨 불만이 그렇게 많냐?"라는 말을 자주 듣는다면, 사회복지사가 되기에 적합한 사람일 수 있다. 개인적으로 사회복지사란, 무릇 변화의 가능성을 믿고 변화를 말하는 사람이었으면 한다. 현재에 안주하거나 현상 유지를 원하는 사람은 사회복지사가 되어서는 안 된다고 감히 생각한다. 왜냐하면 애초에 변화를 원하지 않는 사람이 많기 때문이다. 사회복지 현장에는 아직 바꾸어야 할 것이 너무나도 많다. 사회복지사는 언제나 현재보다 나은 세상을 위해 변화를 꿈꾸는 사람이다.

일상에서는 배려와 관심을 서로 주고받는 것이 당연하게 생각되지만, 사회복지사의 일은 그렇지 않아서 다른 사람에게 일방적 관심을 주더라도 돌려받지 못할지도 모른다. 하지만 돌려받지 못할 것을 두려워하지 않고 꾸준하게 타인을 향해 손 내미는 성향, 말하자면 오지랖이 넓은 사람이라면 적합할 것 같다. 사회를 변화시키는 데 꾸준함만큼 큰 무기는 없다고 생각한다. 사회복지사로서의 삶을 이어오면서 최근 다짐하는 것이 있다. '내가 당장 세상을 혁신적으로 바꿀 수 없음을 인정하자.' 꾸준한 오지랖에 대한 다짐이다. 그렇게 불만 많고 오지랖 넓은 사람이 사회복지사가 되었으면 한다.

10년 후에도 이 일을 하고 있을까
앞으로 이 일에 어떤 변화가 있을까

출생률의 현격한 감소는 형제자매뿐만 아니라 또래 친구가 사라진다는 이야기다. 아마도 미래에는 가정과 학교, 지역사회 등에서 이루어지기 마련인 기초 사회화 연습이 절대적으로 부족할 것이다. 그뿐만 아니다. 1인 가구는 2005년에 전체 가구의 20퍼센트였으나, 2050년에 40퍼센트 가까이 이를 것으로 전망된다. 1인 가구 모두가 돌봄이 필요한 것은 아니지만 외로움이나 고립은 몸과 마음 건강에 악영향을 미친다는 것이 최근의 연구 결과들로 드러나고 있다. 사람은 관계 기반의 신체 구조를 가졌다. 하지만 어렸을 때부터 관계 기반의 연습을 하지 못한다면 더욱 외롭고 병든 사회가 될지도 모르겠다.

통계청에 따르면 2024년 기준 중위 연령은 46세다. 65세 이상의 고령 인구는 계속 늘어나 2050년이 되면 전체 인구의 40퍼센트를 초과할 것으로 추정하고 있다. 의료 기술의 발달로 사람은 현재보다 더 오래 살 것이 분명하다. 그렇다고 중증 질환이나 장애로부터 자유로워지는 것은 아니다. 누구나 한 번쯤은 장애를 경험하고 죽는 시대가 온다. 다시 말해 돌봄을 필요로 하는 사람이 계속 늘어날 것이다.

김재용

한 가지 기억해야 할 것은 돌봄은 '호혜'가 원칙이라는 것이다. 내가 돌봄을 받을 수 있다는 것도 인정해야 하지만, 내가 돌봄의 책임을 가져야 한다는 것이 전제다. 나 또한 부모로부터 돌봄을 받았고, 사회로부터 각종 보장 제도로 돌봄을 받으며 살아간다. 실제로 누군가를 돌보는 것이 몸과 마음의 건강에도 도움이 된다. 이를 '헬퍼스 하이(helper's high)'라고 하는데, 타인을 돌보는 과정에서 정서적 포만감을 느끼고 이러한 긍정적인 변화는 정신적 효과를 넘어 신체적 반응으로 나타난다. 나의 건강을 위해서라도 돌봄을 적극적으로 해야 하는 것이다. 사람이라는 존재가 언제까지라도 돌봄을 주고받는 관계 속에 살아가야 함을 안다면, 사회복지사의 전망은 그리 어둡지 않다고 느껴진다.

이 일을 잘하려면
어떤 능력과 노력이 필요한가

사회복지학은 실천 학문이며, 전공과목도 조사, 가족 상담이나 치료, 의료사회복지, 프로그램 개발과 평가 등 주로 실천 기술에 대한 것이 많다. 여기에 이 직업의 가치를 함양시키는 것이 더 중요하다고 생각한다. 이것이 '사회복지사는 착한 사람' 혹은 '좋은 일 하시네요'라는 굴레를 만든다는 것도 잘 안다. 그럼에도 사회복지사가 어떠한 가치를 가지느냐에 따라 서비스 과정에서 주민의 삶에 큰 변화를 가져올 수도, 밑 빠진 독에 물만 부을 수도 있다. 따라서 전공과목 이수의 과정에서 기술적 습득도 필요하지만 스스로 사회복지사로서 가치를 쌓는 시간이 되었으면 한다.

그럼에도 현실적인 이야기를 하자면, 컴퓨터를 활용하는 능력이 필요하다. 사회복지시설의 주요 기능인 주민 조직화나 사례 관리, 프로그램 개발 등에서 컴퓨터 활용은 필수적이다. 행정 조직의 특성도 가지는 사회복지 현장은 모든 것이 문서로 시작해서 문서로 끝난다고 해도 과언이 아니다. 한 가지 강조하고 싶은 것은, 나는 신입 사회복지사에게 홍보 업무 맡기는 것을 절대 반대한다. 홍보는 해당 기관의 비전과 미션을 이해하고, 이를 다른 사람에게 전하는 복합적인 업무다. 엑셀과 파워포인트, 한글 문서 작업뿐만 아니라 최근에는 단지 젊다는 이유만으로 영상 기획과 제작까지 직접 하는 홍보 업무가 부여되는 것이 현장의 안타까운 실태다.

사회복지사가 활동할 수 있는 다양한 영역

사회복지학을 전공하는 경우 예비 사회복지사들은 사회복지시설로만 취업 가능성을 좁혀두는 경우가 많다. 하지만 사회복지사의 일은 사람을 대상으로 하는 실천 영역이고 모든 삶의 형태에 사회복지사가 존재하며 활동의 영역도 매우 다양하다. 우선 사회복지시설에 취업하고 싶다면, 보건복지부뿐 아니라 여성가족부에서도 운영 중인 사회복지시설 유형을 참고해서 직군을 살펴볼 수 있다.

사회복지사는 현장에서 주민이나 서비스 이용자와 상담하거나 후원 물품을 전달하는 직접 서비스 조직 외에도 시스템 변화나 일선 현장 지원을 목적으로 하는 '중간 지원 조직'에도 취업이 가능하다. 모든 중간 지원 조직을 언급할 수 없지만 예를 들면 사회복지사의 권익 증진을 위해 노력하는 '사회복지사협회', 사회복지 정책 개발이나 시민 참여 유도로 복지사회를 만드는 '사회복지협의회' 등이 있다. 각종 재단, 사회서비스원(자치단체 등 공공에서 직접 운영하는 돌봄 서비스 기관)에도 취업이 가능하다. 또한 기업의 사회공헌 담당자나 군대의 군사회복지사로 일할 수 있고, 시·군·구의 지역사회보장계획을 수립하는 지역사회보장협의체, 교도소와 같은 교정복지시설, 학교나 병원 등도 사회복지사를 필요로 한다.

아이들의

건강한 성장을 돕는 일

보건교사

이 명 옥

○

아픔을
마주하고 느끼는 무력감

"나는 학교 다닐 때 한 번도 보건교사 얼굴을 본 적이 없어. 보건실에는 도대체 누가 가는 거야?"

하루에 100명도 넘는 아이들이 보건실을 방문해서 너무 힘들다고 푸념했더니 남편이 한 말이다. 내가 보건교사라고 말하면 대부분 사람들의 반응이 이와 비슷했다. 이런 말을 하는 사람들은 자라면서 자주 아프지 않고 건강하게 성장했을 가능성이 높다. 사람들은 대체로 자신과 주변 사람들이 크게 아파본 적이 없으면 세상 사람들 대부분 다 건강하게 살아갈 것이라 생각한다. 나 역시 초, 중, 고를 통틀어 보건 선생님을 만난 것은 초등학교 때 그네를 타다 떨어져 턱이 찢어지는 사고가 났을 때가 유일하다.

보건교사로 근무하면서 비로소 학교에 아픈 아이들이 많다는 것을 알았다. 필요한 돌봄을 충분히 받지 못한 아이들도, 보호와 관심에 익숙한 나머지 작은 통증도 참지 못하는 아이들도 자주 보건실에 들렀다.

초등학교 1학년 혜수(가명)가 보건실에 왔다. "내가 아픈

이명옥

건 아무래도 스트레스 때문인 것 같아요"라며 한숨을 쉬었다. 혜수는 자유가 없다고 했다. 집에 가면 공부만 해야 하고 받아쓰기 한 개 틀렸다고 엄마에게 손바닥을 맞았다고 했다. 혜수의 공부 스트레스가 심각한 것 같아 담임선생님과 아이의 상태를 의논했다. 담임선생님 말에 의하면 혜수가 받아쓰기 커닝을 하다가 들킨 적이 있다고 한다. 100점을 받지 못하는 상황이 너무 두려웠던 것이다. 혜수의 엄마는 매일 아이를 교실까지 데려다주는 정성을 보였다.

아파도 부모가 데리러 올 수 없는 상황의 아이들도 있었다. 6학년 민수(가명)는 이유를 알 수 없이 자주 아팠다. 그때마다 조퇴를 하고 집으로 가고 싶어 했지만 엄마가 허락하지 않았다. 민수는 보건실에 누워 아픔을 견뎌야 했다. 민수보다 세 살 어린 동생을 키우는 민수의 엄마는 고단했다. 이제 다 큰 것처럼 보이는 민수에게 신경 쓸 여유가 없었다. 민수는 병원에 가도 정확한 병명을 듣지 못했다.

혜수나 민수 같은 아이가 학교에 많다. 내가 마주하는 아이들의 고통은 내가 보고 있는 것보다 더 크고 깊었다. 아이가 호소하는 불편이 아이를 책임지는 부모와 그보다 더 큰 사회적 시스템과 연결되어 있음을 느낄 때 나는 자주 절망했다. 아이의 불편함이 부모로 인한 것이라 해서 함부로 부모를 탓할 수 없고, 아이의 불편함으로 인해 고단한 부모의 문제도 내가 해결할 수 없었다. 나는 무엇을 할 수 있을까, 어디까지 할 수 있을까, 이것밖에 할 수 없을까를 고민하고 질문했다.

오늘도
무사히

학교를 옮겨 새 보건실에 가게 되면 가장 먼저 하는 일이 있다. 바로 보건실 문 앞에 '선생님은 지금 출장 중입니다. 담임 선생님의 도움을 받으세요' '선생님은 수업 중입니다. 다음 쉬는 시간에 찾아와주세요' 같은 나의 소재를 알리는 팻말을 만들어 붙이는 것이다. 팻말에 없는 장소로 이동할 때는 포스트잇에라도 적어두었다. 학생 수가 많은 학교에 근무할 때는 화장실에도 오래 못 있었다. 그사이에도 아이들이 보건실에 오기 때문이다. 밥을 먹다가도 나를 부르면 달려가야 했다. 한 보건 선생님은 화장실에 자주 못 가서 방광염에 걸렸다. 그 선생님은 화장실에 가는 일이 부담되어 일부러 물을 마시지 않았다고 한다.

보건교사인 나는 나의 부재가 언제나 신경 쓰였다. 코로나 이후 재학생 1,000명이 넘는 학교에는 두 명의 보건교사가 배치된 곳도 있다지만 대부분의 학교에서 보건교사는 한 명이다. 나를 대체할 인력이 없다는 사실은 큰 부담이었다. 그래서 출장을 갈 때도 늘 교내 메신저로 나의 부재를 알리고, 아이들이 불편을 겪지 않도록 안내해줄 것을 교사들에게 부탁했다. 학교 안에서도 휴대전화는 꼭 챙겼다. 그렇게 신경을 써도 정작 자신이 찾을 때 없으면 학생들은 내가 자주 자리를 비우는 사람이라고 여겼다.

구급 가방은 항시 보이는 곳에 두고 바로 들고 나갈 수 있게 챙겨두었다. 챙겨두면서도 쓸 일이 없기를 바라는 마음이었지만 그 구급 가방을 들고 출동해야 하는 일은 종종 생겼다. 아이들이 강당에서 체육 활동을 하다 크게 다치기도 했고, 급식소 조리종사원이 화상을 입거나 출근길에 교직원이 다치는 경우도 있었다. 만약의 경우는 생각하지 못했던 곳에서 발생하기 마련이다. 나는 출근할 때마다 '오늘도 별일 없이, 무사히'를 기도했다.

최선을 위한
강박

보건교사로 살아가면서 여러 가지 강박이 생겼다. 일종의 직업병이다.

첫째는 청결에 대한 강박이다. 코로나19와 같은 신종 감염병의 대유행을 여러 번 겪고 나서 더 심해졌다. 청결에 집착할수록 사용하는 일회용품의 수가 늘고 보건실에는 온갖 감염병 관련 물품이 보관되어 있다. 쌓여 있는 일회용 소독용품과 독한 약품들을 볼 때마다 사람만 잘 살자고 자연은 다 죽이는 것 아닌가 하는 섬뜩한 생각도 들었다. 그러나 학교 안에는 내가 보호해야 할 아이들이 많다. 나 자신을 보호하기 위해서라도 어쩔 수 없이 청결을 생각할 수밖에 없었다. 기침이 심한 아이들이 누웠다 가기만 해도 이불을 소독했다. 걸레도 일회용을 사용해서 소독약을 뿌려가며 닦았다. 출근하면 창문을 열어 환기부터 했다. 아무리 애를 써도 살아 있는 한 완벽하게 병원균으로부터 차단될 수는 없다. 면역력이 생기려면 어느 정도의 균을 받아들이고 이겨내야 한다는 걸 알면서도 자꾸 닦고 씻어내야 할 것들이 눈에 보였다.

두 번째는 기록에 대한 강박이다. 나는 프로그램을 이용해 보건실에 방문하는 아이들의 상태와 치료 내용을 바로바로 기록한다. 방문 시간 기록에도 신경을 쓴다. 조금 크게 다친 경우는 사진을 찍어두는 것도 필수다. 학기 초 건강 상태 조사를 통해 나온 관련 정보를 꼼꼼히 메모해놓고, 학생들의 가정환경에 대한 정보도 추가했다. 요즘은 알레르기가 있는 학생들도 많아서 약을 사용할 때도 조심해야 한다.

교사와 부모 모두 아이들의 상처에 예민하다. 크게 다쳐서 병원에 갔을 경우 책임 소재를 묻는 민원이 많았다. 그럴 때 기록은 증거자료로 쓰였다. 그다지 크게 다친 상황이 아니었는데도 그 학생의 방문 이유와 관리 내용을 요구받기도 했다. 안전공제회 보험 청구를 위해서도 기록이 필요한데, 밤늦게 관리자로부터 학생이 그날 보건실을 방문했는지 묻는 전화를 받은 적도 있다.

최근 부모와 교사 사이의 갈등이 많다. 아동 학대나 학교폭력과 관련해서 위원회가 열리는 경우도 허다하다. 그러니 기록을 제대로 해야 한다는 강박이 자연스럽게 생겼다. 교사와 학생을 보호하기 위한 일이기도 하고 다음에 일어날 사고를 방지하기 위해서이기도 하다. 기록된 내용은 통계를 내어 다음번 계획이나 연수 자료로 쓰기도 한다.

이명옥

세 번째는 진단에 대한 강박이다. 학생을 병원에 보내야 하는데 보내지 않아서 상태가 악화되었다거나 응급처치가 늦어서 돌이키지 못할 결과가 생기는 경우가 종종 있었다. 아이들은 체육 시간 후에 우르르 몰려와서 발을 삐끗했다거나 손가락이 아프다고 호소했다. 대부분은 냉찜질과 파스, 붕대로 해결되지만 큰 증상 없이 골절되는 경우도 많았다. 놀이터에서 코를 부딪쳤다고 해서 냉찜질을 하고 혹시 모르니 병원에 가보라고 했는데 코뼈 골절이라고 한 경우도 있었다. 일상적인 두통인 줄 알았는데 뇌출혈로 목숨을 위협하는 경우도 있었다. 때로는 별것 아닌데 병원 가라고 했다고 항의하는 민원 전화를 받기도 한다. 별일을 별것 아니라고 생각해 큰일이 나는 것보다 별것 아닌데 별것이라고 생각해 제대로 대처하는 편이 더 나았다.

경력이 쌓이면 이제 능숙하게 일을 처리하고 자신감 있게 일할 만도 한데 나는 아직도 이 모든 상황이 두렵다. 내가 하는 이 일이 누군가의 생명이나 손상과 연결되어 있다고 생각하면 어느 것 하나 허투루 할 수 없는 일이다. 늘 최악을 상상하고 최선이 무엇인가를 고민할 수밖에 없다.

●

나의 멘토
'보건교사 안은영'

정세랑의 《보건교사 안은영》은 보건교사를 주인공으로 하는 판타지 스릴러 소설이다. 드라마로 만들어져 인기를 끌기도 했다. 소설 속 주인공 안은영은 남들이 보지 못하는 괴물들을 볼 수 있다. 안은영은 자신이 가진 작은 초능력과 무지개 칼, 장난감 딱총 같은 황당한 도구들로 그 괴물들을 물리친다. 보고도 모른 척할 수 있는데 안은영은 자신만이 볼 수 있고 자신만이 할 수 있는 일을 포기하지 않는다. 그런 그녀의 친절한 행동이 주변의 많은 사람들을 살린다.

　나는 소설과 드라마를 모두 본 후 보건교사 안은영을 나의 직업적 멘토로 삼았다. 안은영은 괴물들이 있는 기괴한 세상을 포기하지 않았다. 자신이 만나는 아이들도 포기하지 않았다. 때로 자신의 에너지를 충전할 수 있는 사람과 연대하면서 자신이 할 수 있는 유쾌함으로 할 수 있는 일을 해나갔다. 안은영의 모습은 지치고 무기력했던 나에게 신선한 충격으로 다가왔다. 안은영의 활약은 비장하기보다 유쾌하고 엉뚱했다. 나도 세상을 변화시킬 큰 각오는 아니더라도 내가 만

나는 아이들에게 내가 가진 작은 친절은 베풀 수 있겠다 싶었다. 그것이 남들이 보기에는 좀 황당하고 어이없어 보일지라도 아이들이 웃을 수 있다면 괜찮을 것 같았다.

그 뒤로 나는 보건실에 다양한 치료 도구들을 구비했다. 보건교사 안은영의 보건실 캐비닛처럼 상상력을 발휘했다. 말로 표현하기 힘든 아이들의 감정과 소망을 그림이 그려진 카드를 뽑아 표현할 수 있도록 도왔다. 책상 서랍에는 버튼을 누르면 뾰로롱 소리가 나는 요술봉도 사두었다. 매일 명확하지 않은 증상으로 보건실을 찾는 아이들에게는 "믿음이 있어야 낫는다"라는 말을 해주며 요술봉으로 아픈 부위에 마법을 걸어주었다. 아이들이 까르르 웃었다. 위안이 필요한 아이들에게는 맛있는 비타민도 하나씩 주었다. 말속에 힘이 있으니 "나는 건강하다"라는 확언도 함께 했다. 어떤 날은 아이의 허락을 받고 '꼭 안아주기' 치유법도 썼다. 아이들에 관한 글을 쓰기 시작한 것도 이때부터다. 나태주 시인의 말처럼 자세히 보고 오래 보니 사랑스럽고 예뻤다.

아플 때 잠시 왔다가 건강해지면 다시 잊히는 곳이라도, 불편한 곳이 있을 때 언제든 찾을 수 있는 보건실이 되었으면 싶었다. 아이들은 조금만 신경을 써주어도 잘 나았다. 다양한 도구들을 사용할수록 내 마음에는《보건교사 안은영》에 나오는 '에로에로 에너지'가 조금씩 생겨났다. 사랑이다. 어쩔 수 없는 일이라 포기하고, 내가 하는 일이 무의미하다 여기지 않고 그때 잠시 아이가 좋아지는 것처럼 보이는 것뿐일지라도 나는 지금 이 자리에서 내가 할 수 있는 일을 하기로 했다.

함께 공부하며
답을 찾아가다

내 안에 에너지가 조금씩 생기자 주변 사람들이 눈에 들어왔다. 코로나 시기를 너무 힘겹게 보내고 있는 주변 보건 선생님들이 보였다. 실제로 코로나가 시작되고 나서 나를 비롯한 보건 선생님들이 많이 아팠다. 당시 지역 보건교사회 회장을 맡으며 내가 할 수 있는 일을 해보자 싶어 보건교사회 단톡방에 아침 인사를 하기 시작했다. 일종의 조회 같은 것이다. 아침 인사를 나누며 우리는 혼자가 아니라 함께하고 있음을 상기시켜주었다. 코로나 상황과 처리 방법도 공유하면서 업무의 부담을 줄이고자 했다.

학교에서 잘 이겨내려면 우리 몸이 건강해야 하니 운동 인증도 하고 마음을 다스리기 위해 명상과 감사일기를 공유했다. 만날 수 없었지만 가능한 온라인 도구들을 적극적으로 활용했다. 매주 토요일 새벽 6시에 온라인으로 《보건교사 안은영》을 비롯한 마음을 채워주는 많은 책들을 함께 읽고 이야기 나누었다. 그렇게 2021년에 지역 보건교사 모임에서 시작된 책모임은 지금도 이어가고 있다. '생활습관 의학 연구회'라는 이름의 도 단위 전문적 학습 공동체에서 같이 건강 관련 연구도 하고 있다. 방학 때는 평소 읽기 힘든 전공 서적을 같이 공부하고 워크숍도 열어서 회원들이 각 학교에서 적용한 건강 사업 사례 발표도 하고 수업 나눔도 했다. 업무에 활용할 수 있는 작은 아이디어들을 나누니 서로의 업무 효율도 훌쩍 향상되었다.

동료 보건 선생님들과 함께 질병에 대해 연구하고, 응급처치 대처법도 익혀가며 진단 실수나 응급처치에 대한 두려움들을 내려놓을 수 있었다. 《불행은 어떻게 질병으로 이어지는가》라는 책을 읽으며 어린 시절의 트라우마가 어떻게 아이들을 아프게 할 수 있는지를 배웠다. 절망하지 않고 함께 해결책을 찾는 방법과 사례도 보았다. 책을 통해 아이들의 고통을 이해하고 내 일에 대한 자신감도 얻었다.

모임을 시작한 후 보건교사로서 삶의 의미를 재발견했다고 말하는 선생님들도 있었다. 진주에 있는 초등학교에서 근무하는 김 선생님은 그동안 어떻게 하면 빨리 명예퇴직해서 보건교사 일을 그만둘 수 있을까 생각했다고 말했다. 그랬던 사람이 지금은 교육청에서 건강 증진 예산을 받아 3년째 학생과 학부모를 위한 적극적인 건강 프로그램을 운영하고 있다. 아이들과 학부모들을 위한 '웰니스 센터'를 세우고 싶다는 꿈까지 꾸고 있다.

학생, 학부모,
지역사회와 연결되는 프로젝트

새 학기를 시작하는 3월이면 보건교사는 가장 먼저 '학교 건강 증진 계획서'를 작성해서 결재를 받는다. 1년 동안 학생들의 건강을 위해 어떤 사업을 할 것인지 계획하는 것이다. 그

동안 매번 하던 대로 계획을 세우고 결재를 받아도 내 업무를 잘 모르는 관리자들은 별말이 없었다. 그런데 연구회를 통해 건강에 대한 관심을 가지다 보니 건강 증진 계획을 제대로 세워야겠다는 생각이 들었다. 지난해 학생들의 신체 발달 상황과 감염병 발생 현황, 안전사고 현황, 보건실 이용 통계 등을 살펴서 학생들의 건강 문제가 무엇인지 살피고 어떻게 아이들이 건강하게 자랄 수 있는지 고민했다.

코로나 시기를 지나면서 가장 크게 대두된 문제는 학생들의 불균형한 식습관과 신체 활동량 부족이었다. 집에 머무는 시간이 길어지면서 인스턴트 위주의 식사에 길들여졌고 활동량은 당연히 줄었다. 학생들의 비만율이 눈에 띄게 높아진 것을 통계로 확인했다. 그래서 코로나가 한창이던 2021년도부터 신체 활동 늘리기를 고민했다. 아직 오프라인 활동이 어려운 시기였으므로 우선 각 가정에서 할 수 있는 운동 인증 프로그램을 계획했다. 학부모와 학생이 같이 운동을 하고 온라인 커뮤니티 앱 밴드에 22일간 사진과 영상으로 인증하는 방식으로 시작했다. 22일은 어떤 습관이 자리 잡는 최소한의 시간이라는 연구 결과를 참조했다. 참여도를 늘리기 위해 비교적 쉬운 감사일기 쓰기나 웃음 인증, 물 마시기도 인증할 수 있도록 했다. 학교에 매년 책정되는 흡연 예방 사업 예산을 활용해 인증 목표에 달성한 학생과 학부모, 교직원에게 보상 상품을 제공했다.

솔선수범하기 위해 매일 새벽 내가 운동하는 모습을 영상으로 찍어 제일 먼저 올렸다. 그날의 미션이 시작되었음을 알리고 습관과 관련된 좋은 문구도 소개하며 파이팅을 외쳤다. 22일간의 온라인 건강 습관 프로젝트의 결과는 기대 이상이었다. 학부모, 학생, 교직원 모두가 할 수 있다는 자신감을 얻어 지속적으로 건강을 위한 실천을 하겠다는 피드백이 많았다. 이 프로젝트의 사례를 다른 지역 보건 선생님들에게 알렸고 지금은 많은 학교의 보건 선생님들이 다양한 온라인 프로젝트를 시행하고 있다.

그 이후로도 영양사 선생님과 협력한 식생활 프로젝트, 보건소와 협력한 방학 건강 습관 프로젝트, 학생 걷기 동아리 활동, 비만 아동 걷기 상담 등 다양한 프로젝트를 운영했다. 이 모든 프로젝트는 연구회 선생님들과 함께 공유하고 각 학교 실정에 맞게 적용하도록 도왔다.

건강 증진 프로젝트를 계획하고 진행하면서 '연결'이라는 단어를 생각했다. 그동안은 학부모 민원에 대응하기 위해 나를 방어할 목적으로 기록을 중요하게 생각했다면 건강 증진 프로젝트를 한 후로 꼼꼼한 기록은 학생들의 건강을 향상시킬 방법을 모색하고 건강 정도를 확인할 수 있는 도구가 되었다. 국가 건강 증진 종합 계획이라는 큰 목표와 단일 학교의 건강 사업이 연결되어 있다는 사실도 알았다. 내가 하는 일은 작은 일 같지만 큰 의미를 지닌 일이었다.

행복 상상
보건교사

건강 프로젝트를 하고 나면 반드시 피드백을 받았다. 어떤 프로젝트는 내가 생각했던 것보다 만족스럽지 못한 결과가 나올 때도 있었지만 신기하게 '내 삶이 변했다'고 피드백을 하는 사람들이 꼭 있었다. 걷기 마라톤이 끝나고 한 학부모는 우울증에서 벗어났다고 말했다. 우리 학교로 부임했을 때 원인 모를 호흡곤란 증상을 겪고 있던 한 교사는 건강 프로젝트 이후 지금도 꾸준히 운동을 하며 건강도 좋아지고 삶의 기쁨을 찾았다고 했다. 열흘간 운동장 세 바퀴 걷기 프로젝트가 끝나고 초등학교 3학년 남학생은 내게 편지를 주고 갔다. "선생님, 힘들었는데 너무 재밌었어요. 건강하게 해주셔서 감사합니다. 건강에 좋은 걷기 다음에 또 해요."

그런 감사한 고백을 들으며 나는 모든 사람에게는 스스로를 치유할 힘이 있다는 것을 알았다. 나는 그 힘을 발견하고 발휘할 수 있도록 도움을 주는 사람일 뿐이다. 필요한 순간에 주는 작은 도움은 사람을 살릴 수도 있었다. 그 필요한 순간을 제대로 발견하고 도움을 주기 위해 나는 공부하고, 상상하고, 시도한다.

내 블로그 이름은 '행복 상상 보건교사'이다. 블로그와 유튜브 채널 캐릭터에는 마법 모자를 쓰고 마법 봉을 든 마법사가 있다. 오늘도 나는 그렇게 유쾌한 보건교사로 아이들을 만난다. 나로 인해 아이들이 한 번 더 웃을 수 있다면, 그래서

이명옥

더 건강한 삶을 누릴 수 있다면 나는 꿈을 이룬 행복한 보건 교사다.

●

보건교사가 되기 위해서는
어떤 자격과 과정이 필요한가

우선 교사가 되기 위해서는 교원 자격증이 필요하다. 교육대학 또는 사범대학의 과정을 이수하고 졸업하면 교원 자격증을 취득할 수 있다. 비사범 계열의 일반대학, 교육대학원에서 교직 과정을 이수하는 사람도 교원 자격증을 취득할 수 있다 (단, 비사범 계열에서는 교직 과정을 이수할 수 있는 인원수 제한이 있다).

　　보건교사가 되기 위해서는 교원 자격증과 더불어 간호사 자격증이 필요하다. 간호사 자격증은 간호대학에서 4년 학부 과정을 마치고 간호사 국가고시 시험을 통과하면 받을 수 있다.

　　국공립학교의 교사가 되기 위해서는 교사 선발 과정인 임용시험을 쳐서 통과해야 한다. 임용시험은 시도 교육청별로 필요한 인원을 뽑는 경쟁 시험이다. 사립학교의 경우 학교 자체로 선발하기도 하고, 공식 임용시험을 쳐서 일정 수의 인원을 선발한 후 면접으로 최종 합격자를 선발하는 경우도 있다. 2013년부터 임용시험을 치기 위해 한국사능력검정시험 3급 이상의 인증서를 취득해야 한다.

이명옥

어떤 사람에게
이 직업을 권하는가

보건교사는 매일 도움이 필요한 아이들과 교직원들을 만난다. 사람을 만나는 일이 어렵지 않고, 누군가에게 도움이 되는 사람으로서 보람을 느낄 수 있다면 보건교사 일이 즐거울 수 있다. 모든 교사가 마찬가지지만 무엇보다 다른 사람의 아픔과 마음을 이해할 수 있는 공감 능력이 요구되는 직업이다.

또한 냉철한 판단과 행동이 필요하다. 학교의 유일한 의료인으로서 응급 상황에서 다친 학생들의 손상을 최소화하기 위해서다. 지속적으로 최신 건강 정보에 대해 관심을 가지고 응급 상황에 대한 시뮬레이션을 여러 번 하고 준비된 상태여야 신속하게 움직일 수 있다.

학교 교육과정은 대부분 1년을 주기로 반복된다. 보건교사의 일도 그에 맞추어 매년 반복되는 일들이 대부분이며 공무원으로서 조직에서 요구하는 공문 처리 등 업무를 정확하게 해내야 한다. 반면 학교에서 존재감을 드러내거나 눈에 띄는 성취감을 맛보기는 어려울 수 있으므로 직업인으로서의 의미를 스스로 찾아야 한다. 조직과 규범의 틀 안에서 안정적으로 일하는 것이 어렵지 않은 사람에게는 매력적으로 느껴질 수 있다.

한편, 교사는 빠르게 변하고 있는 사회에 가장 먼저 대비하고 준비해야 하는 직업이기도 하다. 코로나 시기를 겪으면서 가장 변하지 않을 것 같던 교육 환경이 빠르게 변하고 있다. 초등 1학년부터 고등학생에 이르기까지 전국의 모든 학교에서 1인 1대의 정보화 기기를 보급했다. 수업 현장에서 바로 학생들의 학습활동을 기록하고 평가하는 프로그램부터 아이들이 스스로 문제를 해결하기 위해 온라인 공간에서 활동하는 것까지 다양한 교육들이 이루어지고 있다. 수업뿐 아니라 보건 업무에서도 감염병 통계 프로그램이나 응급 상황 발생시 가장 빠르게 판단할 수 있는 프로그램 개발 등 업무 효율화를 위한 작업이 이루어지고 있다. 호기심과 탐구심은 가르치는 일을 하는 교사 누구에게나 필요한 자질이다.

10년 후에도 이 일을 하고 있을까
앞으로 이 일에 어떤 변화가 있을까

한국의 출생아 수는 계속 급감하고 있다. 초등학교에서 근무하다 보니 매해 입학생 수가 줄어드는 걸 눈으로 확인하고 있다. 학생 수 감소는 앞으로도 계속될 것으로 전망된다. 2024년에만 해도 신입생이 한 명도 없는 초등학교가 전국에 157곳이었다. 앞으로 채용 교사의 수도 그만큼 줄어들 것이다.

학생이 귀해진 만큼 학교와 교사에 대한 학부모의 기대도 커질 것으로 예상된다. 학교의 돌봄과 기타 서비스에 대한 요구는 날로 늘어가고 있다. 학교는 이제 가르치는 장소만이 아니라 학생들에게 실질적으로 돌봄과 건강 서비스를 제공해야 하는 기관으로 변해가고 있다. 지금 학교에서 급식을 제공하는 것이 자연스러워진 것처럼 다른 돌봄의 요구는 계속 늘어날 것이다.

예전에는 학생 수가 적은 시골 학교에는 보건교사를 배치하지 않았다. 그러나 시골 학교일수록 의료 서비스를 제대로 받을 수 없는 취약 계층의 학생들이 많아 보건교사가 더 절실하게 필요하다. 그뿐만 아니라 학생과 학부모, 교직원의 건강관리, 지역사회 보건기관과의 연계 등 보건교사가 제공해야 할 건강 서비스 영역은 점점 더 넓어질 것으로 예상한다.

특히 학교는 좁은 공간에 많은 사람들이 밀집되어 있으므로 감염병에 취약한 곳 중 하나다. 가정과 지역사회로 감염병을 빠르게 전파시킬 수 있는 집단이기도 하다. 학교 감염병 상황에서 컨트롤 타워의 역할을 하는 사람이 보건교사이다. 실제로 코로나19 상황에서 보건교사 정원을 급격하게 늘리기도 했다. 앞으로 이런 감염병 상황은 주기적으로 발생하리라 예상되므로 학교에서 보건교사는 꼭 필요한 존재가 될 것이다.

보건교사의
어떤 꿈들

보통 병원에서 간호사로서 경력을 쌓고 보건교사 임용시험을 통해 보건교사가 되는 경우가 많다. 병원 근무 경력은 병원 종류와 정규직 여부에 따라 70~100퍼센트 경력을 인정해 월급을 계산하는 호봉에 반영된다. 병원에서 일한 경험은 응급 처치와 아픈 학생들을 대할 때 자신감을 줄 수 있다. 교사의 다양하고 풍부한 경험이 학생들의 교육에도 긍정적인 영향을 미치는 것은 분명하다.

학생 건강에 관심을 갖고 연구하다 보면 좀 더 깊고 넓게 공부하고 싶어지기도 한다. 많은 교사들이 학생들을 가르치면서 글도 쓰고, 유튜브도 하면서 자신의 콘텐츠를 생산하고 있다. 한 보건 선생님은 건강 증진 프로젝트를 운영하면서 학부모와 사회의 건강 행동이 중요함을 깨닫고 대학원에 진학해 '공동체 혁신'을 전공하기도 했다. 또 다른 선생님은 주말농장에서 농사를 지으며 느끼는 치유와 보람을 아이들에게 적용하고 싶어 원예치유사 자격증을 준비 중이다. 내가 속한 학습 공동체 선생님들은 퇴직하고 나면 함께 '웰니스 센터'를 세워서 운영할 꿈을 가지고 있다. 내 일을 열심히 잘하고 싶은 소망과 노력은 또 다른 꿈의 씨앗이 되기도 한다.

이명옥

책을 매개로

이야기와 관계성을 만드는 일

책 방 지 기

강 동 훈

◯

책을 사지 않는 사람들

결국, 오늘도 책을 팔지 못했다. 한 권도 팔지 못한 지 3일이 되었다. 방문객이 없지는 않았다. 서점 창업을 준비 중이라는 분은 도서 입고는 어디서 하는지, 책 큐레이션은 어떤 기준으로 했는지, 인테리어 비용은 얼마가 들었는지 등 이것저것 물었다. 아직 1년도 되지 않은 초보 사장이지만 도움이 될 만한 지식과 정보를 전달했다. 그는 열심히 메모하며 이야기를 듣고는 다음 일정이 있다며 떠났다. 다른 한 분은 추천 코너에 있던 책 한 권을 꺼내 들더니 의자에 앉아 세 시간 넘게 깊은 독서에 빠졌다. 그러고는 잘 읽었다는 한마디 없이 책을 제자리에 두고 서점을 빠져나갔다.

　어떤 분은 들어오는 순간부터 서점이 너무 예쁘다며 감탄사를 연발하더니 내게 사진을 찍어도 되냐고 물었다. 얼마든지 가능하며 필요하다면 촬영도 함께 해드린다고 했다. 그들은 쇼핑몰 화보 촬영을 하는 것처럼 연신 셔터를 눌러댔다. 구석구석 놓치지 않고 사진을 찍고는 아주 만족스러웠는지 밝은 목소리로 "안녕히 계세요!" 하며 떠나갔다. 서점에서 흔치 않은 시끌벅적함을 겪은 뒤라 그런지 남겨진 고요함은 더욱 쓸쓸함을 더했다. 이렇게 다양한 방문객들이 오갔지만, 책을 사는 손님이 없었을 뿐이다.

　　서점을 시작할 때만 해도 나는 다를 거라 믿었다. 제법 큰 규모의 독서모임 커뮤니티를 10년 넘게 운영했기 때문이다. 그 과정에서 지역 출판 및 독서 문화에 기여할 수 있는 방법을 고민했고, 콘텐츠에 대한 갈증이 있는 동네서점과 연계해서 독서모임을 함께 진행했다. 스터디 룸이나 카페가 아닌 서점에서 진행하는 것에 대한 참가자들의 만족도가 높았다. 서점 사장님들도 새로운 고객들을 유치할 수 있다고 고마워했다. 하지만 대관료로 나가는 비용이 작은 공간의 월세 수준에 도달하자 '이럴 거면 내가 직접 공간을 운영하는 것이 좋겠다'고 생각했다.

서점의 본질은
책을 파는 곳

'공간 비즈니스'를 하고 싶지는 않았다. 이 선택은 더 나은 독서 경험을 제공하기 위함이었다. 책을 뒷전으로 밀어내고 싶지 않았다. 그렇다고 서점을 하겠다는 결심도 쉽지 않았다. 코로나 시기를 보내면서 함께했던 동네서점 대부분이 문을 닫았기 때문이다. 책만 팔아서는 월세 감당이 어렵다 보니 카페 영업을 하거나 북토크, 독서모임 같은 프로그램 운영을 통해 수익을 창출하던 서점들이 활동에 제한이 생기니 영업에 큰 타격을 입은 것이다. 그와 다르게 이 시기를 버텨낸 서점들을 살펴보니 어떻게든 책 판매를 최우선으로 하며 애를 쓴 곳들이었다.

가까이에서 이런 현실을 목격하면서 서점의 본질에 대해 고민했다. 서점이 지속 가능하려면 책을 판매한 수익으로 월세와 인건비를 만들어낼 수 있어야 한다. 즉, '책을 판매하는 곳'이라는 사전적 정의를 현실에 구현할 수 있도록 하는 것이 핵심이었다. 책을 사지 않는 사람들을 대상으로 책을 사게 만들어야 하는 서점업의 현실. 이상하게도 이런 모순적인 상황에 매력을 느꼈다. 불행인지 다행인지 말리는 사람이 없었다. 내가 운영하는 커뮤니티 참가자들이 책을 많이 사줄 것이라는 근거 없는 기대감도 한몫을 했다. 결국 책만 팔아서 생계유지가 가능한 것을 목표로 책방을 시작했다.

이왕 하는 것, 제대로 하고 싶었다. 언제부터 내 삶에 책이 이토록 중요한 요소가 되었을까? 그 출발점에는 니코스 카잔차키스의 소설 《그리스인 조르바》가 있었다. "인간은 무엇이냐?"라는 물음에 "자유라는 거지!"라며 단호하게 외치는 조르바를 만난 뒤, '자유로운 삶'을 사는 것이 내 삶의 중요한 목표가 되었다. 그래서 서점 이름을 《그리스인 조르바》의 배경인 '크레타'로 결정했고, 로고도 조르바 댄스를 오마주해서 만들었다. 메인 컬러 또한 크레타 섬의 대표 유적지인 크노소스 궁전의 버건디 색깔을 차용하여 크레타라는 분위기가 공간에 자연스레 묻어나도록 신경을 썼다.

인테리어에 많은 비용과 공을 들인 덕분인지 문을 열자마자 '부산디자인위크'에서 선정하는 '부산디자인스팟'에 이름을 올리게 되었다. 서점이 위치한 전포동이 부산 대표 여행지로 주목받으며 방문객도 빠르게 늘어났다. 하지만 늘어난 방문객이 책 판매량을 높여주지는 못했다. 책은 사서 보는 것이 아니라 도서관에서 빌려 보는 것이라는 굳은 신념, 무거운 종이책보다는 가볍고 편리한 전자책을 선호하는 태도, 인터넷 서점의 10퍼센트 할인 외에 5퍼센트 포인트 적립도 알뜰히 챙겨야 하는 경제성 등 책 한 권을 팔기 위해 극복해야 하는 조건은 생각보다 훨씬 다양했다.

열심히, 정말 열심히 팔아야 한다

가만히 앉아서 인사만 하고 있으면 안 된다는 것을 빠르게 깨달았다. 그때부터 "원하는 신발 있으면 사이즈 말씀해주세요"라는 멘트를 반복해서 들을 수 있는 신발가게처럼, "어서 오세요. 궁금한 것 있으면 말씀해주세요"라고 외치기 시작했다. 손님이 집중해서 책을 살펴보고 있으면 테이블을 정리하는 척 슬쩍 다가갔다. "그 책은 이런 점이 좋아요. 혹시라도 책 추천이 필요하시면 편하게 물어보세요" 하며 괜히 말도 걸었다. 이 책은 어떻게 읽어야 하며, 어떤 책을 이어서 읽으면 좋은지 적극적으로 추천하면서 추가 구입도 유도했다.

내심 믿었던 커뮤니티 참가자들마저도 내 마음 같지 않았다. 모임이 끝나면 세상에서 가장 순박한 미소를 장착한 뒤 한마디를 건넨다. "자, 여러분, 다음 모임도 벌써 기대되시죠? 뒤에 보시면 책도 준비되어 있으니 바로 구매 가능합니다. 참가자는 10퍼센트 할인도 해드리니 다른 책들도 편하게 살펴보세요." 서점의 다른 책들도 천천히 살펴본 후 책을 사는 사람도 있지만, 대부분은 빠르게 다음 행선지로 발걸음을 옮긴다. 그런 뒷모습을 보고 있자면 괜한 말로 부담을 드린 건 아닌지 자책하기도 했다.

수단과 방법을 가리지 않고 책을 한 권이라도 더 팔게 되는 순간의 기쁨은, 마음에 든 이성에게 용기 내어 한 고백이 통했을 때와 견줄 만했다. 이 일을 잘하는 재능이 있는 것처럼 느껴지기도 했다. 하지만 어떻게든 책 한 권을 더 팔려 애를 쓰는 내 모습을 보고 있으면, 순수한 마음으로 책을 좋아하고 즐겼던 시절이 빛바랜 흑백사진처럼 낯설게 느껴졌다. 책은 이제 나에게 더는 놀이이자 즐거움으로만 존재할 수 없었다. 일의 기쁨과 슬픔을 안겨주고, 밥벌이의 고단함을 매일 떠올리게 만드는 애증의 대상이 되어버렸다.

'좋아서'라는
이유만으로는

파는 책보다 사야 하는 책이 더 많을 수밖에 없는 현실도 슬프다. 서점에 책을 입고하려면 교보문고나 북셀 같은 도매상을 이용하거나 출판사와 직거래를 해야 한다. 동네서점도 책을 택배로 받는데 거래처에 따라 매입가로 5만 원 또는 10만 원 이상이 되어야 무료 배송이 가능하다. 한 권이라도 일부러 책 주문을 해주시는 감사한 손님들이 있는데, 무료 배송 되는 물량이 모일 때까지 마냥 기다릴 수는 없다. 그렇다 보니 주문받은 책 외에 재고용 책을 계속 사게 된다. 한 권도 팔지 못한 날이면 언제 팔릴지 알 수 없는 책의 무게가 가슴을 짓누르는 느낌이다.

매일 아침, 오늘은 책을 얼마나 팔 수 있을지 기대와 걱정이 뒤섞인 복잡한 마음으로 출근한다. 손님들은 나의 이런 마음을 알 수 없다. 그래서일까. '책방지기가 꿈'이라며 영화 〈슈렉〉의 장화 신은 고양이처럼 반짝이는 눈빛으로 나를 바라보는 이를 종종 만난다. 그 모습을 보고 있으면 힘이 나기도 하지만, 감당하기 벅찬 책임감도 느낀다. 그들의 눈에는 지금 내 모습이 간절히 바라던 꿈을 이룬 것처럼 보일지도 모른다. 그 꿈을 응원하는 유일한 방법은 서점 크레타를 다시 찾았을 때 더욱 멋진 모습으로 맞이하는 것이지만, 가능하다고 장담할 수 없다.

수많은 선플보다 단 하나의 악플이 기억에 남는 것처럼, 서점에 왔지만 책을 사지 않는 사람들을 매일 반복해서 마주하다 보면 서서히 지쳐간다. 책과 사람이 좋아서 시작한 일인데, 책 때문에 사람이 미워지고 사람 때문에 책이 싫어지기도 한다. 서점을 한다는 것은 내가 좋아하는 것을 업으로 삼기 위해 무엇을 포기할 것이며, 어디까지 견딜 수 있는지 되묻는 시간을 필연적으로 거쳐야 한다. 결국, 좋아하는 마음 이전에 책이 목적이자 수단이 되는 선한 비즈니스 마인드를 갖춰야 한다. '책이 좋아서'라는 이유만으로는 서점 운영은 불가능하고, 해서도 안 된다.

●

독서모임 운영자에서
책방지기로

10년 넘게 독서모임 운영자로 살아왔다. 어릴 때부터 책을 곁에 둔 책벌레는 아니었다. 전공도 수학이라 독서와 거리가 멀었다. 하지만 군 생활과 동아리 활동을 하며 만난 사람 중 내가 매력적이라 생각하는 이들의 공통점에 '책'이 있었다. 그들처럼 매력적인 사람이 되고 싶은 욕심에 책을 읽기 시작했지만 혼자서는 꾸준히 읽을 자신이 없었다. 그래서 평소에 나를 잘 따르던 학과 후배들과 독서모임을 만들었다. 참가자가 아닌 운영자라는 책임감이 나를 읽는 사람으로 만들었다.

열심히 준비했다. 참고자료도 찾고, 책에는 나오지 않는 작가에 관한 이야기도 준비하며 독서와 모임의 즐거움을 나누려 애썼다. 노력이 헛되지 않았는지 참가자들의 만족도가 높았고, 모임 리더로 성장하는 이도 생겼다. 자연스럽게 모임 규모가 커지면서 출판사와의 협업, 작가와의 만남, 커뮤니티 모임 등 시도할 수 있는 것들이 많아졌다. 혼자 읽는 즐거움이 아닌 다른 사람과 나누는 즐거움을 새롭게 배울 수 있었다. 특히 "가면을 쓴 연출된 모습이 아닌, 솔직한 내 모습을 보여줄 수 있어 행복했어요"라는 한 참가자의 말은 이 일을 진정 사랑하고 싶게 만들었다.

　　과도한 업무와 복잡한 인간관계에 상처받고 힘들었던 이들이, 독서모임을 통해 잠시나마 잊고 지냈던 자신을 찾을 수 있게 도울 수 있다는 점이 특별했다. 돌이켜보면 나 또한 학창 시절에 친구들과 지속적인 관계를 유지하는 데 어려움이 컸다. 하지만 독서모임을 운영하며 이야기를 하는 사람이 아닌 들어주는 사람으로 성장할 수 있었고, 곁에는 함께 고민하고 의지할 수 있는 동료가 생기기 시작했다. 책에 기대고 사람에 의지하면서 나를 긍정할 수 있게 된 것이다. 이 일을 제대로 해보고 싶었다. 독서모임 운영자라는 씨앗은 책방지기라는 꽃의 싹을 틔웠다.

책을 읽고 싶게 만드는 서점

일본어 '츤도쿠(積ん読)'는, 책을 사는 것은 좋아하지만 쌓아두기만 할 뿐 절대 읽지 않는 사람을 말한다. 서점 크레타가 또 한 명의 츤도쿠를 만드는 곳이 되고 싶지 않았다. 책을 파는 것을 넘어, 책을 읽고 싶게 만들려면 무엇이 필요한지 고민했다. 나의 해답은 '책에 관한 이야기'였다. 손님에게 책값만 받고 마는 것이 아니라 왜 이 책을 서점에 입고했는지, 이 책이 마음에 들었다면 연결해서 읽으면 좋은 책은 무엇이며 이 책

강동훈

에서 꼭 질문해야 하는 내용은 무엇인지 등 책의 안과 밖에 걸쳐 있는 이야기 꼭 한 가지씩은 손님에게 전하려 노력했다. 독서모임을 하며 늘 하던 것들이었다.

계산만 해주는 것이 아니라 계속 말을 거는 내 모습에 당황하는 손님도 종종 있다. 하지만 그것이 책에 대한 애정이라는 것을 이내 알아채고 경계심을 내려놓는다. 이런 대화를 통해 많은 사람이 '책 선정'을 어려워한다는 점을 알게 되었다. 책을 많이 읽어온 사람이 아니라면 표지와 추천사, 목차만으로 좋은 책 또는 내게 필요한 책을 선택하기란 쉽지 않다. 그래서 '책 추천 서비스'를 시작했다. 손님이 오면 가벼운 인사와 함께 "책 추천이 필요하시면 말씀해주세요"라고 외쳤으며, 입구 안내문에도 잘 보이게 표시했다.

손님이 책을 추천해달라고 하면 "요즘 어떤 책을 읽으셨나요? 좋아하는 작가는 누구시죠? 요즘 가장 고민이 있다면 무엇인가요?" 등 가벼운 질문을 던지고 대화를 나눈다. 책은, 처음 만나는 사람들도 스스럼없이 자기 이야기를 할 수 있게 도와주는 참 신기한 매개체가 되어준다. 짧은 대화를 통해 손님에 대해 나름대로 퍼즐 조각을 맞춘 뒤 내 기준에서 가장 적합한 책들을 소개한다. 추가적인 질문에 대답해드릴 때도 있고 아니면 잠시 자리를 비켜드리고 선택을 기다린다. 내가 정말 책 추천을 잘하는지는 알 수 없지만 대부분 만족스러운 표정으로 추천 책을 구입한다.

이 서점에서만
발견할 수 있는 책

최근에는 추천받은 책이 너무 좋았다며 재방문하거나 친구를 데리고 오는 이가 늘어났으며, 책 추천 잘해준다는 소문을 듣고 왔다는 손님도 있었다. 이를 통해 대형 서점과 비교한 동네서점의 경쟁력이 무엇인지 알 수 있었다. 처음에는 인테리어가 가장 중요하다 생각하고 가장 신경을 쓰기도 했다. 그 결과로 '부산디자인스팟'에 선정될 정도로 디자인은 인정받았지만, 사실 그 이유만으로 서점을 반복해서 찾는 분들은 드물었다. 모든 비즈니스가 그렇듯 고객과의 관계성을 만들어야 했고, 동네서점은 책을 매개로 한 나의 이야기가 관계성을 만드는 핵심이었다.

열다섯 평 남짓한 작은 서점이지만 책을 읽지 않고 사지 않는 시대에 동네서점을 할 수밖에 없었던 이야기를 부족하지 않게 담아야 했다. 돌이켜보면 정말 많은 도움을 받았다. 특히 부족했던 콘텐츠와 전문성을 보완하기 위해 도움을 요청했던 지역 출판사와 이웃 작가들의 힘이 컸다. 그 마음에 조금이나마 보답하기 위해 서점에서 가장 넓고 잘 보이는 위치에 '이웃 출판사 & 작가' 코너를 별도로 마련했다. 반응은 기대 이상이었다. 코너를 마련한 뒤로는 매월 집계하는 우리 서점 베스트셀러 순위에 항상 한 권 이상 선정되고 있다.

그 이유도 손님들과의 대화에서 찾을 수 있었다. 대형 서점이 아닌 골목에 있는 작은 동네서점을 애써 방문하는 이유는 '이 서점에서만 발견할 수 있는 책'에 대한 호기심이었다. 지역 도서를 소개하는 코너는 책의 발견성을 높이는 데 매우 큰 역할을 했다. 그리고 "이렇게 다양한 주제로 큐레이션된 동네서점은 처음이에요"라는 말도 자주 들었다. 독서모임을 운영하며 주제와 장르를 가리지 않고 다양한 책을 읽어온 경험은 큰 자산이 되어 있었다. 우연을 가장한 필연은 모두 책과 함께한 나의 시간 속에 있었다.

내가
해야만 하는 일

서점을 시작하기 전 가장 큰 고민은 두 아이를 키우는 가장이라는 역할에 대한 걱정이었다. 사업계획서를 작성하고 비즈니스 모델을 검증했지만, 장밋빛 미래는 그려지지 않았다. 하지만 해보기 전까지는 모르는 일이었다. 큰 결심을 하고 아내에게 말했다. "서점을 해야 할 것 같아요." 그녀의 대답은 짧고 간결했다. "그래요. 당신이 해야 할 일이니까요." 서점을 어디서, 어떤 방식으로 운영할 것이며, 두 아이가 모두 초등학교에 입학하게 되면서 늘어날 생활비에 대한 해결책은 있는지 묻지 않았다. 고심했던 시간과 준비한 답변이 무색했다.

10년 전 30대를 맞이하며 한 편의 글을 썼었다. 책과 함께하는 10년을 보낼 것이며, 마흔이 되면 그 결과물로 업(業)을 만들어 살게 될 것이라는 치기 어린 선언이었다. 겉멋 잔뜩 들어간 글을 쓴 뒤 아내에게 자랑하듯 읽어줬던 기억이 떠올랐다. 그때도 아내는 별다른 말이 없었다. 그저 따뜻하게 안아줄 뿐이었다. 다행히 글로 쓰고 말로 했던 삶을 부끄럽지 않게 살아냈다. 아내는 그 모습을 가장 가까운 곳에서 지켜보면서, 어쩌면 나보다 더 이 순간을 기다렸는지도 모른다. 믿지 못한 것은 아내가 아닌 나 자신이었다.

책 추천의 성과도 기대 이상이고 운영하는 독서모임 참가자도 계속 늘어나는 중이다. 서점을 시작하며 세웠던 첫 번째 목표인 '책을 읽고 싶게 만드는 서점'은 충분히 달성한 것으로 보인다. 그렇다면 두 번째 목표인 '1년 안에 책만 팔아서 월세를 낼 수 있는 서점'은 어떻게 되었을까? 지난 한 달 동안 242권의 책을 팔았고, 3,419,460원의 매출을 기록했다. 약 100만 원 정도의 순수익을 달성했으며, 99만원의 월세를 부담할 수 있었다. 납품과 입찰 없이 온전히 서점을 찾아준 독자들을 대상으로 하는 소매 매출만으로 이뤄냈다. 서점을 시작한 지 9개월째였다.

아직 직원도 없이 혼자서 책을 팔고 손님을 맞이하며 모임을 진행하는 중이다. 하지만 책을 좋아하는 사람들이 책과 연관된 일을 업으로 삼는 것이 먼 미래의 꿈의 아니라 지금 당장이라도 시작할 수 있는 현실이 될 수 있기를 바란다. 그런 꿈과 희망을 갖게 되는 계기로 서점 크레타가 가슴 한쪽에 자리 잡기를 간절히 소망한다. 그리고 언젠가는 대한민국을 대표하는 서점 세 곳을 떠올리면 그 중 서점 크레타가 언급되는 날을 꿈꾼다.

서점을 운영하기 위해서는
어떤 자격과 과정이 필요한가

서점을 열기 위해서는 별다른 조건이 없다. 문헌정보학 같은 전공지식이 있다면 책을 조금 더 전문적으로 정리하고 분류하는 데 도움이 될 수 있을지도 모르겠다. 하지만 요즘 동네서점은 책방지기의 '취향이 담긴 큐레이션'이 매우 중요하다. 〈동네서점 트렌드 2022〉에 따르면 취향별 독립서점 수 항목에서 '커피, 차가 있는 서점(29.1퍼센트)', '독립출판물 서점(21퍼센트)'에 이어 '큐레이션 서점'의 비중이 15.6퍼센트에 달하며 3위를 차지할 정도다. 그런 점에서 나의 취향이 듬뿍 담긴 책을 매개로 손님에게 책을 권하겠다는 마음만 있다면, 누구나 쉽게 할 수 있는 것이 '서점 창업'이다.

　하지만 주문한 책이 당일 또는 다음날 도착하고, 할인에 적립까지 해주는 인터넷 서점과 경쟁해서 책만 팔아 생존한다는 것은 불가능에 가깝다. 도서관이나 공공기관에서 대량으로 책을 구매하는 '입찰'에 참여하거나 '지역서점 인증제' 같은 동네서점 지원 제도를 통해 책을 대량으로 판매할 수 있는 경로가 있지만, 안정적인 수입으로 보기는 어렵다. 그래서 많은 서점이 커피나 술을 판매하는 카페 영업을 병행하거나 독서모임과 북토크 같은 행사를 개최하며 '문화공간'으로서 역할을 수행하는 중이다.

내가 운영하는 서점처럼 카페 영업을 하지 않는다면 별도의 영업 허가 과정도 존재하지 않는다. 마음에 드는 적당한 공간을 계약한 뒤 사업자등록증만 발급 받으면 바로 시작할 수 있다. 하지만 카페 영업을 병행하려면 휴게음식점 또는 일반음식점으로 사업자 등록을 해야 한다. 당장은 아니더라도 나중에 음료를 판매할 계획이 있다면 반드시 그것이 가능한지 알아보는 것이 중요하다. 우리는 책을 팔기 위해 서점을 하는 것인데, 행정상으로는 음식점으로 영업 허가를 받은 뒤 '책도 파는 곳'으로 서비스 상품을 추가해야 하는 현실이 가장 아쉽다.

서점을 열게 되면 규모와 관계없이 독서모임과 북토크를 할 수밖에 없다. 서점이 받을 수 있는 지원 사업 대부분이 책 관련 프로그램 기획비로 책정되기 때문이다. 또 해당 프로그램에 참여한 사람들의 만족도가 자연스럽게 서점 브랜딩과 고객 전환으로 이어진다. 결국 서점을 한다는 것은 '문화 기획자'가 된다는 것과 다르지 않다. 서점을 시작하기 전 독서모임을 직접 운영하면서 진행자로서의 역량을 키우거나 다양한 문화 프로그램에 참여하면서 기획자로서의 감각을 익히는 경험을 해보는 것이 필수라 할 수 있다.

어떤 사람에게
이 직업을 권하는가

책을 좋아하는 사람에게 '책방지기'는 가장 매력적인 직업이라 생각한다. 책을 통해 위로받고 아픔을 치유한 경험이 있거나 소중한 인연을 만들었던 추억이 있다면, 그런 시간을 손님들에게 나누는 것만으로도 직업에 대한 만족도가 높을 수 있다. 그리고 서점을 찾는 사람은 보통 책에 관한 관심과 호기심이 높은 편이고, 책방지기의 취향이 묻어난 새로운 서점을 만날 수 있다는 기대감을 안고 방문한다. 적대감이 아닌 관심, 시기와 질투가 아닌 고마움과 감사한 마음으로 가득한 손님들을 만날 수 있으므로 낯선 사람에 관한 관심과 호의를 베풀 수 있는 사람이라면 이 직업에 더 어울릴 것으로 생각한다.

나 또한 책방지기 이전에 독자였던 시절이 있었고, 여행을 가서도 그 지역의 여러 동네서점들을 다니는 즐거움이 컸다. 내가 읽었거나 좋아하는 책, 내 취향에 맞는 책을 우연히 만나게 될 때는 그 서점에 대한 친밀감이 더욱 높아졌고, 책방지기에 대한 궁금증도 함께 커졌다. 하지만 업무에 방해가 될까 봐 선뜻 말을 걸지 못했고, 궁금증을 해결하지 못한 채 돌아오는 경우가 많았다. 이런 경험이 반복될수록 책방지기가 먼저 "이 서점을 어떻게 오게 되었나요?", "이 작가의 책을 선택한 이유가 있을까요?" 같은 질문을 해주면 더욱 특별한 경험으로 다가왔다. 책은 낯선 사람들을 가장 무해하게 연결해주는 매개체라 믿게 되었다.

10년 후에도 이 일을 하고 있을까
앞으로 이 일에 어떤 변화가 있을까

동네서점은 책을 좋아하는 사람들이 즐겨 찾는 '커뮤니티 공간'으로서의 역할, 전문가에게 매력적인 책을 소개받고 새로운 책을 발견하는 '책 큐레이션 공간'으로서의 기능이 점점 강화될 것으로 예상된다.

한국은 세계에서 유례를 찾아볼 수 없을 만큼 빠르게 고령화 사회로 접어들고 있다. 또 1~2인 가구가 급격히 증가하고 있다. 즉, '외로움'을 해결하는 방법과 수단에 관한 관심이 높아질 수밖에 없다. 요즘 취향 기반 커뮤니티 비즈니스가 주목받고 성장하는 이유도 여기에 있다. 자신에 대한 존재를 크게 드러내지 않고서도 다양한 이야기를 나눌 수 있고, 사람의 온기를 느낄 수 있는 커뮤니티의 존재는 매우 특별하게 다가오기 때문이다. 그런 점에서 동네서점은 책이라는 취향에 깊이를 더할 수 있는 가장 적합한 공간이다.

하지만 출판 산업은 '가장 화려한 사양 산업'이라 생각한다. 누구나 쉽게 책을 펴낼 수 있는 환경이 조성된 덕분에 출간되는 책의 종수는 늘어났지만, 판매되는 부수는 그와 비례해서 늘어나지 않는 현실이다. 다시 말해 책을 쓰고 싶다는 욕망은 계속해서 높아지지만, 정작 그 책을 읽어줄 독자의 수는 계속 줄어들고 있다는 것을 매년 최저치를 기록하는 독서율로 알 수 있다. 앞으로도 자기 표현의 욕구로 인한 넘쳐나는 공급을 받쳐줄 수 있는 수요가 없는 상황은 지속되거나 가

강동훈

속화될 것으로 보인다. 그래서 좋은 책을 선별해서 추천하는 큐레이션에 대한 요구는 점점 높아질 것이고, 이 능력을 갖추는 것이 동네서점의 핵심 역량으로 자리 잡게 될 것이다.

이 일을 잘하려면
어떤 능력과 노력이 필요한가

그렇기 때문에 더더욱 당연한 이야기겠지만 '책'에 대한 관심, 그것도 단순한 관심이 아니라 '높은 수준'의 관심이 필요하다. 국내에만 매년 6만 권 이상의 신간이 발행된다. 책방지기가 당연히 모든 책을 읽을 수도, 판매할 수도 없다. 물밀 듯이 쏟아지는 책의 홍수 속에서 우리 서점에 맞는 책을 탐색하고 입고하는 과정을 끊임없이 반복해야 한다. 손님의 입장에서 올 때마다 같은 책만 진열되어 있다면 그 서점의 매력도는 떨어질 수밖에 없다. 책이 좋아 즐기는 수준으로 읽기만 해서는 서점의 생명력을 유지할 수 없다. 어느 정도는 기계적으로 읽어낼 수 있어야 한다.

혼자 읽는 즐거움에 만족해서도 안 된다. 추천하고 싶은 책이 생겼을 때 글이나 영상 등으로 콘텐츠를 제작하거나 독서모임을 만들어서 함께 읽을 수 있는 자리를 만드는 것에 뿌듯함을 느끼는 사람이어야 한다. 유동 인구가 많은 관광지에 있거나 본인이 인플루언서가 아닌 이상 동네서점은 책을 좋아하는 사람들이 '내 주변에 괜찮은 서점 없나?' 하며 검색을 해서 찾아오기 때문이다. 현실적으로 서점 운영을 잘한다는 것은 SNS 계정 운영을 얼마나 활발히 할 수 있느냐와 직결된다 생각해도 과언이 아니다. 즉, 책을 읽는 즐거움 못지않게 책을 소개하는 즐거움을 느낄 수 있는 것이 무엇보다 중요하다.

모두가 그렇진 않겠지만, 동네서점을 하겠다고 결심한 사람이라면 '내가 책을 팔아서 큰돈을 벌어보겠어' 같은 목표를 가지고 있지는 않을 것 같다. 스스로에게 책이 특별한 의미가 있었고, 책을 수단으로 삼아 다른 사람과 나누고 싶은 내적인 욕구가 무엇보다 중요할 것이다. 하지만 동네서점의 본질은 책을 판매하는 '장사'라는 점을 잊어서는 안 된다. 새로운 고객을 발굴하고, 한 번 찾은 고객을 단골손님으로 전환하고, 궁극적으로는 함께 서점을 키워가고 싶은 마음을 갖게 되는 팬을 만들 수 있어야 한다. 그래서 기꺼이 이 서점에서 책을 사고 싶게 만들어야 한다. 많은 이들이 '좋아하는 책을 다른 사람들과 나누고 싶은 선한 마음'에서 동네서점을 시작하지만 장사는 선한 마음만으로는 성공할 수 없다. 결국 지속가능한 서점이 되기 위해서는 '선한 비즈니스 마인드'를 갖추는 것이 핵심이라 생각한다.

말이 좋아 말의 쓰임을 돕는 일

말 수의사

김아람

○

말 전문 수의사의
차림새

수의사라는 직업은 다른 직업보다 왠지 환대받는 느낌이다. 귀엽고 약한 동물, 말 못하고 아픈 동물을 치료해주는, 마치 동화나 만화에 '하얀 가운을 입은 선한 사람'으로 등장할 것 같은 이미지 때문인지 특히 어린이에게 직업 선호도가 높은 편이다. 아이들은 대부분 동물을 좋아하기 때문에 동물 친구에게 도움을 주는 것만으로 충분히 멋진 일로 여긴다. 하지만 현실의 수의사는 머릿속에서 그려지는 그런 이미지와는 다른 면이 많다.

　게다가 나는 20년 가까이 말과 함께 일하며 살아온 '말 전문 수의사'다. 개나 고양이 같은 반려동물을 키우는 사람들이 늘어났고 동물병원 역시 주변에 흔한 편이지만, 말은 제주도 또는 경마장이나 승마장, 어쩌다 교외 들판에 일부러 나가야 볼 수 있는 동물이다. 그러니 말 전문 수의사는 말보다 더 보기 힘든 게 사실이다. 실제로 우리나라의 말 전문 수의사는 많지 않다. 2023년 기준으로 우리나라 현업 수의사 1만 4,000여 명 중 말 수의사는 약 80명 정도로 전체 수의사 중 0.5퍼센트에 불과하며 나 같은 여성 말 수의사는 열 명 남짓이다.

　말 수의사로 일하기 시작한 지 얼마 안 되었을 무렵 은행에 계좌를 개설하러 간 적이 있다. 은행은 회사 건물 안에 있어서 대부분 말끔한 정장 차림의 사람들이 드나들었다. 내가 은행 문을 열고 들어가자 입구의 청원 경찰이 내 앞을 막아섰다. "어떻게 오셨죠?" 당황한 내가 대답했다. "통장 만들러 왔는데요." 청원 경찰은 나를 위아래로 훑어보았다. 나 역시 내 행색을 다시 보게 되었다. 당시 나는 진료 직후 급하게 은행에 간 터라 여기저기 피와 하얀색 주사약이 튀어 있는 커다란 등산용 점퍼와 바지, 똥과 오물이 잔뜩 묻은 등산화 차림이었다. 왠지 민망해졌다. 어찌어찌 계좌를 개설하고 다시 병원으로 돌아가던 중 부모님의 전화를 받았다. 일은 잘하고 있는지 물으시며 근무지에 한번 들르시겠다는 말씀에 선뜻 그러시라고 대답하지 못했다. 아마도 깔끔한 병원에서 하얀 가운을 입고 차트 작업을 하는 모습을 기대하실 텐데 나의 일은 그런 것과는 거리가 멀었기 때문이었다.

주사 한 방으로 치료되는
마법은 없다

나의 아이들이 어린이집에 다닐 때였다. 어린이집에서 하얀 가운을 입고 근사한 청진기를 목에 걸치고 귀여운 동물 인형에 왕 주사기로 주사를 콕 놓아주며 수의사라는 직업을 처음

안 아이들은 엄마인 내가 수의사라는 것을 신기해했다. 어느 휴일 밤, 응급 진료 케이스가 있어서 호출을 받았다. 그날은 아이들을 돌봐줄 사람이 없어서 어쩔 수 없이 아이들을 데리고 동물병원에 갔다. 엄마가 일하는 동물병원에 같이 가게 된 아이들은 신이 났던 것 같다. 도착해보니 말은 내장에 문제가 생겨서 엄청 고통스러워하는 상황이었다. 그런 경우 꼭 필요한 진단 검사 중 하나가, 내장의 위치가 어떻게 되어 있는지 손으로 확인해보는 것이다. 500킬로그램이 넘는 거구의 말의 항문 속으로 내 팔을 끝까지 넣어서 손으로 만져서 장의 위치와 상태를 확인해야 한다. 수의사에게는 너무나 익숙하고 필수적인 절차인데, 그 모습을 본 아이들은 경악했다.

"엄마, 나한테 오지 마!" 무엇보다 똥을 가장 싫어하고 부끄러워하는 나이의 아이들이니, 말의 항문으로 팔을 집어넣어서 똥을 파내는 내 모습이 얼마나 충격적이었을까. 지금 생각해도, 수의사에 대한 환상을 와장창 깬 그날 진료실에서의 상황이 조금 미안하다. 하지만 안타깝게도 이게 동심 파괴의 끝이 아니었다.

그다음으로는 말의 위에 가득 찬 내용물을 빼내는 작업이 필요했다. 목이 긴 말은 사람에 비해 식도 역시 길지만, 큰 덩치에 비해 자그마한 위를 가지고 있다. 게다가 위 안에 음식물이 가득 차 있으면 구조적으로 구토를 쉽게 하지도 못해서, 심한 경우 위가 파열될 위험에 처하기도 한다. 나는 코를 통해 식도를 거쳐 위 안까지 기다란 호스를 밀어 넣었다. 그리고 물을 넣고 위 안의 내용물을 희석해서 빼내기 시작했다.

말하자면 토사물을 인위적으로 밖으로 빼내는 작업이다. 진료실 안은 금세 시큼한 냄새로 가득 찼고, 작업은 꽤 오랜 시간이 걸렸다. 아이들은 이미 저 멀리 도망갔다. 아픈 동물이 주사 한 방으로 반짝 치료되는 멋진 장면은 없었고 몇 시간 동안의 동심 파괴적인 진료가 계속되었다. 그날 이후 아이들은 야밤 응급 진료에 더 이상 따라오지 않았다.

끝까지 가볼 수 없는
현실

그 말은 결국 배를 열어서 내장을 많이 잘라내는 큰 수술을 하게 되었다. 수술이 끝나고 회복실까지 옮기니 거의 동이 튼 아침이 되었다. 그제야 나는 집에 돌아와서 몸에서 진하게 풍기는 피와 똥의 냄새를 씻고 누울 수 있었다. 그 말은 수술 후에도 여러 번의 고비가 있었지만 다행히 잘 퇴원했다. 하지만 몇 개월 후 합병증 때문에 또 응급으로 내원했다. 이번에는 재수술을 하더라도 살 확률은 몹시 희박했다. 결국 주인은 치료를 지속하기를 포기할 수밖에 없었다.

　　말은 수년간 가족처럼 키우는 반려동물이 아니다. 주인은 말이 아프면 원래의 용도로 활용할 수 있는가 효용 가치를 먼저 생각할 수밖에 없고 경제적인 이유로 치료를 끝까지 지속하지 못하는 경우가 다반사다. 이번에는 드물게 의지가 있는 주인이었다. 하지만 결과적으로 나는 주인의 돈과 시간을 있는 대로 썼다. 몇 주 동안 여러 번의 고비가 이어지며 모든 진료팀 팀원들이 땀을 뺐고 진료비는 누적됐다. 그럼에도 결국 병은 재발했고 주인은 치료를 포기했다.

　나는 분명히 얼마 전까지만 해도 어떻게든 생을 연장시키려고 도와주는 조력자였는데, 이제는 냉정하게 생사 가능성을 평가하여 주인에게 통지하고 주인의 동의에 따라 인도적 처리(안락사)를 시행하는 집행관이 되어야 한다. 끝까지 가보지 못하는 현실도 힘든데, 거대한 사체 운송을 돕느라 힘을 쓰면 몸도 마음도 지친다. 늘 쉽지 않다. 주인과 말 모두에게 미안하고 답답할 뿐이다. 그래도 내 마음은 내 스스로 다스려야만 한다. 수의사의 무력감이나 트라우마는 아무도 챙겨주지 않는다.

위험과 긴장의
줄타기

말 수의사에게 현실적인 또 다른 큰 어려움은, 바로 '위험성'이다. 말을 치료해주기 위해 다가가도, 덩치는 크고 그에 걸맞지 않게 겁은 많은 말이 그 의도를 알 리가 없다. 조그만 동물이 치료 중에 주사 맞기 싫어하며 몸부림을 치면, 동물보건사(수의테크니션)가 동물을 기술적으로 감싸서 움직이지 못하게 제압할 수 있다. 하지만 거대한 말은 사람이 제압할 수 있는 사이즈가 아니다. 그래서 수의사는 말 다리에 붕대를 감거나 엑스레이를 찍거나 주사를 놓다가도 가만히 있던 말이 갑자기 놀라 저항하면 크게 다칠 수 있는 위험에 늘 노출되어 있다. 그러다 보니 안전하게 진료하기 위해서 말이 보내는 신호를 누구보다 세심하게 이해하고 주의를 기울여야 하는 섬세함을 가져야 한다. 말을 처치하는 수의사와 말을 잡아주는 사람은 언제나 어떻게 위험을 최대한 줄이면서 신속한 처치를 해야 할지 함께 궁리한다. 말 역시 어쩌면 우리가 자신을 불편하게 하는 행위를 최대한 참아주는지도 모르지만 말이다. 그런 서로 간의 끝없는 긴장이 이어지는 하루하루가 말 수의사의 일상이다.

망아지가 많이 태어나는 시즌인 봄여름철에는 특히 응급 상황이 자주 생기게 된다. 열 달 넘게 뱃속에서 망아지를 품다가 건강히 출산을 하면 다행이지만, 난산이 발생해서 태아뿐만 아니라 어미까지 위급한 상황이 생기는 경우도 드물지 않다. 그럴 때는 산도에 걸려서 죽은 태아를 꺼내야 하는 일도, 어미 말을 급히 회복시켜야 하는 일도 해야 한다. 또한 젖을 빨지 못하거나 스스로 일어나지 못하는 아픈 신생 망아지들이 입원을 하는 시기이기도 하다. 눈이 똘망똘망하던 망아지가 갑자기 숨을 헐떡이며 힘들어하기도 하는 등 순식간에 상황이 급변하기 때문에 입원 기간 내내 긴장하며 한 시즌을 보내게 된다.

자신의 아픔을 표현하지 못하는 동물의 상태를 살피고 병을 치료해주는 수의사의 현실은, 일일이 적지 못할 만큼 많은 험난한 육체와 감정 노동의 현장이기도 하다.

●

회복시키며
회복된다

야간 응급수술을 마치고 새벽안개를 뚫고 집에 돌아왔다. 가족들이 다 자고 있어서 조심스레 들어와 침대에 누워 바로 눈을 감았다. 그런데 꼬인 내장을 풀어내는 수술 장면이 감은 눈 속에서 생생히 펼쳐졌다. 불현듯 마지막에 봉합한 일부 부분이 미진한 것 같다는 생각이 스쳤다. 눈이 번쩍 떠졌다. 몇 시간 동안 서서 집중하느라 느끼지 못했던 다리와 팔의 통증도 강하게 몰려왔다. 끙끙대며 뒤척이다가 결국 뜬눈으로 아침 출근을 했다.

고작 몇 시간 지났을 뿐인데 수술한 말의 안부가 너무나 걱정되었다. 출근하자마자 말이 입원한 방으로 직행했다. 다행히 괜찮다. 머릿속이 순식간에 맑아지고 피곤함을 잊었다. 출산 1주가 지난 이 어미 말은 응급수술로 일단 고비를 넘겼고 그 덕분에 망아지는 정신없이 어미젖을 빨며 평소와 같은 하루를 보내고 있다. 혹시 어미 말이 수술 중 죽는다면, 고아가 된 망아지는 대리모에게 맡기거나 여러 달 밤낮없이 분유를 먹여 키워야 한다. 쉬운 일이 아니다. 그래서 말이 수술 후

입원 치료까지 마치고 망아지와 함께 퇴원하는 뒷모습을 볼 때는 콧노래가 나온다.

　기쁨은 잠시, 또 다른 위급한 말들이 밀려와서 기억에 잊히기 쉽다. 하지만 나는 수술한 말의 소식을 종종 검색해서 찾아보거나 전화로 확인한다. 그러다 다시 번식용으로, 경주용으로, 승용으로 말이 복귀했다는 소식을 접하면 그제야 나는 말과 주인 모두에게 당당해진다. 그 소식은 일에 치이고 지쳐가던, 죽음 앞에서 무력해졌던 나를 다시 일으키고 회의와 후회 같은 감정을 어느 정도 완화해주는 강력한 진통제가 된다.

　얼마 전 고가의 씨수말(씨를 받기 위해 활용하는 수말)이 다리의 질환으로 조기 은퇴할 위기에 처했었다. 하지만 집중 치료와 꾸준한 재활 관리로 1년 후 무사히 현역으로 복귀했다. 한동안 이 씨수말의 자손들의 활약을 뒷조사할 수 있으니, 이번 진통제는 약발이 한참 갈 것 같다.

말 생명의
파수꾼

말 수의사는 학교에서 별도로 양성해주지 않는다. 개나 고양이와는 달리 '말'과 관련된 내용은 대학에서 스쳐 지나가듯 짧게 배우고 말기 때문에 말 수의사들 대부분은 현장에서 직접 경험하고 따로 자료를 찾아 배우면서 기술을 스스로 익혀간다. 심지어 내가 일하는 곳은 말하자면 대학병원 같은 상위 기관이어서 낯선 케이스가 많다. 그래서 모든 분야에 멀티 플레이어로 활동해야 한다. 항상 미지의 세계를 탐험하는 기분이다. 탐험은 쉽지 않지만, 그만큼 흥미로운 면도 있다.

　몇 년에 한 번 있을까 말까 한 희귀한 케이스를 대비하는 게 과연 의미 있나 싶을 때도 있다. 그래도 나는 주인이 말을 포기하더라도, 또 그다음을 위해서 치료와 진단 방법을 찾고 또 찾는다. 조직 안에서 순환 근무를 하는 나에게, 평생 이 역할을 할 것도 아니면서 왜 쓸데없는 데 시간과 돈을 쓰냐고 묻는 사람도 있다. 효용성으로 따지면 희박한 케이스를 공부해두고 기술을 연습할 필요가 없다. 하지만 써먹지 못하면 또 어떤가. 삶이 항상 효율만 추구해야 한다는 법은 없지 않은가. 어쩌면 나는 경기에 나가보지도 못하고 벤치에 앉아 준비운동만 하게 될 수도 있다. 그래도 상관없다. 그게 누구든 미개척 분야를 탐험하고 연구하는 '말 생명의 파수꾼'은 항상 그 자리에 존재해야 한다고 생각한다. 세상 모든 것에 영민하진 않더라도, 여전히 누군가는 그 자리를 사수하는 게 존재의 가치이자 예의라고 믿는다.

　이렇게 준비하고 있다 보면 어느 날 한 번도 해보지 않았던 희귀한 케이스를 만나게 될 수도 있다. 거기에 주인이 끝까지 포기하지 않고 치료를 원하는 상황까지 되면 진료진들은 머리를 싸매고 원인과 치료법을 찾기 위해 골몰한다. 그동안 책에서만 접했던 케이스를 만나면 심장이 두근댄다. 온갖 인맥을 통해 도움을 받고, 외국의 사례를 참고하기 위해 논문을 뒤져가며 느리지만 한 걸음씩 질환을 정복하고 치료하기 위해 노력한다. 아무도 지나지 않은 눈을 밟기 전의 긴장, 그러다가 스스로 길을 찾았을 때의 성취감은 한번 맛보면 잊기 힘들다. 또 그 경험을 딛고 다음 사람에게 더 좋은 길을 알려 줄 수 있게 된다면, 그간의 수많은 실패와 무모해 보였던 도전의 고단함은 어느새 사라지고 만다.

이익을 주는 덕질

말과 관련된 생업을 하는 종사자들끼리는 '말 귀신에 씌었다' 는 우스갯소리를 한다. 그만큼 말을 사랑하고 말의 모든 것에 관심이 많다. 왜 작은 동물이 아닌, 힘들고 위험한 큰 동물을 다루는 이 일을 계속 하냐고 묻는 사람도 있다. 그럴 때 딱히 논리적으로 대답하지 못하는 나 역시 그저 말 귀신에 씌었나 보다. 어쩌면 말을 '덕질' 한다고 할 수 있을지도 모른다.

처음 수의사가 될 때만 해도 나는 말 세상을 전혀 몰랐고 그저 빨리 취업해서 월급을 받고자 했을 뿐이다. 그런 나에게 말은 천천히 스며들었고, 그러다 보니 어느새 20년 가까이 말과 함께하고 있다. 말은 소나 돼지처럼 인간의 경제적인 요구 충족을 위해 키우는 산업동물에 속하기 때문에 경제 논리로서 직관적인 치료의 당위성을 가지기도 한다. 즉, 말은 나와 같은 수의사가 필요하고 나에게도 말이 필요하다. 게다가 말은 사람처럼 질리지도 않고 나에게 너무나도 매력적인 생명체다. 이제 내 눈에는 말이 아닌 다른 동물들이 못생겨 보이기까지 한다. 소의 짧은 다리도, 개의 작은 체구와 짧은 목도 그렇다. 다른 동물들이 섭섭할 수 있겠지만 어쩌겠는가. 말은 볼 때마다 빼어난 근육과 선한 눈매에 빠져든다. 아무리 봐도 질리지 않고 매력적이다. 그러니 나는 사람에게 이익을 주는 이 아름다운 말이 조금이라도 대중적으로 더 널리 알려지고 활용되기를 진심으로 바란다. 이것은 '덕심'이다.

올해도 변함없이 제주에는 봄이 오고, 곳곳에서 망아지가 태어나기 시작한다. 그리고 망아지들은 쑥쑥 자라 건강한 말이 된다. 이후 말은 경주용으로, 승마용으로 또는 관상용으로 사람과 함께 살아간다. 말은 사람을 위해 쓰이고, 말 수의사는 말을 위해 쓰인다. 드넓은 초지가 지천에 펼쳐진 이 시골 말 동네가 이제 어느덧 편안하다. 어쩌면 나는 앞으로도 매번 새롭기만 한 질환과 싸우며 배우기를 반복할지도 모른다. 그럼에도 나는 답보할지라도 극소수 인력의 전문성을 이어나가며 말들에게 조금이라도 더 손이 닿고, 더 오래 쓰이고 싶다. 더 노련한 말 수의사로서 다양한 상황의 말에게 꼭 필요한 일을 할 수 있는 존재가 되기를, 더 시간이 흘러 회색 머리의 할머니 수의사가 되더라도 여전히 말 옆에서 무엇이라도 해주는 존재로 남고 싶은 게 소박하지 않은 나의 희망이다.

비단 말 수의사뿐만 아니라 세상의 모든 수의사는 어디선가 각자의 동물들을 치료하기 위해서 고군분투하고 있다. 개나 고양이가 좋아서 반려동물 수의사가 되더라도, 역시나 좋아하는 동물의 아픈 모습과 죽는 모습만 주로 보며 살아가는 게 임상 수의사의 숙명이다. 때로는 말 못하는 동물의 치료보다도 보호자와의 커뮤니케이션이 더 버거운 서비스 직군의 최전선이기도 하다. 그럼에도 불구하고 동물과 사람의 더 나은 삶을 위해 쓰이고 싶다는 제각기의 덕심이 모여, 동물도 사람도 서로를 바라보며 예나 지금이나 함께 살아가는 것 같다.

●

수의사가 되기 위해서는
어떤 자격과 과정이 필요한가

수의사가 되기 위해서는 일단 지역 거점 국립대학 여덟 곳 및 건국대와 서울대를 포함한 총 열 개의 대학에 있는 수의과대학에 입학해야 한다. 연간 약 500명 정도를 모집하며 6년제 과정으로 운영되고 있다. 각 대학마다 특성이 있으니 학교 홈페이지와 기사 등으로 주력 분야를 꼼꼼히 확인하면 좋다. 교과목은 약리학, 조직학 같은 기초 수의학과 전염병, 기생충학 같은 예방수의학, 또 수의외과학, 산과학 등 임상 수의학 과목 등으로 구성되어 있다.

학사 과정을 이수하고 졸업 후 농림축산검역본부에서 실시하는 수의사 국가시험에 합격하여 면허를 취득하면 국내에서 수의사로 활동할 수 있다. 수의사 국가고시 합격률은 약 97퍼센트로 비교적 높은 편이다. 면허 취득 후 동물병원을 개원하여 진료를 하는 임상 분야에서 활동하거나 공무원, 학계, 수의 관련 기관의 취업 등 비임상 분야에서 근무할 수 있다. 임상 분야의 경우 의과대학 같은 전문의 과정이 따로 있지는 않지만, 대학원에 진학하여 석박사 학위를 취득한 후 외과 전문, 안과 전문, 방사전 전문 등 관련 전공을 주로 담당하는 수의사로 활동하기도 한다.

어떤 사람에게
이 직업을 권하는가

반려동물 가구가 점점 많아지면서 어렸을 적부터 수의사를 꿈꾸는 이들도 늘어나고 있다. 나 역시 집에서 동물을 늘 키우던 환경에서 자라다 보니, 자연스럽게 수의사가 되고 싶었다. 어느 날에는 초원의 아프리카에 가서 야생동물을 치료하고 싶기도 했고, 동물원에 있는 모든 동물을 치료하면 지루하지 않게 살 수 있지 않을까 상상해보기도 했다. 물론 어린 시절 상상만큼 현재의 삶이 환상적이지는 않지만, 적어도 동물과 밀접한 관계를 맺으며 살 수 있는 직업은 맞다는 생각이 든다. 따라서 동물에 대한 관심과 존중 의식이 높은 사람에게 이 직업은 썩 잘 어울린다.

때로는 전문직 자격증 취득만을 목표로 수의과대학 진학과 수의사를 선택하는 경우도 있다. 하지만 높은 노동 강도와 정신적 스트레스가 적지 않은 직업이라는 점을 고려했으면 한다. 경쟁이 심한 시장 포화 상태이지만 나만의 행복을 바로 이곳에서 찾을 수 있겠다는 뚜렷한 가치관을 가진 사람에게 이 직업을 권한다.

10년 후에도 이 일을 하고 있을까
앞으로 이 일에 어떤 변화가 있을까

국내 반려동물을 기르는 인구는 1,300만 명 이상으로 네 가구 중 한 가구 이상이라는 통계가 발표되었다. 그 수는 점점 늘어나는 추세다. 또 주인의 사랑과 보호를 받으며 오랜 시간 살아가는 반려동물 역시 수명이 길어져 심장 질환, 비만, 종양 등 다양한 노령화 질환에 대한 치료 요구도 증가하고 있다. 이에 따라 치료의 방법 및 범위가 점점 발전하고 있기에 앞으로도 반려동물 임상 수의사의 직업적 전망은 밝다고 할 수 있다. 전염병 예방의학, 가축 방역 등 다양한 비임상 분야 역시 오래 살고 싶은 인간의 기본적 욕망이 있기에 앞으로도 지속적으로 유지 발전될 것으로 생각한다.

내가 종사하는 말 산업 역시 경마와 승마 기반의 스포츠 레저 산업으로서 지속 유지 발전될 것으로 보인다. 승마의 효과는 여러모로 이미 입증되어 있고, 정기적으로 승마를 하는 승마 인구가 이미 4만 명을 넘으며 대중화를 꿈꾸고 있다. 레저 스포츠로서 즐거움을 주는 경마 역시 공익사업으로 국가 재정에 기여하며 함께하고 있기 때문에 말의 건강을 책임지고 진료와 처치를 해야 하는 수의사의 수요 역시 늘어날 것이다.

김아람

이 일을 잘하려면
어떤 능력과 노력이 필요한가

사실 수의과대학 입학부터 수의사라는 직업은 예정되어 있기 때문에 다양한 진로를 탐색하는 청소년 시절에 적성에 대한 고민이 선행되어야 한다. 요즘에는 인터넷 검색만으로도 직업 적성에 대한 정보를 찾을 수 있으니 일반적인 정보 외에 개인적인 경험을 토대로 중요하다고 생각하는 적성 몇 가지를 추가로 강조하고 싶다.

수의사 중 가장 많은 비율을 차지하는 임상 수의사 기준으로 설명을 한다면, 일단 늘 동물의 예쁜 모습만 보고 싶은 사람은 의외로 수의사가 되기 어려울 수 있다. 물론 동물에 대한 기본적인 관심과 존중 의식은 필수적이다. 그러나 임상 수의사는 동물이 아파서 고통스러워하는 모습과 죽는 모습을 주로 보게 되고, 인도적 처리(안락사)를 직접 결정하고 시행해야 하는 역할을 주관해야 한다. 또한 동물을 치료하다 보면 피나 똥, 오줌, 기생충 등 일반적으로 기피하는 것들에 대한 접촉과 관찰이 일상이며 또한 동물에게 불시에 물리거나 다칠 수 있는 위험이 항상 존재한다는 점을 간과하면 안 된다.

둘째, 사람과의 대화 및 관계에 능한 사람이 이 직업에 적합하다. 현대사회는 사람보다도 동물과 함께 있는 것을 선호하는 이들도 많아지고 있다. 하지만 아이러니하게도 수의사는 사람과 더 오래 있으며 사람과의 관계가 더 중요하다. 동물병원에 동물과 함께 방문하여 결제까지 거치는 보호자와의 커뮤니케이션, 또 동물병원 직원 간의 관계 속에서 수의사는 가장 많은 시간을 보낸다. 따라서 기본적으로 사람 상대에 능한 서비스 직군에 적합한 성향인지, 사람과의 대화가 즐겁고 갈등 중재와 경청 및 설득에 능한지 먼저 생각해봐야 한다.

셋째, 관찰력 및 인내심과 응용력이 있어야 한다. 흔히 수의사는 사람의 소아과 의사와 비슷하다고 이야기하기도 한다. 동물은 말을 못하기 때문에 왜 아픈지, 또 어떻게 나아지는지에 대해 더 섬세하게 관찰해야 한다. 또한 가만히 있으라고 해도 당연히 가만있지 않는 동물의 비협조에도 수의사는 끈기를 가지고 진단과 치료를 행해야 한다. 때로는 생각한 가설과 다르게 결과가 나오기도 하며 다양한 개체 차이에 따라 언제든지 돌발 상황이 올 수 있다. 따라서 돌발 변수에 스트레스가 있는 사람보다는 상황에 빠른 응용력 및 지속적 탐구 성향이 있는 사람에게 적합하다.

수의사의
진로와 종류

수의사의 진로는 생각보다 다양하다. 그래서 수의학과 입학 후에 본인의 적성을 세밀하게 파악하여 이에 맞는 진로를 다시 한 번 선택할 수 있다. 수의사의 직업 분포를 살펴보면, 2022년도 조사를 기준으로 임상 수의사가 과반수를 차지한다. 임상 수의사 안에서도 개와 고양이 같은 소동물 수의사가

75퍼센트 이상, 그다음으로는 소와 돼지, 말 같은 큰 동물을 담당하는 대동물 수의사, 기타 야생동물 및 수생동물, 특수동물을 담당하는 수의사 등이 있다. 비임상 수의사로는 가축 방역과 검역 및 전염병 예방 등을 담당하는 공무원이 되거나 제약 및 사료회사, 식품회사 등에서 수의 관련 연구 등 업무를 할 수 있다. 또한 학계에 남아 교육자가 될 수도 있으며, 농협이나 축협 같은 유관 기관에서 일할 수도 있다.

말 수의사는 한국마사회 소속 수의사가 되거나 개인 말 병원을 개업하여 말을 전문으로 담당하는 수의사가 되는 경우로 나누어진다. 한국마사회 안에서는 말 진료, 방역, 검역, 경마 행정, 말 복지 등의 다양한 업무를 하며 전국의 경마장과 목장 사업장에서 순환 근무를 한다. 말 전문 개업 수의사는 승마장 등 전국의 말을 기르는 모든 농가에 직접 진료 차량을 몰고 왕진을 다니며 말을 치료하게 된다. 개업 수의사의 절반 이상은 말이 많은 제주 지역에서 활동하고 있으며 임신 검사 등 말의 번식과 관련한 업무를 주로 한다. 출장 진료 후 정밀 진단이나 수술이 필요한 경우에는 주인이 말을 대형 말 병원이 있는 곳으로 수송하여 와서 진료를 받게 된다. 2024년 현재 대형 말 병원은 한국마사회 소속 네 곳, 학계 한 곳, 민간 두 곳이 있다.

논리적인 재미와 모험을 만들고 즐기는 일

보드게임 개발자

정희권

○

인생은
예측하기 힘들다

독일 바이에른의 작은 도시인 밀텐베르크, 기차역에서 내려 쭉 걷다 보면 잔잔한 마인 강을 건너는 오래된 다리가 있다. 사암과 콘크리트로 만든 그 다리를 건너면 주로 1600년대에 붉은 사암으로 만들어진 오래된 건물들이 나온다. 언덕 위 고성으로 올라가는 오솔길 옆에 있는 그런 오래된 건물 중 한 곳이 나의 일터다. 나는 2022년부터 이곳으로 옮겨 와 보드게임을 만드는 일을 하고 있다.

    독일에서 일하기 시작한 과정에는 우연과 행운이 함께 있었다. 오랫동안 알고 지내던 독일 회사에서 카드게임을 함께 만들어보자고 제안했는데 헝가리의 게임 작가가 고안한 시스템에 걸맞은 테마와 그래픽을 결정하는 게 내가 맡은 일이었다. 숫자가 커지면서 감정 역시 고양되는 구조를 가진 간단한 카드게임에 나는 세 종류의 호랑이가 산의 우두머리가 되기 위해 점점 더 강해지는 매운맛을 참으며 서로 다투는 테마를 생각했다. 시험 삼아 우리나라 전통 민화를 사용한 시안을 보내자 뜻밖에 독일 회사에서도 좋아했다. 민화 스타일을 서양인들도 자연스럽게 받아들일 수 있도록 노력한 끝에 2019년, '스파이시(Spicy)'라는 카드게임이 완성되었다. 스파이시는 기대했던 것보다 훨씬 큰 성공을 거둬 지금까지 30여 국에 수출되어 45만 개가 팔린 효자 상품이 되었다. 게임이 출시되어 좋은 반응을 얻은 후 독일로 와 함께 일하자는 제안을 받았다. 치밀한 계획이나 예상으로 준비했던 일은 아니었다. 하지만 재미있는 일을 하고 싶다, 무언가 창의적인 일을 하고 싶다, 그리고 어떤 일은 하기 싫다, 이런 막연한 생각과 방향성, 우연, 작은 성취 들이 독일로 이끌었다.

보드게임을
만든다는 것

보드게임은 정육면체에 가까운 모양의 사람이나 동물의 관절 뼈를 주사위 삼아 굴리던 고대부터 그 역사를 말할 수 있지만, 게임 디자이너의 창작성이 산업의 중심이 되는 현대 보드게임 문화는 비교적 최근에 만들어진 것이다. 특히 1980년대에 형성된, 보드게임 아이디어를 고안하는 사람들인 게임 작가 위주의 독일 문화가 현대 보드게임 시장을 완성했다고 할 수 있다.

　어떤 의미에서 보드게임을 만드는 것은 책을 만드는 것과 비슷하다. 실제로 대형 보드게임 회사 중 상당수는 출판기업이 모회사인 경우도 많다. 프랑스의 아셰트(Hachette)나 독일의 라벤스부르거(Ravensburger) 같은 대형 보드게임 회사들이 원래 서적을 출판하는 곳이다. 시대를 반영하거나 이끌어가는 좋은 소재를 포착하고, 참신하고 아름다운 문장으로 그것을 완성하고, 그것을 미려한 인쇄물로 만들어 마케팅과 배급을 하는 서적 출판 과정은 보드게임이 만들어지는 과정과 유사하다. 단지 보드게임에는 스토리보다 '게임의 시스템'이 창작의 가장 중요한 파트라는 사실이 다르다.

아이디어를 스스로 고안하거나 개발자의 아이디어를 발굴하여 계약하고, 테마와 스토리를 결정한 후 거기에 어울리는 그림 작가를 찾아 계약하고 전문 생산 공장을 통해 완성품을 만드는 것까지가 보드게임의 제작 과정이다. 그 이후에도 그 게임이 여러 사람들에게 다가갈 수 있도록 마케팅하고 판매하는 일련의 과정이 존재한다. 나를 포함한 이 업종 사람들의 상당수는 원래 자기 게임을 만드는 데서 시작하여 보드게임의 제작에서 소비까지 이어지는 과정 중 어딘가에서 자기의 역할을 찾기 마련이다.

내가 처음 보드게임 제작을 시작한 2000년대 초만 해도 한국에서는 전문 분야가 뚜렷하지 않았기 때문에 게임의 아이디어를 고민하고 디자인 콘셉트를 결정하는 것 외에도 카드와 보드, 박스 등 구성물을 각각 업체에 주문해서 포장되기까지 모든 과정을 일일이 다 신경 써야 했다. 지금은 분야별로 경험이 풍부한 전문가가 많아졌기 때문에 업무 진행이 훨씬 수월해졌지만 이 모든 과정을 다 이해하고 신경 써야 하는 것은 여전하다.

게임 아이디어를 고민하는 동시에 그것에 맞는 테마와 그래픽을 제안하고 그것이 어떤 재질로 만들어져야 하는지 결정하는 일이 나의 주된 업무지만 이 외에도 프로모션용 부가 상품을 기획 및 제작하고 해외 전시회 참가하여 미팅과 부스 운영하는 등 수많은 일을 매일 해내고 있다.

내가
하고 있는 일

물론 나에게 가장 중요한 일은 게임을 만드는 것이다. 독일과 한국의 개발자들이 협력하여 만든 스파이시의 성공 이후 전 세계의 문화를 테마로 하는 카드게임 레디언트 컬처 시리즈(Radiant Culture Series)를 만드는 데 집중하고 있다. 스파이시가 한국의 전통 문화를 테마로 한 것처럼 아프리카와 슬라브 지역, 인도 그리고 멕시코의 신화와 동화를 테마로 사용한 게임을 출시하여 좋은 반응을 얻었다. 이 시리즈 중 하나인 '코요테(Coyote)'는 세계 12개국 언어로 제작된 히트작으로, 미국 원주민 화가가 그린 그들 특유의 스타일로 다시 제작되었다. 미국 나바호 원주민 언어로 제작해달라는 요청을 받기도 했다.

독일 회사에서 일하고 있지만 성장세인 아시아 시장을 공략하기 위해 동양의 문화와 정서를 많이 담은 스타일의 게임을 제안하는 경우가 늘어나고 있다. 예를 들어 독일과 미국에서 먼저 출시된 이후 최근 한국에 출시한 '피시앤캐츠(Fish

& Katz)'라는 게임은, 대만 출신 디자이너의 아이디어에 부산 자갈치시장을 배경으로 하는 길고양이들의 이야기를 접목시킨 것이다. 아시아, 가능하면 한국의 인재를 발굴하고 우리 문화를 잘 소개할 수 있는 게임을 만들어 세계 시장에 많이 선보이고 싶은 게 개인적인 소망이기도 하다.

2010년경부터 일본 개발자가 제작한 '러브레터'라는 게임을 시작으로 한국, 대만 등에서 만들어진 게임들 중 세계적인 히트작들이 나오고 있다. 아시아 게임 개발자들의 실력이 성장한 이유도 있고, 참신한 아이디어가 매력인 보드게임이라는 매체의 특성상 새로운 관점을 가진 게임이 주목받기 쉽기 때문이기도 하다.

오늘은 영국 버밍엄에서 열린 UK 게임 엑스포에 참여했다가 귀국하는 길이다. 이번 행사에서는 영국 내에서 우리 게임의 판매를 맡고 있는 파트너를 만나고, 우리 회사에게 게임을 제안하려는 여러 나라의 게임 디자이너들과 미팅했다. 어쩌면 그 게임 중 하나를 내년쯤 세상에 내보일 수도 있을 것이다.

후디 입은 괴짜들과
양복 입은 비즈니스 맨

보드게임은 놀기 좋아하는 괴짜들의 산업이다. 일상과는 동떨어진 판타지나 SF, 어린 시절의 놀이를 놓기 싫은 '어른이'들은 자신들이 알고 있는 지식과 상상력을 바탕으로 사람들이 몰입하여 놀 수 있는 규칙 있는 게임을 만든다. 오늘날에는 그런 놀잇감들이 여러 사람에게 경제적인 성공을 가져다주기도 한다. 2023년 세계 보드게임 시장 규모는 130억 6,000만 달러(포춘 비즈니스 인사이트 발표)로 추산되며 매년 10퍼센트 정도의 견고한 성장률을 유지 중이다. 1980년대 말 농구장을 빌려 시작된 독일의 보드게임 박람회 슈필(Spiel)은 이제 20만 명이 넘는 사람들이 모이는 세계적인 행사가 되었다. 그러니 이제 보드게임은 그저 놀기 좋아하는 아마추어들만의 산업이라고 할 수도 없다. 세계에서 제일 큰 보드게임 회사인 아스모디 (Asmodee)라는 프랑스 기업은 스웨덴 사모펀드의 소유이며 그들은 이 괴짜들의 비즈니스를 냉정한 인수합병 시장으로 만들어버렸다.

예전에 독일의 게임 전시회에서 만났던, 이제는 세상을 떠난 옛 친구는 양복 입고 똑똑한 체하는 비즈니스맨들이 주인공이 된 이런 전시회가 아이러니로 느껴진다고 말했었다. 그 친구는 40여 년 전 친구들과 재미로 만든 보드게임으로 큰 성공을 거뒀고, 독일의 대표적인 보드게임 회사의 대표가 되었다. 재미 삼아 시작했다 하더라도, 보드게임을 만든다는 것은 싫건 좋건 이런 시장 내에서 자신의 자리를 찾아가는 과정이다. 성공할 수도 있지만 실패 가능성도 크다. 그러나 근본적으로 재미있는 일이다. 남을 재미있게 해주겠다면서 자기가 재미없다면 뭔가 잘못된 것이다.

●

왜 이 일을 하고
사는 걸까?

어떤 일을 오래 하다 보면 '나는 왜 이 일을 하고 있는가'라는 질문을 하게 된다. 이때 자신이 하고 있는 일이 '중요한 일이기 때문에'라고 대답하고 싶은 욕망이 자연스럽게 생긴다. 여기서 빠지기 쉬운 함정은 자신이 하고 있는 일의 사회적 가치를 지나치게 강조하는 것이다. 물론 세상에는 사회적 약자를 돌보거나 사고나 질병으로 목숨이 경각에 달린 사람을 구한다든지 하는, 단지 물질적 기준으로 가치를 판단할 수 없는 숭고한 일들이 있다. 그러나 근본적으로 어떤 일을 오래 잘하려면 그 일은 자신이 좋아서 하는 일이어야 한다. 사회적으로 어떤 가치를 갖는가는 그다음 문제다.

보드게임도 똑같은 관점으로 볼 수 있다. 우리 사회는 놀이와 재미에 대해 부정적으로 바라보는 경향이 있었고 만화나 영화, 게임과 같은 '놀이'를 탄압한 역사를 갖고 있다. 그 탄압에 대응하는 과정에서 우리가 하는 일의 '사회적 가치'를 확인받으려는 노력을 할 때도 있었다. 한때 유행하던 게임의 위해성을 강조하는 분위기에 대항하기 위해 게임의 사회적 가치를 강조한다거나 '게임도 문화'라는 점을 내세우는 것이다. '기능성 게임'이나 '게이미피케이션(gamification, 교육이나 마케팅에 게임의 방법론을 접목하는 기법)' 같은 용어가 유행하던 때도 그 시기다. 보드게임을 만드는 나도 당시 그런 움직임에 동참하여 관련된 연구도 하고 글도 쓰고 강연도 하고 다녔다.

그러나 게임의 긍정적인 요소를 지나치게 강조하는 것은 반대로 부정적인 요소의 존재를 인정하는 역설을 낳기도 한다. 한때 경기도에서는 '굿게임쇼'라는 게임 컨벤션을 개최한 적 있었는데 '굿게임'의 존재는 곧 '배드게임'의 존재를 인정하는 일이 아니겠는가? 과연 좋다/나쁘다의 기준은 누가 정하는 것일까? 또 게임에 대한 탄압에 대해 내세웠던 '게임은 문화다'라는 슬로건도 사실 애매하다. 세상에 문화가 아닌 것은 없기 때문이다.

허튼짓에서
의미를 찾고 싶다

이 일을 시작한 지 20년이 지난 지금 나는 게임이란 건 근본적으로 '허튼짓'이고, 게임을 만드는 일의 의미는 그 허튼짓의 가치에 찾아야 한다고 생각한다. 게임을 포함해서 모든 놀이는 분명히 실용적인 목적에 그 뿌리를 두고 있다. 쫓고 쫓기며 서로 깨물고 싸우는 흉내를 내는 강아지들의 놀이나 장기나 체스의 원형인 인도의 차투랑가 그리고 스타크래프트 같은 현대 대전게임의 원형이 된 프로이센의 크릭스슈필 (Kriegsspiel) 같은 고전 보드게임들은 모두 사냥이나 전쟁과 같은 특정 목적을 시뮬레이션하고 교육하기 위해 만들어진 것이다. 시작은 그러했지만, 오늘날 거대한 산업과 뿌리 깊은 문화로 발전한 이 보드게임이란 것의 근본적인 목적은 그저 재미있어서 하는 허튼짓이다.

나의 일 역시 그렇다. 전 세계를 다니며 해외 전시회에 참가하고, 아이디어를 발굴하기 위해 게임 디자이너들을 만나고, 다양한 하위문화를 체험하고, 다른 분야의 콘텐츠를 어떻게 게임에 접목시킬 수 있을까 고민하고, 게임에 맞는 최적의 테마와 스토리를 고안하고, 거기에 걸맞은 그림을 위해 재능 있는 일러스트레이터들을 발굴하고, 소비자가 시각뿐만 아니라 촉각으로도 만족할 수 있도록 참신하고 안전한 재질을 연구하고, 그 제작 과정에서 환경을 파괴하지 않는 방법을 고민하고, 안전에 대한 인증을 획득하고, 좋은 게임들을 심사하여 상을 주는 경쟁에 참여시키고, 게임을 알리는 일을 하는 인플루언서들을 섭외하고, 게임의 콘셉트에 맞는 최적의 론칭을 고민하는 일. 이 모든 일의 근간은 그저 게이머들의 재미를 위해서이다. 재미가 목적일 뿐 그것으로 인해 얻어지는 다른 무언가를 위한 것이 아니다. 그 다른 무언가를 위해 재미가 수단이 되는 순간, 그 재미는 아주 쉽게 사라져버리고 만다. 그러면 게임 하나를 만들어내기 위해 쏟은 그 모든 노력이 무위로 돌아갈 수도 있는 것이다.

이 허튼짓을
계속하게 만드는 것들

20년 전 처음 보드게임 개발 일을 시작하게 된 회사는 여러 가지 문제가 많았다. 나는 그 작은 회사의 유일한 게임 개발자였지만 월급을 제대로 받지 못했다. 어머님 돈까지 빌려서 투자를 한 회사였기에 내가 나가면 그 투자금이 휴지 조각이 될 것 같아 나가지도 못하고 있었다. 손절이란 게 얼마나 중요한 것인지 모르던 때다. 노동청에 임금 미지급을 고발한 다른 직원들이, 대표와 그의 친인척들은 꼬박꼬박 급여를 가져가고 있다는 사실과 여러 미심쩍은 증거들을 보여주지 않았으면 나는 그 희망 없는 직장에 더 오래 남아 있었을 것이다.

이직을 결정한 나는 그해 10월 중순에 독일 에센이라는 도시에서 열리는 보드게임 컨벤션에 출장을 가게 되었다. 그 출장의 목적이었던 몇 개의 미팅을 마친 후 딱히 목표도 없이 구름 같은 사람들의 무리와 함께 아마도 마지막 방문일 전시장을 떠돌고 있었다. 전시장에는 업무를 위해 참가한 게임회사 관계자와 새로 나온 게임을 즐기고 구매하기 위해 방문한 게이머들로 가득 차 있었다. 곳곳에는 게임을 직접 해볼 수 있는 테이블들이 줄지어 있었는데 막 비게 된 자리를 발견하고 앉는 순간 내 앞에 덩치가 커다란 남자도 자리 잡았다. 그의 외양은 정말 독특했다. 팔뚝과 목덜미를 가득 채운 문신, 귀와 코에 빼곡하게 꽂힌 금속 피어싱도 그랬지만 무엇보다 민머리가 눈길을 끌었다. 두피 밑에 쇠구슬 같은 것을 박았는지 이마 양쪽으로 네 개의 작은 뿔이 대칭으로 솟아난 것처럼 보였다. 이런 우연한 합석이 아니었다면 결코 만날 일이 없을 그런 부류의 사람이었다.

나와 그가 자리에 앉고 나서 독일인 커플이 남은 두 자리를 채웠고, 우리는 그해의 화제작 중 하나였던 '카멜롯의 그림자(Shadow of Camelot)'이라는 게임을 하기 시작했다. 플레이어들은 아서 왕과 함께 카멜롯 성을 지키는 기사들이 되어 협력한다. 플레이어 중에는 배신자가 있는데 그 배신자는 다른 사람이 실패해야, 즉 성이 함락당해야 이긴다. 그리고 공교롭게도 그날 그 테이블의 배신자는 바로 나였다.

함께 협동하여 야만인의 침략을 물리치는 단계에서 우리는 머리를 맞댔고, 배신자를 색출하는 단계에서는 서로를 의심하며 낄낄대기도 했다. 독일인 커플 중 남자가 의심을 받았는데 여자친구는 가장 강하게 그를 의심했다. 게임이 끝나고 나서 내가 배신자였다는 사실을 밝히자 사람들은 배를 잡고 웃어댔다.

한 시간 남짓 흥미롭게 게임을 하고 나서 우리는 간단히 인사를 나눴다. 머리에 쇠구슬을 박은 스킨헤드 청년은 아헨공과대학에 다니는 학생인데 그날 게임도 하고 구매도 하기 위해 동생과 함께 기차를 타고 전시장에 온 것이라고 소개했다. 우리는 서로 즐거운 시간을 보내라고 말하며 악수를 했다. 두툼한 그의 손이 따뜻했다. 짧은 시간이었지만 '재미'라는 공동의 목표를 위해 함께한 그는 게임을 하기 전과는 전혀 다른 사람으로 느껴졌다.

요한 하위징아(Johan Huizinga)와 에릭 짐머만(Eric Zimmerman) 같은 학자와 게임 디자이너들은 게임을 함께 플레이하는 사람들이 일상의 시간과 공간을 넘어 공유하는 순간을 '마법의 원(magic circle)'이라고 묘사하기도 했다. 즉, 우리가 가진 인종이나 국적, 계급에 대한 선입관을 내려놓고 마법의 공간에서 함께 허튼짓, 재미를 위해 모험을 하는 순간이다. 이런 체험을 한 후 우리는 이전과는 다른 눈으로 상대를 보게 될 수도 있다.

게임을 만드는 일은 본질적으로는 허튼 장난이라고 생각한다. 그러나 내가 하는 일이 때로는 지겨워지거나 너무 하찮은 일이라는 생각이 들 때는 이날의 경험을 떠올리곤 했다. 실제로 이 경험은 내가 보드게임 업계를 떠났다가 8년 후 다시 돌아온 이유가 되었다.

보드게임을 통해 사람들은 자신을 규정하는 외적인 배경에서 벗어나 일상과는 다른 경험을 하게 된다. 이 경험은 역설적으로 사회적인 가면과 규범 뒤에 숨겨두고 있던 그 사람 자체를 드러나게 만들고 서로를 조금 더 이해하도록, 공감하도록, 어쩌면 덜 미워하도록 만들 수 있을 것이다. 내가 오랜 시간 해온 이 허튼짓에 의미가 있다고 하면 바로 이 지점이 아닐까 한다.

●

보드게임 개발자가 되기 위해서는
어떤 자격과 과정이 필요한가

보드게임뿐만 아니라 대부분의 게임을 만드는 일 자체가 특정 전공을 필요로 하지 않는다. 국가나 민간에서 운영하는 자격증이 존재하긴 하지만 병역 특례 등을 적용하기 위한 필요에서 만들어진 것으로 게임 전문가가 되기 위한 필수 조건은 아니다. 게임은 아직도 상대적으로 학벌의 장벽이 크게 작용하지 않는 분야 중 하나다.

나는 보통 글을 쓰는 작가가 되는 것과 비슷한 면이 있다고 설명하고는 한다. 문학을 전공했다면 좋은 작품을 쓰는 데 도움이 되겠지만 그게 작가가 되기 위해 필수적이지는 않은 것과 같다. 지리학을 공부한 사람이라면 지리학적 상상력을 반영한 글을 쓰기 쉽고, 역사를 공부한 사람이라면 역사적인 지식에 기반한 글을 쓰기 쉬울 것이다. 게임도 마찬가지다. 세상 모든 분야에 대한 책이 존재하듯 세상 모든 분야에 대한 게임이 존재할 수 있다. 특정 분야에 대한 깊이 있는 지식과 통찰이 있다면 관련된 좋은 게임을 만들 수 있을 것이다.

실제로 다양한 새의 생태와 환경 등을 주제로 한 '윙스

팬(Wingspan)'이나 화성을 지구와 같이 사람이 살 수 있는 환경으로 만드는 것을 목표로 하는 '테라스포밍 마스(Terraforming mars)'처럼 생물학이나 지질학, 천문학 지식을 기반으로 하는 게임들이 많은데 이런 분야 전공자라면 당연히 게임을 기획하고 제작할 때 용이할 것이다. 하지만 반드시 전공이 요구되는 것은 아니다. 그보다는 다양한 분야에 '게임 시스템'을 자유롭게 창작할 수 있는, 보편적인 능력과 지식이 더욱 도움될 것이다. 더구나 지식과 학문 간의 경계가 허물어지는 오늘날에는 전공의 의미는 더욱 약해진다.

　　대학뿐만 아니라 게임과 관련된 많은 교육기관이 있지만 그 기관들의 효능은 비슷한 관심사를 가진 사람들과 만나 교유하고 함께 프로젝트를 수행하는 경험을 제공하는 데 있다. 간단히 말해 게임을 만들기 위해 대학에서 게임 개발을 전공해야 하는 것은 아니다. 냉정하게 말하자면, 실제로 좋은 게임을 만들도록 가르치고 발전시킬 능력을 가진 사람은 대학보다 현장에 훨씬 많다.

어떤 사람에게
이 직업을 권하는가

타인의 감정을 느끼는 감수성이 높은 사람이라면 좋은 게임 개발자가 될 자질을 갖고 있다고 할 수 있다. 물론 나를 포함해서 게임을 만드는 직업을 가진 사람들 모두가 일반인보다 높은 감수성을 가진 사람이라는 것을 의미하지는 않다. 그러나 그런 감수성은 분명히 큰 도움이 된다.

게임은 우리 세계를 모사하는 일종의 자기 완결적인 시뮬레이션이기에 자신만의 세계에 사는 사람이라면 자신이 고안한 게임 시스템이 타인에게 어떤 감정을 선사하는지, 그 게임을 플레이하는 것이 실제로 재미있는 일인지 유추하는 데 어려움을 겪을 수 있다. 실제로 보드게임을 만드는 사람들에게서 흔히 발견하는 일이다.

또한 지적인 도전을 즐기는 사람이 게임을 만드는 일에 잘 맞을 것이다. 여기서 '도전을 즐긴다'는 것은 결과보다는 그 과정을 즐긴다는 의미이다. 경험에 비추어보자면, 도전을 즐기는 이유가 타인과의 경쟁을 통해 자신의 지적 능력이 우월함을 확인하는 데 있고 결과를 중요시하는 사람은, 이 일을 오래 또는 잘하지 못하는 경우가 많은 것 같다. 결국 타인에게 충분히 흥미롭게 풀 수 있는 문제를 제공하는 지적인 과정을 즐길 수 있는 사람이 이 직업에 적합하다고 생각한다.

10년 후에도 이 일을 하고 있을까
앞으로 이 일에 어떤 변화가 있을까

개인적으로는 이 일을 노인이 되어서도 계속할 것이라 생각한다. 유년에 게임을 취미로 한 사람들은 청년, 중년이 되어서도 게이머로 남는 경우가 많다. 아마 우리 세대가 노년이 되었을 때는 노인 게이머들이 많아질 것이다. 거기에 맞는 게임의 시스템과 디자인이 필요할 때가 이미 오고 있다.

게임을 개발하는 것은 쉽게 가르치고 배울 수 있는 일반적인 지식이 아니라서 그 수요나 공급이 비약적으로 늘어날 가능성은 적다. 그러나 게임을 개발하는 능력은 여러 분야에서도 필요로 한다. 게임 디자인의 소양이 있는 사람이 마케팅이나 교육, 다른 콘텐츠에서 그 소양을 발휘할 수 있는 기회는 많다고 생각한다. 한동안 유행했던 '게이미피케이션'이라는 용어는 게임 개발의 방법론을 교육이나 마케팅 등 다양한 분야에서 활용하는 것을 말한다.

또한 보드게임을 경제나 환경 등 다양한 분야에서 교육의 수단으로 쓰는 경우가 많고, 그런 대부분의 시도들이 해당 주제에 대한 게임을 만드는 것을 궁극적인 목표로 삼고 있으므로 게임 개발자에 대한 수요는 아주 크지 않더라도 계속 지속될 것이라고 본다.

이 일을 잘하려면
어떤 능력과 노력이 필요한가

좋은 영화를 만들려면 좋은 영화를 많이 봐야 할 것이다. 그림이나 문학, 음악도 마찬가지다. 보드게임을 포함해서 게임을 잘 만들려면 좋은 게임들을 많이 체험해보는 것이 필수적이다.

게임이라는 매체의 특성상 필요로 하는 능력이 몇 가지 있다. 그중 하나는 수학, 특히 확률에 대한 이해가 필수적이다. 게임은 플레이어들 간의 공평성이 보장되어야 하고, 이것을 '게임의 밸런스'라는 용어로 표현하는데, 게임을 플레이하는 과정에서 사용할 수 있는 여러 가지 전략의 밸런스도 중요하다. 그리고 이런 밸런스를 만들 수 있는 필수적인 방법이 수학, 특히 확률과 통계다. 유명 게임 개발자 중 수학자가 많고 은행원 등 계산에 관련된 일을 하던 사람의 비율이 높은 것은 이 때문이다. 시각과 촉각으로 느끼며 즐기는 매체인 만큼 시각디자인에 대한 지식과 경험도 큰 도움이 된다.

물론 게임을 만들기 위해 뛰어난 수학자나 일러스트레이터가 될 필요는 없으나 그 분야에 대한 기본적인 지식과 바탕으로 그걸 활용할 수 있는 능력은 크게 도움이 된다. 애플 창업자 스티브 잡스는 디자이너는 아니었지만, 적어도 어떤 게 좋은 디자인인지 고를 수 있는 안목이 있는 사람이었던 사실을 떠올리면 도움이 될 것이다.

보드게임 개발자를
꿈꾸는 사람들에게

보드게임 관련 직종은 다른 서브 컬처 산업들처럼, 이 일이 '그저 좋아서' 하는 사람들이 그 산업 자체를 이끄는 경우가 많다. 그러나 산업이 성장하게 되면 그 일이 좋아서 하는 사람보다는 사업으로서의 가능성을 따지고 경영하는 사람들이 주도하게 된다. 이 때문에 여러 가지 변화가 생겨나고 모든 종사자들이 그 변화를 좋아하는 것은 아니다. 물론 어느 한쪽이 옳고 그르다고 판단할 수는 없다. 자신들의 역할이 있기 때문이다. 이렇게 변화하는 시장 상황에서 자신의 역할과 직업으로서의 비전을 찾는 것은 오롯이 자신의 문제가 된다.

　어떤 분야건 자신이 좋아하는 일을 하면서 삶을 만들어 나가는 것은 분명히 신나는 일이다. 그리고 보드게임을 포함한 게임 업종은 통계적으로 직업 만족도가 높고, 직장에서의 스트레스는 '상대적으로' 낮은 장점도 있다. 문화 관련 산업의 환경은 변화무쌍하기 때문에 이 업에 종사하기 위해서는 항상 그 변화를 읽고 그 안에서 자신의 역할을 끊임없이 고민하는 노력, 세상의 변화라는 파도를 적극적으로 타겠다는 생각도 중요하다. 어쩌면 안정되지 못한 삶으로 보일 수도 있다. 그러나 스스로 이런 변화에 익숙해지고 그것에 적응하는 과정에서 재능과 경력을 쌓아나갈 수 있다면, 오히려 시시각각 변화하는 세상에서 역설적으로 가장 안전한 삶의 방법이 될 수 있지 않을까.

모니터 너머
환상의 놀이동산을 짓는 일

비디오게임 개발자

지민웅

○

외로운
싸움

지금도 그때를 생각하면 넌더리가 난다. '프로젝트 A' 개발이 한창이던 때, 게임의 능력치 시스템을 개발해달라는 요청을 받았다. 게임 속 캐릭터의 능력치를 저장하고 관리하는 시스템은 세상 대부분의 비디오게임에 존재한다(한국에서는 '컴퓨터게임'이라는 말이 널리 쓰이지만, 영어권에서는 스크린에 표시된 영상을 통해 하는 컴퓨터게임, 콘솔게임, 모바일게임 모두를 '비디오게임'이라고 총칭한다). 그래서 개발이 어렵지 않을 것으로 생각했는데, 막상 시작해보니 생각과 달랐다. 능력치 시스템을 만들려면 우리 게임의 여러 부분에 걸쳐 변화를 주어야만 했다. 당시 스튜디오는 유행하는 오픈 월드 스타일의 게임 개발에 처음으로 도전하고 있었는데, 모두가 시행착오를 겪으며 큰 게임을 개발하다 보니 게임의 코드는 조잡하고 방대했으며 변화도 잦았다. 한 곳을 건드리면 다른 곳에서 문제가 생겼다. 어디부터 손을 대야 할지 막막했다.

　능력치 시스템은 여느 게임에 그러한 것처럼 당연히 존재해야 하는 것인데, 당연히 존재해야 하는 부분을 만들기 위해 그 시스템의 본질에 대해 고민하는 사람은 나뿐이었다. 나의 어려움을 알 리 없었던 무심한 기획자는 그렇지 않아도 막막한 차에 변경 사항을 요청하면서 "이 정도는 별것 아니지?"라고 말했다. 그 말이 가슴을 짓눌러 한동안 떠나지 않았다. 쉽게 되어야 하는 것을 잘해내지 못한다는 심리적 압박감에 나는 점점 길을 잃었고, 결국은 그 시스템에서 손을 놓을 수밖에 없었다. 나 대신 다른 사람들이 그 일에 뛰어들었고, 나는 절망하며 나의 쓸모에 대해 의심했다.

　게임 개발은 외로운 싸움이다. 프로젝트마다 차이가 있지만, 비디오게임은 보통 기획부터 출시까지 약 2년에서 5년 정도의 시간이 걸린다. 그 때문에 중도에 포기되는 프로젝트도 적지 않고, 개발 과정에서 축적된 문제로 발매 직후에 사장되는 게임도 많다. 수년간의 노력이 세상에 어떠한 영향도 끼치지 못하고 사라지는 경험은 개발자의 마음에 적지 않은 타격을 준다. 운이 좋아 발매까지 성공한다 하더라도 그전까지는 비밀을 유지해야 하기에 몇 년 동안 하고 있는 일이 세상에 영향을 미치는 걸 볼 수 없다. 내 전 룸메이트는 수백만 명의 팔로어를 가진 DJ이자 프로듀서였는데, 내가 지지부진하던 게임 프로젝트에 매달리는 동안 그는 빠르면 하루 만에도 신곡을 내놓고 SNS에서 반응을 얻는 것을 보면서 얼마나 부러웠는지 모른다.

놀이동산을
만드는 사람들

게임업계에 종사하는 사람은 많지만, 게임 개발에 처음부터 끝까지 참여해본 사람은 생각보다 많지 않다. 비디오게임을 처음부터 끝까지 개발해본 사람이라면, 게임 개발의 재미 대부분이 개발 초기에 있으며, 그 이후는 죽음의 골짜기를 걷는 것과 같다는 말에 동의할 것이다. 처음 게임을 구상하는 것은 정말 재미있다. 가상의 세계에 어떤 지형지물과 존재와 규칙이 있는지, 그 안에서 사람들이 어떻게 상호작용할지 상상하는 것은 즐겁다. 마치 어린아이가 병원 놀이나 아이언맨 놀이를 하며 놀이 속 세상을 상상하는 것과 비슷하다. 그리고 상상한 세계가 잘 구현되었을 때 그것을 경험하는 사람들, 즉 플레이어들에게 기쁨을 준다. 내가 구상한 세계가 타인에게 기쁨을 주는 것보다 더 큰 효용가치를 느낄 수 있는 일은 세상에 많지 않을 것이다.

초반의 즐거웠던 구상 과정이 끝나면, 끝이 보이지 않는 지난한 시간과 싸워야 한다. 비디오게임 업계에는 '누군가는 반드시 돌과 나무를 만들어야 한다'는 격언이 있다. 게임 세계 안에 존재하는 것이라면 돌과 나무처럼 하찮아 보이는 것일지라도 반드시 누군가의 손을 거쳐야 한다는 뜻이다. 요즘은 자동화된 도구 덕에 돌과 나무 정도는 쉽게 생성할 수 있지만, 그럼에도 누군가는 그것들을 눈여겨보고 다듬는 과정을 거쳐야 한다. 그뿐만이 아니다. 제작자가 의도하지 않은 상황이 발생하더라도 게임 세상에 문제를 일으켜 몰입을 깨지 않도록 모든 경우를 면밀히 검사하고 적절한 처리를 해주어야 한다. 구현되지 않은 영역인 폭포의 뒤쪽으로 플레이어가 뛰어든다든지, 중요한 순간에 게임을 재시작해 진행 순서가 엉켜 게임을 더 이상 진행할 수 없게 된다든지, 빠른 속도로 벽에 부딪힌 플레이어가 벽을 뚫고 나가버린다든지, 일어날 수 있는 문제는 끝이 없다.

그래서 게임 개발은 육아와도 비슷한 면이 있다. 아이가 기어다니기 시작하면 부모는 집 안의 모든 모서리가 아이에게 위험할 수 있음을 깨닫는다. 아이는 부모가 바라지 않고 예상하지 않은 행동을 서슴없이 한다. 동전을 삼키고 불에 손을 가져다 대며 TV에 장난감을 던진다. 음식을 뱉고 식탁에 올라가고 벽에 낙서를 한다. 그렇다고 아이를 움직이지 못하도록 묶어둘 수는 없는 노릇이다. 아이는 이리저리 돌아다니고 세상과 상호작용하며 자아를 발전시켜야 한다. 손발을 움직일 자유, 큰 소리를 낼 자유, 부모의 말을 듣지 않을 자유. 그래서 부모는 한시도 눈을 떼지 못하고 아이를 따라다니며 아이의 자유가 아이에게 해를 끼치지 않도록 노심초사해야 한다.

게임 개발자 역시 플레이어에게 자유를 허락하면서도, 그 자유가 세상의 붕괴를 불러일으키지 않도록 모든 경우의 수를 미리 생각해야 한다. 그래서 게임 개발자는 플레이어가 계속 몰입할 수 있도록 게임 세계를 다듬는 데 대부분의 시간을 할애한다. 게임 개발의 초반을 제외한 시간이 지난하고 외로운 이유가 여기에 있다. 게임 개발은, 육아처럼 할 일이 많다. 너무나도 많다.

4년짜리
마라톤을 완주하다

게임을 처음부터 제작해 발매해보고 싶다는 오랜 꿈을 위해, 이미 발매된 게임을 유지 보수하는 안정적인 자리를 떠나 신규 프로젝트였던 '프로젝트 A'에 참여했었다. 처음부터 게임을 만드는 건 각오한 것보다도 훨씬 힘들었다. 앞서 이야기했듯 초반을 제외한 개발 과정의 대부분은 게임과는 관계없는 지루한 과정이 대부분이다. 처음 2년으로 계획되었던 프로젝트는 예상치 못한 변수들에 점점 연기되어 총 4년의 개발 기간을 거치게 되었고, 그동안 나는 수도 없이 이직을 생각했다.

　결혼 생활에 대해 끊임없이 고민하면서도 결혼을 유지해 나가는 부부처럼, 나는 개발 기간 동안 아슬아슬하게 프로젝트에 붙어 있었다. 다른 회사를 알아본 적도 있었고, 게임이라는 분야에서 마음이 완전히 떠났다고 느낀 적도 있었다. 생계를 위해 기계적으로 일할 때도 있었고, 보람을 느끼며 마음을 다잡을 때도 있었다. 그러던 중 어느새 게임의 최종 마감일이 다가왔다. 내 마음은 수없이 선을 넘나들었지만, 마지막 몇 달은 다른 생각을 하지 않고 프로젝트를 마무리하는 데 전념했다. 수없이 봐온 게임의 화면과 그동안 파고들었던 문제들이 자동으로 나를 움직였다. 준비운동을 하면서 무슨 생각을 하냐는 질문에 피겨스케이트 선수 김연아는 다음과 같이 대답했었다. "무슨 생각을 해……. 그냥 하는 거지."

발매일이 되고, 우리 게임이 전 세계에 출시되었다. 나는 떨려서 게임을 해볼 수도, 사람들이 게임하는 화면을 볼 수도 없었다. 내가 참여한 부분에서 문제가 생겨 우리가 지은 세계가 와르르 무너질 것만 같았다. 코미디언은 사람들이 자신이 준비한 농담을 재미있어 할지 예측하기 어렵다고 하는데, 나도 사람들이 우리 게임을 재미있어 할지 아닐지 판단할 수 없었다. 모두가 같은 마음이었는지, 사내 메신저의 채팅창에는 긴장감이 맴돌았다.

모든 메이저 게임 플랫폼의 온라인 상점에 우리 게임이 올라갔고, 오프라인 매장의 매대에는 패키지가 진열되었다. 미리 게임을 받아서 플레이해본 평론가들의 리뷰가 하나둘씩 공개되었다. 평가는 다소 복합적이었지만, 전반적으로는 우호적이었다. 어릴 때부터 봐온 게임 리뷰 매체들이 내가 참여한 게임에 대해 이야기하는 것이 무척 신기했다. 세계 각국에서 우리 게임을 플레이하는 영상이 올라왔다. 그중에는 한국인도 있었다. 영상 속의 그들은 하나같이 모두 웃고, 소리치고, 집중하고 있었다.

나는 게임을 발매했다. 큰 산을 하나 오른 것 같았다. 어릴 때부터 나를 사로잡은 신비의 세계, 내가 가지고 싶었던 힘. 막연하게만 느껴졌던 게임 개발의 시작과 끝을 보았다.

●

마술을
좋아하던 아이

어릴 적 호기심이 왕성했던 나는 마술을 참 좋아했다. 아무것도 없던 손에서 카드가 나오고, 잘려진 끈이 이어지는 신비의 세계. 어린 나는 이런 일들이 대체 어떻게 가능한 건지 알아야 했다. 가짜 엄지손가락 골무와 실크 스카프, 쇠고리가 들어 있는 마술 책을 사달라고 졸라 연습하고 또 연습했던 기억이 난다. 그렇게 연습한 마술을 보여주었을 때 신기해하는 사람들의 반응을 보면 기분이 날아갈 것 같았다.

인기 TV 프로그램 〈호기심 천국〉은 여러 마술의 속임수를 밝히는 미국 TV 쇼를 더빙하여 내보냈다. 사람의 몸을 분리했다가 붙이는 마술, 순간이동 마술, 비둘기 마술 등 여러 마술의 속임수가 낱낱이 공개되었다. 나는 가면 속 마술사 '타이거 마스크'가 알려주는 속임수를 하나도 놓치지 않으려고 일요일 저녁이면 TV 앞에 붙어 있었다. 우연인지 모르겠지만, 마술의 비밀을 그렇게 하나둘씩 알아갈 때쯤 나의 관심은 마술에서 서서히 다른 곳으로 옮겨갔던 것 같다.

나는 컴퓨터게임에도 관심이 많았다. 게임 안에는 마술

과 마찬가지로 신비의 세계가 있었다. 하지만 마술과는 달리 게임은 어떻게 만드는지 감조차도 잡을 수 없었다. 초등학교 고학년 때 비교적 간단한 프로그래밍 언어인 비주얼 베이직 책을 빌려와 이리저리 씨름해보다가 그만둔 후로 프로그래밍 은 내가 할 수 있는 일이 아니라고 생각했다. 이후 막연한 동경과 운으로 얼렁뚱땅 대학교 컴퓨터공학과에 입학했고, 졸업 후 유학길에 올라 미국의 게임회사에 취직했지만 수년간 근무한 후에도 나는 게임이 전체적으로 어떻게 만들어지는지 잘 알 수 없었다.

처음 몇 년간은 인기 있는 스포츠게임을 유지 보수하고 업데이트하는 일을 했는데, 방대한 게임 코드의 일부분만을 담당하다 보니 큰 게임의 개발 과정을 파악하기 어려웠다. 일은 편했지만 내가 원하던 것과 점점 멀어진다는 생각에 불안감이 쌓여갔다. 그러다 지사에서 신작 게임을 개발한다는 소식이 들려왔고, 게임 개발에 초기부터 참여해보고 싶었던 나는 고민 끝에 호기롭게 매니저를 찾아갔다. 다행히 그는 자리를 옮겨 새 프로젝트에 참여하고 싶다는 나의 제안을 흔쾌히 수락했다.

그렇게 샌프란시스코에서 로스앤젤레스로 이사를 하면서까지 참여한 '프로젝트 A'의 총 4년의 개발 기간을 경험했다. 개발 과정에서 우여곡절이 많았지만 게임은 성공적으로 출시되었다. 회사에 취직한 지 7년 차였다. 비로소 나는 게임의 시작과 끝을 함께할 수 있었다.

비디오게임,
압도적인 환상의 세계

게임회사에 다닌다고 소개하면 "게임을 하면서 돈을 버니 좋으시겠어요" 같은 말을 종종 듣는다. 그 말이 아주 틀린 것은 아니지만, 영화를 만드는 사람이 영화를 보면서 돈을 벌지 않고 음식을 만드는 사람이 음식을 먹으면서 돈을 벌지 않는 것처럼, 게임을 만드는 것과 게임을 하는 것은 완전히 다른 경험이다. 다른 직업에 비해 게임 만드는 일은 잘 알려지지 않은 것은, 비디오게임이 등장한 지 얼마 안 되었기 때문이기도 하겠지만 여기에는 복잡한 기술을 사용해 환상을 제공해야 하는 게임 개발의 특수성 때문이기도 한 것 같다.

게임의 정의에 대해서는 아직도 의견이 분분하지만, 모든 게임이 공통으로 가진 속성은 '세계를 제공한다'는 것이다. 게임은 세계를 제공하고, 우리는 게임 세계가 주는 환상을 믿는다. 벽에 고무공을 튀기며 노는 단순한 놀이부터 방대한 가상세계를 가진 오픈 월드 게임까지, 모든 게임에는 우리가 전부 예상할 수 없는 경우의 수가 존재한다. 공이 어디로 튈지, 다른 플레이어가 어디로 움직일지, 어디서 어떤 몬스터를 만날지, 그리고 내가 어떻게 반응할지 100퍼센트 예측 가능하다면 그것은 게임이 아니다. 공을 벽에 튀기는 게임을 할 때 게이머는 공이 어디로 튈지 정확히 알지 못한다. 대략의 예상은 할 수 있을지 몰라도 정신을 집중해 공을 바라본다고 해도 매번 공의 정확한 궤적을 포착하기 힘들다. 이렇듯 게임

지민웅

은 반드시 미지의 세계를 제공한다.

　미지의 세계를 제공하는 게임은 컴퓨터의 등장으로 완전히 다른 국면을 맞이했다. 컴퓨터 스크린의 크기는 정해져 있지만, 메모리에 저장된 정보를 순차적으로 불러들여 스크린에 나타냄으로써 게이머는 한 번에 볼 수 있는 것보다 훨씬 큰 세상을 맞이하게 된 것이다. '슈퍼 마리오'에서 세상이 캐릭터를 따라 왼쪽에서 오른쪽으로 이동하는 것을 상상하면 된다. 때로는 스크린 너머에 숨겨진 세상은 무한한 것처럼 보인다. 플레이어는 초원에서 산지로, 사막에서 툰드라로 이동하고, 점점 더 어려워지는 도전을 맞이하며 게임 세상이 주는 놀라움을 계속해서 경험한다. 현대의 비디오게임은 커튼이 걷힐 때마다 새로운 것이 계속 등장하는 마술 쇼와도 같다.

　어떤 환상이 압도적이면, 우리는 그것을 객관적으로 인지할 수 없다. 게임을 만드는 일이 어떤 활동인지 선뜻 알기 어려운 것은 게임이 제공하는 환상이 우리를 압도하기 때문이기도 하다. 게임은 태생적으로 그 작동 방식을 숨겨야 한다. 그 환상에 사로잡혀 있는 만큼 우리는 게임의 실체를 파악하기 어렵다. 어린 내가 접했던 마술처럼, 현대의 비디오게임은 '대체 이것이 어떻게 가능하지?'라고 질문하게 한다. 아니면 너무 설득적이고 압도적이어서 그러한 질문조차 갖지 않게 된다. 블루투스 기술이나 해리 포터 세계의 마법이 우리에게 질문의 대상이 아닌 것처럼.

　하지만 게임 개발자는 게임이 무엇으로 구성되어 있는지 알아야 한다. 마술을 하려면 마술에 쓰이는 도구와 과정을 모두 알아야 하는 것처럼, 게임을 만드는 사람은 환상 없이 게임을 있는 그대로 인지해야 한다. 즉, 게임을 만들 수 있게 된다는 것은 게임이 제공하는 세상에 대한 메타인지를 가진 다는 것이다.

게임의 구성요소를 속속들이 알게 된 개발자에게 게임은 결코 예전과 같을 수 없다. 사람의 몸을 절단하는 마술의 속임수를 알아버린 사람처럼 환상은 현실이 되고, 신비의 세계는 기술과 노력의 세계가 된다. 그것은 마치 떠나온 고향과도 같아서 다시는 예전으로 돌아갈 수 없다.

'프로젝트 A'에 참여하는 4년 동안, 나는 수도 없이 환상을 떠나보냈다. 마술의 속임수를 하나씩 알아가는 것처럼 게임 개발에 쓰이는 기술을 알아나갔다. 경탄을 불러일으키는 것도 있었고, 생각보다 시시한 것도 있었다. 중요한 것은 알았다는 것이다. 새로운 생각과 개념, 이론, 이해 등을 발전시킨다는 것은 옛 생각과 개념, 이론, 이해 등이 죽어야 함을 의미한다. 나는 알게 되었고, 알아버렸다. 〈호기심 천국〉의 타이거 마스크를 보면서 마술에 대한 흥미가 사라졌듯, 게임 세상이 주던 신비도 사라졌다. 알기 전의 나는 죽은 것이다. 게임의 신비를 좇아 여기까지 온 나였다. 그것이 사라졌으니 나는 다른 신비를 찾아가야만 할까?

지민웅

불을 좇던 나방,
삶을 붙잡다

게임 외에도 내가 좇던 여러 가지 환상이 있었다. 평생을 따라갈 인생의 멘토 같은 사람이나 나의 모든 것을 다 이해할 수 있는 운명 같은 사랑, 나도 미처 모르는 내가 가진 천부적인 능력 같은 것들. 게임을 개발하는 시간 동안, 내 삶에서 그것들을 차례로 떠나보냈다. 환상이 하나씩 깨져가며 비로소 주변이 눈에 들어오기 시작했다. 가족, 친구, 이웃, 바람, 나무 같은 것들이 내 주변에 항상 있었다. 신비를 좇느라 바빠 보지 못했을 뿐이었다.

　　게임 개발에는 거의 필수적으로 행해지는 플레이테스트(playtest)라는 과정이 있다. 플레이테스트는 개발 중인 게임을 소수의 사람에게 플레이하게 한 뒤 그 반응을 살피는 것이다. 개발자는 최소한의 설명을 주고서 사람들이 게임을 하며 어떤 부분에서 즐거워하고 헤매고 좌절하는지 지켜본다. 이때 수집한 정보는 개발 방향을 제시하는 데 귀중한 자료가 된다. '프로젝트 A'는 어린이와 청소년층이 주된 타깃이었기 때문에, 우리는 어린이들을 회사로 초대해 우리 게임을 플레이하는 것을 지켜보았다. 게임을 곧잘 하며 즐거워하는 아이도 있었고, 어디로 가야 할지 몰라 캐릭터를 계속 벽에 들이박고 있는 아이도 있었다. 그 순간들이 내게 선명하게 기억되었다.

　　지금 만드는 게임이 발매될 수 있을까? 발매되더라도 팔리기는 할까? 불안과 싸우면서 또 그저 하루의 할 일을 하는 동안, 나는 플레이테스트에 참여했던 아이들의 목소리를 떠올리고자 노력했다. 게임을 하며 즐거워하고 길을 잃고 오류 때문에 진행할 수 없었던 아이들을 생각하며 지루한 일을 해나갔다. 아이들을 실망시키고 싶지 않았다.

　게임이 완성되면서 나의 신비는 차츰 떠나갔지만, 게임 개발의 반대편에는 여전히 게임 세계를 탐험하는 타인이 있다. '프로젝트 A'를 만드는 동안, 게임 제작이 다른 복잡한 제품을 만드는 일에 비해 무엇이 특별한지 수도 없이 생각해왔다. 게임을 만들기 위해 해야 하는 작업들은 다른 소프트웨어 개발에 비해 크게 특별하지는 않았다. 게임이 완성되고 신비가 걷히고 나니 그 답이 비로소 선명히 보였다. 게임은 사람들에게 기쁨을 준다. 바로 그것이 게임 제작을 특별한 일로 만든다. 그리고 얼마간은 더 내가 그 일의 적임자일지도 모르겠다는 생각이 든다.

지민웅

●

비디오게임 개발자가 되기 위해서는
어떤 자격과 과정이 필요한가

나의 공식 직함은 게임 프로그래머이지만, 글에서는 일부러 게임 개발자라는 모호한 단어를 선택했다. 나는 프로그래밍뿐 아니라 게임 디자인(한국에서는 게임 기획이라고도 한다)에도 관심이 많고, 실제로도 크고 작은 디자인에 꾸준히 참여하고 있기 때문이다. 게임 엔진의 눈부신 발전 덕에 게임 개발이 점점 더 쉬워지고 있어 앞으로 게임 프로그래밍과 게임 디자인의 경계는 모호해질 것이다. 그 때문에 나는 이 책에서 둘을 뭉뚱그려 '게임 개발'이라고 부르기로 했다.

'게임 개발자가 되려면 어떻게 해야 하나요'라는 질문에 단골로 등장하는 답이 바로 '게임을 많이 만들어보라'이다. 선문답 같은 이야기지만, 가장 정확한 답이기도 하다. 초보 개발자는 게임을 만들려는 노력을 시작하자마자 자신이 구상하던 것이 얼마나 막연한지를 깨닫게 된다. 게임 개발은 자신의 상상을 수도 없이 깨뜨리고 부수어 실현 가능한 조각들로 만드는 과정이다. 게임을 개발해보는 동안 개발자는 자신의 상상과 현실을 일치시키는 방법을 끊임없이 수련하게 된다.

여기에는 간단한 것이라도 직접 만들어보는 것만큼 좋은 방법은 없다. 게임회사가 채용을 할 때도 게임을 만들어본 경험을 가장 높게 평가한다.

'게임을 많이 만들어보라'는 막연한 답을 듣고 게임을 만들어보기로 마음먹은 사람에게는, '작게 시작하라'는 게임계의 또 다른 잠언을 이야기해주고 싶다. 개발 경험이 없는 사람은 상상한 것 중 자신이 구현할 수 있는 부분이 무엇인지 잘 모른다. 그렇기에 방대한 계획을 세우고 게임의 1퍼센트도 채 되지 않는 부분만을 만들고는 어떻게 해야 할지 몰라 포기하는 경우가 많다. 그렇기에 아주 간단한 것이라도 게임을 만들어보는 경험이 쌓여야 나중에 큰 게임을 만들 수 있다. 딱히 아이디어가 없다면 기존의 게임을 똑같이 만들어보는 것으로 연습해도 좋다. '퐁(Pong)', '벽돌깨기', '플래피 버드(Flappy Bird)', '길건너 친구들' 등 한 번쯤 해보았을 간단한 플레이 방식을 가진 게임일수록 좋다.

요즘은 개발을 쉽게 해주는 툴도 많이 나와 있다. MIT에서 만든 코딩 교육 플랫폼 스크래치(Scratch)나 어린이 게임 플랫폼 로블록스(Roblox)에서 제공하는 개발 도구 등을 활용하면 쉽게 게임 개발을 시작할 수 있다. 또 개발사에서 제공하는 문서나 사용자들이 제작한 유튜브 강좌가 많으니 참고하면 좋다. 본격적으로 게임을 만들고 싶어지면 유니티(Unity) 같은 상용 게임 제작 툴을 배우면 된다.

어떤 개발 도구를 선택하든, 제작하는 게임이 복잡해지기 시작하면 프로그래밍 언어를 공부해야 한다. 예를 들어 파이썬이나 자바스크립트 같은 언어를 배우면 게임 제작에 큰 도움이 된다. 요즘은 게임 디자이너도 어느 정도의 프로그래밍은 하는 추세이기 때문에 디자이너를 지망하더라도 간단한 프로그래밍 언어는 익혀두는 것이 좋다. 게임 프로그래머나 엔진 프로그래머로 일하는 것이 목표라면 컴퓨터공학을 전공하면 좋다. 게임 개발 전공도 있지만 과정마다 배움의 깊이가 천차만별이니 잘 알아보아야 한다. 개발을 배우는 데 당장 긴 시간을 투자하기 어렵고 빨리 일을 경험해보고 싶다면 게임 테스터로 시작하는 것도 한 가지 방법이다. 드물지만 게임 테스터로 커리어를 시작해서 게임 디자이너를 거쳐 최종적으로 디렉터가 되는 경우도 간혹 있다. 그만큼 경험이 중요하기에 게임 개발에는 왕도가 없는 편이다.

어떤 사람에게
이 직업을 권하는가

나는 어릴 때부터 마술도 좋아했지만, 무언가를 만드는 것을 정말로 좋아했다. 옥스퍼드 블록이나 레고 블록, 과학상자를 조립하거나 물 로켓, 고무동력기를 만들어 놀 때, 음악 등 무언가를 만들 때면 자유를 느꼈다. 게임 제작은 그런 면에서 큰 보상을 준다. 내가 만든 것을 사람들이 좋아해주고 그것에 몰입하는 것만큼 기쁜 일은 많지 않을지도 모른다. 그런 면에서 창작을 좋아한다면 게임 제작이 적성에 맞을 수 있다.

그리고 오랫동안 꾸준히 일할 수 있는 인내심이 있는 사람이면 좋다. 인내심이 많지 않다면 제작에 2년에서 5년 정도가 소요되는 게임과는 달리 주기가 짧은 프로젝트를 하는 다른 일이 훨씬 더 적성에 맞을 수 있다. 회계사는 1년 주기의 프로젝트를 한다고 볼 수 있고, 서비스 직종에 있는 사람은 매일 새로운 사람을 대하면서 프로젝트가 갱신된다고 볼 수 있을 것이다. 게임 개발은 수년간의 시간을 한 프로젝트에 쏟을 수 있는 집중력과 인내심이 있는 사람이 빛을 볼 수 있는 직업이라고 말해주고 싶다. 인내심이 많지 않은 내게 게임 개발은 일종의 인내심 수련이기도 했다.

영상, 음악, 스토리에 상호작용까지 더해진 게임은 사람이 만들 수 있는 가장 복잡한 형태의 미디어이므로 다양한 분야에 관심이 있는 사람은 지속적으로 흥미를 느낄 수 있다. 그리고 당연하지만 게임에 관심이 있어야 한다. 게임의 특정 부분만 담당한다면 게임에 크게 관심이 없어도 당장 일하는 데는 문제가 없지만, 장기적으로는 게임에 대한 전반적인 이해가 있어야 다른 사람과 수월하게 커뮤니케이션할 수 있고, 지속적으로 동기부여를 받을 수 있다. 만일 게임에 관심이 없다면 같은 수준의 능력으로 다른 IT 분야에서 일하는 것이 더 많은 연봉을 받을 수 있다.

10년 후에도 이 일을 하고 있을까
앞으로 이 일에 어떤 변화가 있을까

게임 개발 기술은 날로 발전하고 더 편리해지고 있지만, 개발 자체는 여전히 어렵다. 게임도 시장에서 판매되는 상품이기에 다른 게임과 경쟁해야 하고, 개발이 쉬워지는 만큼 경쟁은 더 치열해지기 때문이다. 1년에 대작 게임이 서너 편 나오던 1990년대와는 달리 요즘은 한 해에 열 편 이상 때로는 수십 편의 대작 게임이 출시된다. 영원히 성장할 것 같던 게임 산업은 포화 상태를 맞은 듯하다. 팬데믹 시기 찾아온 게임의 대호황은, 게임의 가장 큰 경쟁자가 현실이라는 것을 분명히 했다. 반대로 말하자면 현실이 존재하는 한 게임의 성장에도 한계는 있는 것이다.

인공지능의 발전에 따라 게임 프로그래밍은 인공지능에게 수도 없이 말을 거는 과정의 연속이 될 것이다. A라는 아이템을 생성해줘. B라는 동작을 취하면 A라는 아이템이 사라지게 해줘. 문을 생성해줘. 이 문은 열쇠가 있어야만 열 수 있어……. 종국에는 게임 프로그래머와 게임 디자이너의 경계가 모호해질 것이다. 그렇게 되면 게임 개발은 마치 책을 쓰는 것과 비슷한 일이 될 것이다. 그렇다고 해서 누구나 좋은 게임을 만들 수 있게 된다는 건 아니다. 지금도 누구나 글을 쓸 수는 있지만《반지의 제왕》같은 작품을 쓸 수 없는 것처럼, 미래에는 누구나 게임을 개발할 수 있게 되지만 좋은 게임을 만드는 것은 더 어려워질 것이다. 게임 개발에 필요한 인력은 줄어들고 경쟁은 더 치열해질 것이다. 그런 미래가 와도 내가 게임 개발을 계속할 수 있을지는, 내가 얼마나 좋은 작가가 될 수 있는지에 달려 있을지도 모른다.

개인적으로 개발하던 게임 프로젝트가 있었는데, 어떤 게임을 개발하고 싶은지 명확히 판단할 수 없어 그만둔 지 오래되었다. 지금은 일과 병행하여 야간 대학원에서 임상심리학을 공부하면서 10년 뒤에 무엇을 해야 할지를 생각하고 있다. 사람에 대해 더 배워야 10년 후에 무엇을 해야 할지 알 수 있을 것 같다는 것이 나의 판단이었다. 공부를 마치고 나면 어떤 게임을 만들어야 할지 알게 될 수도 있고, 게임이 아닌 다른 방식으로 세상에 기여하게 될 수도 있을 것이다. 중요한 것은 일의 분야보다 세상이 무엇을 가장 필요로 하는가이고, 세상이 필요로 하는 것을 위해 내가 무엇을 할 수 있는가이다.

이 일을 잘하려면
어떤 능력과 노력이 필요한가

게임 개발에는 논리적인 사고가 필수이다. 게임 개발은 게임 세상의 규칙을 만드는 일이기에 프로그래머뿐 아니라 게임 디자이너에게도 다양한 경우의 수를 생각하는 능력과 순차적으로 생각하는 능력이 중요하다.

프로그래머가 되는 것이 목표라고 해도 수학을 아주 잘해야 할 필요는 없다. 물리 연산이나 그래픽스 등 어려운 수학이 필요한 부분은 상용 게임 엔진에서 제공하는 추세이다. 하지만 고등학교 기하학 과정에 포함된 벡터의 연산 정도는 할 수 있으면 좋다. 벡터는 공간에서 물체의 위치와 움직임을 표현하는 데 필수적으로 사용되고 삼각함수도 주기성을 가진 자연스러운 움직임을 표현하는 데 많이 사용된다.

또한 서로 다른 패턴을 비교하고 파악할 수 있는 능력이 있으면 유리하다. 여러 게임의 서로 다른 점을 기억하고 떠올리는 것은 디자이너의 필수적인 능력 중 하나다. 게임 개발을 하다보면 '이 문제를 해결하기 위해서는 수십 년 전 발매된 어떤 게임의 캐릭터 상태 표시창을 참고하면 되겠다' 같은 대화가 빈번히 등장한다.

마지막으로 세상에 대한 강한 호기심이 있어야 한다. 게임 제작은 세상을 관찰하고 추상화시켜서 논리적인 구조로 재구성하는 과정이기 때문에 철학과도 맞닿아 있다. 가상세계를 만들려면 우리에게 주어진 세상을 면밀히 관찰할 수 있어야 한다.

비디오게임 개발자를
꿈꾸는 사람들에게

팬데믹 기간이 끝나고 IT 거품이 사그라들면서 언제나 성장할 것만 같았던 게임계도 다소 주춤한 상태다. 그럼에도 게임은 언제나 그래왔듯 우리와 함께할 것이다. 게임은 인간이 세상과 상호작용하는 방식을 탐구하는 분야이기에 새로운 형태의 게임이 계속해서 나타나 우리의 삶을 변화시킬 것이다.

　　게임업계의 미래에 대해 다소 걱정이 되더라도 컴퓨터 게임이 제공하는 세계에 매료되었다면, 그리고 게임을 제작해보고 싶은 마음이 든다면, 미련 없이 게임 제작을 탐구해보라고 말하고 싶다. 게임을 제작하는 사람은 현실을 더 잘 파악하게 된다. 그리고 게임 제작에 필요한 능력은 다른 분야에서도 널리 쓰이기 때문에 게임 업계가 어려워진다면 어렵지 않게 다른 분야로 전향할 수 있을 것이라고 생각한다.

건강한 삶이

절실한 사람들을 위해

정확하게 쓰는 일

메디컬라이터

김주화

○

메디컬 + 라이터

내 직업은 메디컬라이터이다. 의료를 뜻하는 메디컬(medical)
과 작가를 뜻하는 라이터(writer)가 합쳐진 단어이다. 우리말로
달리 표현할 적절한 단어가 아직 없는 것 같다. 업계에서도
MW라고 약자로 칭하는 것이 더 익숙하며 앞으로도 이렇게
표기하려고 한다. 보통의 작가가 문장을 창의하는 것에 에너
지를 쏟는다면, MW는 주로 제약회사나 CRO(Contract Research
Organization, 임상시험 수탁기관)에 소속되어 임상시험에 필요한 자
료를 정리하고, 계획서(protocol, 해당 임상시험의 배경이나 근거를 제공
하기 위하여 임상시험의 목적, 연구방법론, 통계적 고려 사항, 관련 조직 등을 기
술한 문서)를 만들어 수행을 위한 글을 쓴다. 또 결과를 정리하
여 개발 중인 신약에 대해 배경, 결과, 계획이 일관된 하나의
문서를 작성하는 일도 한다. 진행하면서 상황에 맞게 내용을
최신 정보로 고치는 일도 MW의 몫이다. 즉, 신약 개발 중 주
로 식품의약품안전처(식약처)나 미국 식품의약국(FDA)이 요구
하는 대부분의 문서를 MW가 작성한다.

　　가끔은 메디컬라이터가 신약 개발 분야의 변호사 같다
는 생각도 한다. 식약처가 "신약입니다"라는 판결을 할 수 있

김주화

도록 최대한의 과학적 근거를 제시해야 한다. 특히 부작용에 관한 손해나 위험성보다 치료 효과가 월등함을 과학적으로 설득하는 과정이 중요하다. 변호사가 재판에서 판사에게 원하는 판결을 받아내기 위해 근거 자료를 제시하듯, MW는 임상시험의 과학적 원리와 의료 통계자료를 논리적으로 작성하는 데 집중한다. 세계적 명의나 우리나라에서 분야의 권위자라 불리는 의사 혹은 연구자의 조언을 들을 때는 기자처럼 그들의 의견을 받아 적는다. 또 세포실험이나 동물실험에서 놓친 데이터가 있나 확인하는 작업도 하고, 논리적으로 연결고리가 부족한 실험이 있으면 해당 실험을 진행한 적이 있는지 혹은 추가로 진행할 수 있는지 확인하는 것도 MW의 역할이다.

의료전문기록사와는 구별된다. 의료전문기록사는 병원에서 의료 기록을 검토하고 기록하는 행정적인 역할을 하는 반면에 MW는 신약 개발 단계 중 임상시험에서 전문적인 문서를 만드는 사람이다. 그래서 약물의 대상 질환이나 작용기전(mechanism of action), 부작용에 대해 이해도가 높아야 한다. 예를 들어 기존의 알약을 소아에게 먹이기 쉽게 하려고 시럽으로 제형(formulation)을 바꾼다고 할 때, 약물의 작용 시간과 혈중 최고 농도에 관해 공부해야 하고 통계적 비교를 이해할 수 있어야 한다. 또 알레르기 약 특성상 뇌에 쉽게 분포하여 수면유도제로 적응증을 바꾸고자 한다면 이에 대한 과학적 근거를 수집하여 정리하는 일을 위해 연구된 논문의 결과를 보며 정리해야 한다.

임상시험에 대한
이해

우리나라에서는 '임상시험(clinical trial/study)'과 '임상실험(clinical experiment)'을 구별하는 사람도 거의 없다. 그만큼 임상시험에 대한 인식이 매우 낮다. 임상시험에서는, 예상치 못한 위태로운 반응이 있으면 연구자 혹은 시험을 계획한 사람이 적극적으로 개입하여 해당 부작용과 환자의 목숨을 우선으로 치료한다. 반면, 임상실험은 시험자가 철저히 객관적인 태도로 실험에 개입하지 않고 관찰만 하는 것이다. 그러니 임상실험이라는 단어 자체가 틀린 것이고, 임상시험이 의료의 생명 존중의 윤리를 포함하는 올바른 단어이다. 예를 들어, 암 신약 개발 연구 도중 피부 발진으로 환자가 고통을 호소하면서 힘들다고 할 때 의료진이 적절한 치료를 위해 연고를 처방하여 약물과의 어떤 상관관계가 있는지를 살펴볼 수 있다면 임상시험이다. 똑같은 경우, 그 약의 효과나 독성을 직접적으로 알기 위해 피부 발진을 그대로 내버려두어 환자가 위급한 상황까지 가는 과정을 관찰한다면 임상실험이 된다. 우리나라에서는 제2차 세계대전 당시 일본의 인체실험에 대한 충격 때문인지 흔히들 임상시험을 임상실험과 동일시하고 그 인식이 매우 부정적이다.

임상시험은 여러 분야의 전문가가 동시에 움직여야 한다. '임상시험을 진행해도 된다'라는 허가, 즉 임상시험 계획 승인(IND, Investigational New Drug Application)을 일단 식약처나 FDA

에서 받게 되면 임상시험 기관(주로 병원)의 임상연구간호사 (CRC, Clinical Research Coordinator. 주로 간호사들이며 임상병리사 출신도 있다)들이 환자 모집부터 행정적 책임을 담당하여 시험자와 의뢰자를 연결한다. 여기서 시험자는 주로 병원의 의사 또는 임상 연구자를 포함한 CRC이고 의뢰자는 주로 제약회사 또는 CRO(임상시험 수탁기관)이다. 보통 약물의 특징에 따라 대상자들을 선정 기준 및 제외 기준으로 한정하며 적합 여부는 연구자, 주로 의사들이 결정한다. 예를 들어 개발 중인 약이 알레르기 치료제라면 알레르기가 있는 환자를 포함하고, 이 약이 간에서 분해되어 체외로 나간다면 간 질환 환자는 임상시험 대상에서 제외해야 한다. 선정된 환자들은 병원에 입원하기도 하고 임상시험 계획서에 따라 약을 복용하거나 채혈 등 기타 검사를 받는 등 다양한 시험을 거쳐야 하는데 여기에 의료진을 포함하여 수많은 직종의 사람들이 각자의 업무를 수행한다. 이렇게 임상시험에 관련된 모든 사람을 '임상시험 관련 종사자'라고 하고 그에 필요한 교육을 정기적으로 받아야 한다.

　　MW도 임상시험 관련 종사자로, 임상시험에 참여하는 사람들이 만들고 내놓는 자료들을 정리하고 기록하는 일을 한다. 이 기록 자체가 전문성을 필요로 하는데, 의학용어에 익숙해야 하고 임상시험에 관련하여 식약처나 FDA가 제시한 가이드라인에 어긋나지 않도록 계획서와 보고서(CSR, Clinical Study Report)를 작성해야 한다. 또 수많은 논문을 읽고 참고하여 이미 개발된 약보다 임상시험을 통해 만들어질 약이 어떤 면에서 우월한지를 논리적으로 풀어가는 일도 한다.

얼마 전에는 암 백신과 관련된 자료를 수집하기 위해 10~20여 페이지의 논문 80여 편을 읽고 정리한 적이 있다. 제약사에서 미국와 우리나라에서 동시에 임상시험을 진행하기를 원했기 때문에 식약처와 FDA의 임상시험 계획 승인을 모두 받아야 했다. 백신에 대한 식약처와 FDA의 가이드라인, 항암제에 대한 각각의 가이드라인이 요구하는 자료는 모두 달랐다. 그래서 이 문건들을 꼼꼼히 읽고 학습한 후 임상시험을 어떻게 계획하여 진행할 것인지 기술한 적이 있다. 이를 나 혼자 다 하는 것은 아니어서 각 분야의 국내외 권위자나 전문가의 설명을 듣고 그에 따라 임상시험 계획서를 작성하거나 수정해야 할 때도 있는데 물론 그 내용에 대해 충분히 이해해야 가능하므로 어쩌면 평생 공부해야 하는 직업이라고 할 것이다.

놓을 수 없는
긴장

보통 하나의 신약 개발을 위한 임상시험을 계획하는 데에는 적어도 1년 이상이 걸린다. 사람에게 약을 투여하기 전, 세포 실험이나 동물실험(이를 합쳐 비임상실험 또는 전임상실험이라고 한다)의 자료를 수집하는 데에 적어도 반년 이상 길게는 수년이 걸린다. 최근 인공지능을 이용하여 시간을 많이 단축했다고는 하나, 약은 언제나 더 신속하게 개발되어야 한다는 목표가 있다. 치료받지 못하는 환자들 그리고 치료받아야 할 환자들이 절박하게 기다리고 있기 때문이다. 이렇게 시간을 다투는 일에 MW의 책임감은 막중해진다. 결국, 마지막에 모든 내용을 종합하여 문서로 만드는 작업을 하는 MW는 항상 일이 몰리고 계획했던 시간이 촉박해질 수밖에 없다.

비임상실험 또는 전임상실험에서 약의 작용기전 결과가 일관성을 보여야 사람에게서의 반응을 예측할 수 있다. 예를 들어 경구투약하는 신장암 약을 개발한다고 할 때, 정상 신장 세포보다 암세포를 선택적으로 더 많이 죽일 수 있는 농도를 결정한다. 동물실험에서 해당 농도의 약이 이상 반응 없이 항암 작용을 해야 순조롭게 신약을 개발할 수 있다. 그런데 세포실험에서는 효과를 보였으나 동물실험에서 효과가 없다면, 이는 약물의 흡수율이 높지 않거나 간에서 너무 빨리 대사되는 것이므로 용량을 높이거나 물질의 상태를 개선하는 방법을 내놓아야 한다. 이런 점을 고민하고 연구하면서 개발 시간을 소비하기도 한다. 이러한 예상치 못한 문제로 계획에 차질이 생기면 약을 개발하는 데 관여하고 있는 수많은 사람들의 속이 타들어간다.

한번은 동물실험의 결과와 세포실험의 결과가 너무 다르게 나오는 바람에 그 원인을 찾느라 회의를 수십 번 거듭했다. 그런데 나중에야 세포실험에서 저농도를 고농도로 처리하는 과정을 반대로 기록하는 오류 때문임을 알 수 있었다. 또 다른 경우, 세포실험에서의 치료 농도가 동물실험에서 너무 독성이 강해져서 개발 중단 위기를 맞았는데, 알고 보니

간에서 생성된 약물의 대사 결과 물질(metabolites, 간 효소에 의해 원래의 약물이 분해된 물질)이 시너지 효과(원래 약물의 효과를 증폭한 결과를 나타내는 것)를 내는 것을 파악했고 결국 용량을 줄여 문제를 해결할 수 있었다. 수많은 시행착오와 오류를 맞닥뜨리고 그것을 해결하는 노력을 반복해서라도 신약 개발을 진행할 수 있다면 다행이다.

시뮬레이션상 치료 효과가 분명할 것으로 판단해서 신약 개발을 진행했는데, 비임상실험 결과와 임상시험의 결과에 일관성도 없고 그 원인도 찾지 못하면 가장 당황스럽다. 실패를 예측하면서도 모든 과학적 사실과 결과를 정확하게 기록해야 하는 MW의 심정은 암담해진다. 해당 데이터를 검토한 식약처나 FDA에서 개발 중단을 요청할 것이 뻔하기 때문이다. 예전에 동물실험에 별 문제가 없던 물질이어서 임상시험 계획서까지 과학적인 근거가 잘 마련되어 순조롭게 개발이 진행된 신약이 있었다. 임상시험 진행도 순조로웠고 부작용 없이 효과에 대한 결과 정리도 간단하겠구나 기대하고 있었는데, 복용 한 달 정도 지나자 환자들에게서 한두 명씩 피부 발진이 심하게 일어나기 시작했다. 예상하지 못한 반응에 제약회사와 CRO, 병원의 의사와 임상연구팀 들이 회의를 거듭하고 원인을 찾기 위해 세포실험부터 다시 진행했다. 결국 쥐나 원숭이를 대상으로 한 동물실험에서는 거의 나오지 않았지만 사람에게만 특이하게 많이 검출되는 대사 결과 물질을 원인으로 추측할 수 있었다. 개발이 중단될지도 몰라 안타까워하며 보고서를 어떻게 써야 할지 고민하던 나는 확실한 원인을 기술하고 동시에 생명에 큰 지장을 주지 않는 부작용이며 스테로이드 연고를 처방하여 임상시험을 진행하는 것으로 기관들을 설득했다.

한편으로 환자들에게 미안한 마음은 어쩔 수가 없었다. 기존의 약이 없어 신약에 마지막 희망을 걸고, 개발한 우리를 믿고 참여한 환자들인데 아주 작은 이상 반응이라도 나타나면 미안한 마음이 드는 것은 임상시험 종사자 모두가 마찬가지이다. 특히 항암제 임상시험의 경우 말기 암 환자들이 참여하는 경우가 종종 있는데, 시험 도중 사망 소식을 듣고 나면 사무실이 하루 종일 조용하다. 신약 개발의 어떠한 순간에도 누구 하나 긴장을 놓을 수가 없는 이유는 환자를 생각하는 책임감 때문이기도 하다.

정확하고 안전한
임상시험을 위해

지금은 우리나라도 바이오벤처가 많이 생겨나서 새로운 기전의 약을 개발하여 세계적으로 제약 산업에 선두가 되기 위해 노력하고 있다. 또 다른 나라에 비해 서류 처리가 신속하고 윤리적으로도 매우 수준 높은 임상시험을 계획하는 것으로 알려져 있다. 외국의 제약회사들이 우리나라에 많이 의뢰하기도 해서 2022년에는 서울이 전 세계에서 임상시험 진행을 가장 많이 등록한 도시이기도 했다. 하지만 국내에서는 임상시험에 자발적으로 참여하는 사람이 너무 적다. 앞서 설명한 임상시험에 대한 잘못되거나 부정적인 인식이 그 이유일 것이다.

이 글을 쓰던 당시, 성인 조로증 대상 임상시험의 환자를 모집 중이었는데 참여자가 일본 한 명, 한국 한 명뿐으로 표본집단으로 턱없이 모자란 수였다. 또 영유아에서 많이 나타나는 호흡기 세포융합 바이러스(RSV) 감염은 그 심각한 후유증과 사망률 때문에 세계보건기구(WHO)를 중심으로 백신 개발이 매우 활발하다. 몇몇 나라에서 소아 세 명씩을 등록하여 임상시험을 진행하는 것을 계획했는데, 우리나라에서는 자발적인 지원자가 한 명도 없었다. 세포 및 동물실험 자료를 검토하여 안정성에 별 문제가 없음을 확인한 관계자들은 빨리 임상시험을 진행하여 약을 개발하고 싶은 마음에 애가 탔지만, 선뜻 참여하지 못하는 부모의 마음도 이해 못하는 것은 아니었다. 임상시험과 신약 개발의 필요성을 절감한다고 해도 굳이 내 아이가 임상시험의 표본집단이 되는 것은 내키지 않을 것이다. 그런 면에서 더욱 상세한 과학적인 근거를 찾아 논리적인 오점이 없는, 친절하고 자세한 글을 써야겠다는 생각이 들기도 한다.

한 번의 임상시험을 위해 수없이 많은 사람이 밤낮없이 연구하고 수시로 모여 다각도로 살펴보며 회의를 한다. 이때마다 나는 임상시험 계획서를 수정하고 필요에 따라 관련 자료를 수집한다. 단어 하나를 바꾸기 위해 수백 장에 달하는 문서를 여러 번 반복해서 읽다 보면 힘들기도 하고 내용이 너무 눈에 익어 오히려 잘 읽히지 않을 때도 있다. 내가 실수라도 하지 않을까 긴장의 연속인 동시에 혹시 나의 잘못된 표현으로 임상시험 참여가 저조해질까 걱정도 된다.

결국 사람에게 쓰는 약이라, 자발적으로 참여한 표본집단에서 안정성이 검증되지 않으면 실제 환자들 대상으로 효과를 살펴보는 임상시험은 더 이상 진행할 수 없게 된다. 게다가 우리나라에서 하는 임상시험 대부분은 기존에 개발되어 시판되는 약의 제형을 변경하거나 부형제(excipient, 첨가제라고도 하며 약효를 나타내는 주성분 외에 안정성이나 투약을 쉽게 하기 위해 약에 포함된 성분)가 바뀌어도 동일한 효과가 나타나는지 보는 안전한 시험이 많다. 모 제약회사에서 비아그라 정을 젤리 같은 필름제로 바꾸어 수출의 쾌거를 이룬 적이 있는데, 임상시험을 통해 긍정적인 결과를 보인 것이다. 이처럼 이미 알려진 약의 제형을 변경하는 임상시험들은 건강 검진을 비롯하여 참여자에게 돌아가는 이익이 매우 크지만, 참여자는 항상 부족하다. 얼마 전 코로나 팬데믹 당시 빠른 백신 개발로 신약 개발의 신속한 진행과 임상시험에 대한 인식이 긍정적으로 변한 것은 다행이라고 할 것이다.

현재 치료가 어렵거나 불가능한 희귀 질환을 위해 개발 단계인 신약들의 임상시험 경우는 더더욱 참여자의 엄청난 용기가 필요하다. 그들의 절박함을 알기에 MW는 직업의 사명을 걸고 최대한 객관적으로 정확한 사실만 기록해야 한다. 또 참여자가 모든 부작용에 대해 충분히 인지할 수 있도록 설명을 첨부해서 환자의 알 권리를 보장하는 것도 중요하다. 특히 치료 효과가 분명한 약이라면 부작용 원인에 대해 참고문헌과 추가 실험으로 설명해야 한다. 안전성과 윤리적인 책임을 바탕으로 모든 과학적인 실험 결과에 대해 숨김없이 기록하고 원인 분석도 철저하게 해야 한다. 임상시험을 통해 사람에게 유용한 신약이 개발되도록, 그래서 한 사람이라도 건강하게 만들 수 있도록 하는 것이 나 같은 MW를 비롯한 임상시험 종사자의 역할인 것이다.

임상시험을
마무리하며

임상시험이 완료되어 결과보고서를 작성할 때도 MW는 긴장을 놓지 못한다. 숫자를 잘못 입력하지 않았는지, 식약처에 제출하는 문서의 양식이 혹시나 잘못되지는 않았는지 항상 확인해야 한다. 또 연구 기간이 길어짐에 따라 식약처나 FDA의 규제 사항이 그사이 바뀌어 그에 따른 수정이 필요한 부분은 없는지 매의 눈으로 문서를 검토해야 한다. 그러나 이미 여러 번 보아 눈에 익은 문서에서는 오탈자를 비롯하여 잘못된 양식을 모르고 지나치기 쉽다. 이럴 때는 자책하며 작아지기 마련이지만 다시 집중해서 문서를 검토해야 하는 것이 최선이다.

목표한 표본집단 수의 참여자를 모두 모집하여 계획하던 시기에 예상하던 결과로 임상시험을 끝내면 다행이다. 조금이라도 좋은 약 또는 복용이 쉬운 약이 식약처나 FDA의 허가를 받아 환자들에게 빨리 공급될 생각을 하면 많은 문서를 검토하거나 여러 번 반복해서 읽은 고생은 아무것도 아니라는 생각이 든다.

가끔 항암제의 경우, 수술도 불가능한 말기에 참여한 환자들이 있다. 이 경우 약의 효과를 보지 못하고 사망자가 발생하기도 한다. 사망자 숫자 1이라고 기록하며, 왠지 내 잘못인 것만 같아 숙연해질 때도 있다. MW로서 내가 하는 것은 자료를 수집하고 연구자에게 임상시험 진행에 실행할 수 있는 계획과 결과에 대한 문서를 작성하는 일이고, 가끔은 기계적인 일이라고 생각될 때도 있다. 그러나 개발하는 약을 복용한 환자의 상태가 좋아지면 나도 한몫한 것 같아 기쁘다. 임상시험에 도움이 되도록 끊임없이 공부하고, 모든 데이터를 잘 정리해서 새로운 약의 허가를 받기 위한 문서를 작성하여 필요한 모든 사람이 조금이라도 복용하기 쉬운 약을 만드는 과정에 참여하는 일은, 힘들지만 보람이 매우 크다.

●

나는 왜
메디컬라이터가 되었나

보통 '라이터', 작가라고 하면 창의적이라는 인상이다. 수려한 글을 쓰고 생동감 있는 묘사를 할 것 같다. 하지만 앞에 '메디컬'이라는 단어가 붙는 '메디컬라이터'는 조금 다르다. 숫자와 싸우고 적절한 과학적 근거를 논리적으로 나열한다. 여기에 꼼꼼하기까지 하면 더 좋다고 한다. 수많은 사람이 참여한 연구의 결과를 작성한 내 글을, 식약처나 FDA에서는 그보다 더 많은 사람이 시간을 들여 검토한다. 그 때문에 사소해 보이는 오탈자도 문서에 대한 신뢰성에 영향을 미칠 수 있다. 한 병원의 임상시험센터에 소속되었던 시절, MW 업무를 오랫동안 하셨던 옆자리 선생님이 문서에서 글자 공백이 한 칸인지 두 칸인지를 한눈에 알아보는 것을 보고 놀라기도 했다.

나는 처음부터 MW를 목표로 한 것은 아니었다. 그저 과학자가 되고 싶었다. 신물질을 개발하고 싶어서 화학을 전공했고 자연스럽게 생화학을 복수 전공했다. 생화학을 공부하다 보니 세포가 궁금해져서 그중 혈액세포에 관해 공부하는 면역학으로 석사 학위를 받았다. 국내 대학병원 임상시험센터에서 잠시 행정 일을 하다가 임상약학, 그 중 약동학 (pharmacokinetics)으로 박사 학위를 받았다. 약동학은 약물의 흡수, 분포, 대사, 배출에 따라 혈중 약물 농도가 어떻게 변하는 지를 공부하는 학문이라 대부분 대학병원 내 임상시험센터에서 실습을 하며 보통은 제약사에서 의뢰한 임상시험을 수행한다. 결국, 학생 연구원이 학위를 받으려면 임상시험 계획서부터 결과보고서까지 작성하는 법을 배워야 논문을 쓸 수 있었기에 자연스럽게 MW 일을 하게 되었다.

거의 7년 가까이 이 일을 하고 있는 지금, 꼼꼼하지 않고 덤벙대기도 하는 나는 솔직히 말하자면 MW로서 충분한 자질을 가진 사람은 아니다. 다만 읽고 쓰는 것을 좋아하고 호기심이 많아 새로운 것을 배우기를 좋아하는 성격이 단점을 보완해왔다. 그리고 임상시험 계획서를 식약처에 내고 나서 진행 허가가 날 때 느끼는 보람이 컸다. 과학적 근거와 창의적인 발상으로 많은 사람에게 도움이 되는 신약을 개발하는 과정에 참여하는 것도 매력적으로 느껴졌다. 예를 들어 약 복용을 잊거나 과다 복용할 위험성이 있는 노령의 치매 환자들을 위해 파스처럼 몸에 붙이는 패치제로 개발하겠다는 계획이 그렇다(아쉽게도 이 약은 노인 환자 대부분이 피부가 건조하여 발진 같은 부작용이 나타나서 개발이 더뎌지고 있다).

또 직접 경험해보니 임상시험이 화학자, 생물학자, 기초의학자, 의학 전문가, 간호사, 약사 등 수많은 사람들이 함께 노력하여 신약을 개발하고 그것을 사람에게 투약할 수 있음을 증명하는 유일하고 핵심적인 과정이기에 중요하다는 것을 절감했다. 그 이면에는 일반인들에게는 잘 알려지지 않았지만, 개인 정보 보호와 윤리적인 문제를 고민하는 기관, 국제적인 규제 기관 등이 객관적인 태도를 엄격하게 견지하고 있고 관련 업무를 하는 사람들은 정기적으로 학회 참석을 통해 양질의 지식 수준을 유지해야 한다는 규칙이 있어 전문성까지 갖추어야 하는 직업이라는 점에 자부심도 갖게 되었다.

적성보다는
사명감으로

나는 제약회사에서 직접 근무해본 적은 없고 제약회사가 임상시험을 의뢰하는 대학병원의 임상시험센터와 MW를 전문적으로 하는 제약 관련 컨설팅 회사에서 일을 했다. 프리랜서 MW로 바이오벤처 벤처의 일을 하기도 했다. 7년여의 경험을 통해 이제는 일에 조금 익숙해져서 어려운 계획서도 신속히 작성하게 되었지만 처음 작성한 임상시험 계획서를 생각하면 너무 창피해서 지금도 얼굴이 붉어진다.

　학생 연구원 시절, 처음 맡았던 임상시험은 약을 개발하는 제약회사의 의뢰를 받아 성인이 먹는 알약을 소아들이 먹을 수 있는 시럽제로 제형 변경이 목적이었다. 제형이 다르고 성분이 동일한 두 약을 복용 후 혈중 농도가 동일함을 확인하는 아주 간단한 것이었다. 정해진 날짜까지 문서를 작성하여 제약회사에 넘기면 제약회사는 내부 검토를 거쳐 다시 정해진 날짜까지 식약처에 제출해야 했다. 문제는 내가 작성한 문서였다. 마감을 코앞에 두고 아무리 보고 또 보아도 오탈자가 계속 나왔고 양식과 용어가 통일되지 않아서 결국 연구실에서 밤을 새우고도 문서를 다 수정하지 못했다. 선배들에게 혼이 났고 나 역시 스스로에게 실망하고 좌절했다. 이후에도 어쩔 수 없이 MW 업무는 계속해야 했지만, 나는 학위만 받고 나면 MW 관련 일은 절대 하지 않겠다고 마음먹었다. 같은 문서를 반복해서 보아야 하는 일도 지겨웠고 지도교수님이나 다른 선생님에게 지적받으며 문서를 수정하는 것도 힘들기만 했다. 당시에는 학위를 받는 것이 중요했기에 그에 도움 되는 임상시험 하나만 얼른 해치우고 싶었다. 그러는 과정에서 이전에 수행한 연구 중 비슷한 임상시험 디자인을 찾거나 참고할 논문을 읽고 임상시험 배경의 타당성을 작성하고 계획서를 작성하는 요령이 서서히 늘어갔다. 갈수록 실수도 줄었고 작성 규칙에도 익숙해졌다. 읽고 쓰는 것을 좋아하는 나로서는 MW의 길이 나쁘지 않겠구나 하고 생각을 고치게 되었다.

그동안 화학, 생화학, 면역학, 임상약학을 공부한 나의 배경이 특히 면역항암제나 항체치료제가 화두인 지금 다른 논문을 읽는 데 많은 도움이 되고 임상시험 디자인을 전체적으로 그리는 데 유리하다는 것도 깨달았다. 또 새로운 약의 기전을 배우는 것도, 논문을 읽는 것도 호기심을 충족시켜주어 매우 재미있었다. 연구하고 고심해서 100여 페이지의 문서를 완성한 후 출력해서 최종 검토를 위해 읽을 때는 뿌듯함도 느꼈다. 내가 공부한 것을 바탕으로 세상에 도움이 되는 일을 하고 싶다는 생각에 자연스럽게 제약 산업 특히 신약 개발 과정에 참여하게 되었고 그렇게 MW라는 직업을 갖게 되었다.

가끔 사람들이 내 직업에 관해 물어보면, 임상시험부터 장황하게 설명해야 한다. 그리고 MW라는 직업에 대한 설명보다 임상시험이 얼마나 신약 개발에서 중요한지, 인류에게 얼마나 필요한 일인지 열변을 토하고는 한다. 그렇게 설명하고 나면 이 길이 '운명이었나'라는 생각을 종종하게 된다. 처음부터 MW를 목표로 한 적은 없었고 오히려 이 일을 하지 않겠다고 생각했던 내가 말이다. 아직도 이 직업이 적성에 맞지 않는다고 투덜거리면서도 여전히 내 앞의 두툼한 문서를 반복해서 읽고 또 읽는다. 어쩌면 직업을 갖는 데는 적성이나 성격보다는 운명적인 요소가 더 크게 작용하는 것인지도 모른다. 그것은 다른 말로는 책임감 또는 사명감이라고 해야 할까. 여기에 또 나만의 특기가 도움이 되기도 했다.

언제인가 희귀 질환 백신을 만드는 데 관련된 임상시험 계획서를 써야 했다. 백신은 적절한 면역 반응이 중요한데, 이를 확인하는 방법부터 이에 비슷한 약을 개발한 사례가 있는지 전부 검색하니 논문이 100편이 넘게 나왔다. 이에 대해 빠른 시간 내에 학습해야 곧 있을 국내외 권위자들과 함께 토론하는 자리에서 회의록이라도 작성할 수가 있었다. 누군가는 인공지능을 이용하면 되지 않냐고 할 수도 있겠지만, 임상시험의 성격상 어렵다. 임상시험은 복잡하기도 하고 예상치 못한 변수가 많다. 또 여러 나라에서 동시에 진행할 때도 있는데 이 경우 각 나라의 약사법이나 국제 규제를 모두 고려해야 하니 인공지능으로 완벽하게 해결하기는 쉽지 않다. 결국 모든 정보의 중요도를 고려하여 하나로 정리하는 것은 최종적으로 문서를 작성하는 MW의 몫이다.

학위를 준비할 때 지도교수님이 나에게 내용 정리를 정말 잘한다고 칭찬하시며 본인이 운영하는 바이오벤처의 MW 일을 맡기셨을 때만 해도 내가 그 일에 적합한 자질을 갖췄는지에 의구심을 가졌다. 기억력이 그다지 좋지 못한 나는 개념을 마인드맵이나 그림 또는 도표로 만들어 정리하는 편인데, 이것이 결과적으로 가장 내세울 만한 능력이 되었다.

그래서 나는 수많은 논문을 읽고 내 방식으로 그 내용을 정리했다. 약물의 작용 기전을 글로 모호하게 설명하기보다는 도식화하여 한눈에 볼 수 있도록 했고 읽는 사람들의 편의를 생각해서 복잡한 내용의 원래 논문을 링크로 연결하거나 파워포인트 한 장으로 깔끔하게 정리해 다시 찾아보는 시간을 줄였다. 이런 식으로 하다 보니 점점 식약처나 FDA에서 요구하는 신약 개발 관련 문건을 작성하는 데 익숙해지며 MW로서 일을 수행하는 데 적응했다. 비록 내 책상 위는 전혀 정리가 되어 있지 않고 엉망이지만, 읽은 문서 내용 정리라는 나도 몰랐던 재능이자 특기가 이 직업에 큰 도움이 된 것이다.

보람을 느끼는
방법

10여 년 전 한 포럼에 참석한 적이 있다. 그때만 해도 우리나라에는 이렇다 할 만한 신약 개발의 조짐이 전혀 보이지 않았다. 그 포럼에서 한 기자가 이렇게 발언했다.

"일본에는 골다공증 치료제로 유명한 다케다, 그리고 치매 치료제로 유명한 에자이 같은 세계적인 제약기업이 있는데 한국에는 아직 없습니다. 일본도 했는데 우리는 왜 못합니까? 지금부터 해야만 합니다."

의료 전문 기자나 전문가가 아니었지만 정책 면에서 여러 가지 의견을 적극적으로 개진한 기자의 이 말은 유난히 인상 깊었다.

그 후 혁신형 제약기업 인증이라든지 바이오코리아 같은 국가적 지원이 동반되면서 국내 제약회사들은 신약 개발에 집중했고 많은 바이오벤처들이 생겨났다. 이에 따라 관련 인력 수요도 늘어났다. 예전의 국내 제약회사 임상시험 대부분은 특허가 만료된 외국의 좋은 약들의 제네릭 의약품(복제약)을 만들기 위한 것이었고 그 과정도 매우 간단하여 MW가 할 일이 많지 않았다. 또 환자를 대상으로 하는 제2상이나 제3상 시험들도 책임연구자가 대부분 외국의 의사나 연구자들이었기에 MW를 따로 둘 필요가 없었다. 로컬리제이션(localization)이라고 하여 영어로 된 임상시험 자료집(investigational brochure)이나 계획서를 우리말로 번역하고 국내 의료법에 맞게 수정하는 작업 정도만 하면 되었기 때문이었다. 이제 국내의 임상시험들도 다양해지고 발전하여 MW의 전문성도 크게 늘어났으며, 미국이나 일본의 제약회사들이 한국의 MW에게 임상시험 디자인부터 의뢰하는 경우가 많아졌다. 이런 변화와 성장을 현장에서 직접 지켜보고 경험하면서 느낀 뿌듯함과 보람은 이루 말할 수 없다.

　임상시험에는 건강한 성인을 대상으로 하는 생물학적 동등성 시험(이미 개발되고 허가를 받은 약 중 주요 성분이 같거나 제형만을 바꾸어 혈중 치료 농도는 동일함을 확인하는 임상시험)처럼 비교적 단순한 것도 있다. 하지만 대부분의 의약품 임상시험은 수술도 불가능하고 현재 적절한 치료제가 없는 암 환자나 유전자 관련 질환자 등 누구보다 건강한 삶이 절실한 사람들을 위한 획기적인 신약을 개발하기 위해 진행된다. 이 과정에서 MW는 어쩌면 기계적으로 문서만 정확하게 작성하면 되는 직군이니 서류 뒤에 가려져 존재감이 드러나지 않는다고 말할 수도 있다. 의사도, 간호사도, 약사도 아니다. 약을 만드는 사람도 아니고 이 약이 환자에게 필요한지를 판단하는 사람도 아니며 환자에게 약을 주사하거나 혈액을 채취하는 사람도 아니다. 그러나 내가 계획서나 보고서에 쓰는 문장 하나로 관련된 모든 사람이 움직이기 때문에 그 책임은 막중하기만 하다. 하루라도 빨리 효과가 좋은 신약이 개발되어 아픈 사람들에게 도움이 되었으면 하는 마음에 수백 장의 서류를 보고 또 보고, 단어를 고치고 문장을 새로 쓰는 일을 반복한다. 일이 힘들어 지치고 스스로 작아지는 기분이 들 때도 있지만, 모든 임상시험 종사자들이 그러하듯이 조금이라도 획기적이고 이전보다도 더 과학적인 디자인의 임상시험으로 아픈 사람이 덜 생겼으면 하는 마음, 아픈 사람을 돕고 싶은 '착한 마음'을 떠올린다. 그것이 이 일을 하는 큰 동력이다.

김주화

●

메디컬라이터가 되기 위해서는
어떤 자격과 과정이 필요한가

우선 가장 많이 듣는 질문은, "메디컬라이터는 무엇을 하는 사람인가?"이다. 메디컬라이터(MW)는 쉽게 말해 신약 개발에 관련된 문서를 작성하는 사람이다. 주로 임상시험 계획서, 실험 데이터를 정리한 임상시험 자료집, 임상시험 결과보고서 등이다. 이 외 식약처나 FDA에서 요구하는 신약 개발 관련 대부분의 문건들도 작성한다.

약사나 간호사 등 임상시험을 진행해본 경험이 있고 문서 작성을 특별히 잘하는 사람이 MW로 전향하는 경우가 많다. 또 생명공학을 전공하고 대학원에서 공부하며 논문을 한 편이라도 써본 사람이 임상시험 자료집 작성부터 시작해서 MW가 될 수 있다. 임상시험 종사자가 되기 위해서는 정기적으로 국가임상시험지원재단(KoNECT)의 교육을 받아야 한다.

개인적으로는 임상시험 수행 경험이 중요하다고 생각한다. MW는 신약 사용을 허가하는 식약처를 상대로 그 약의 안정성과 필요성을 과학적으로 설득하는 역할을 해야 하는데 임상시험 현장을 모른 채 문서로만 작성한다면, 수행할 때 생기는 오류들이 적지 않기 때문이다. 한번은, 채혈 시간을 간호사들의 근무 교대 시간인 오후 6시로 해놓아서 시차 오류로 데이터를 쓸 수 없게 된 일이 있었다. 물론 실제로는 시간별 오차 허용 범위를 두지만 최대한 수행하는 사람을 배려하는 계획서 작성이 필요하다. 이런 것들이 현장의 상황을 이해하고 있다면 피할 수 있는 오류일 것이다.

외국에는 MW협회를 비롯해 여러 모임도 있고 전문적인 교육기관도 있지만 우리나라의 경우는 얼마 전까지만 해도 연구자나 관련자들이 그 일을 나누어 하거나 겸하는 것이 일반적이었다. 그러다가 최근 정규 교육과정이 생겼고, 독립적인 직군으로 고용하는 사례가 많아졌다.

어떤 사람에게
이 직업을 권하는가

무엇보다 꼼꼼한 사람에게 이 직업을 권하고 싶다. 읽고 쓰는 것을 좋아하는 사람이라면 금상첨화다. 문서를 작성할 때 처음부터 용어를 통일하고 숫자의 오류 없이 데이터를 정리해야 시간도 절약할 수 있다.

보통 간호학, 약학, 제약의학 등을 대학에서 전공하면 의학 통계를 배우게 되는데, 기본적인 의학 통계를 이해해야 분석법을 작성하고 결과를 정리하는 데 유용하다. 생명과학을 전공한 사람이라면 통계 쪽 공부는 따로 하는 것이 좋다. 해

김주화

당 내용은 국가임상시험지원재단에서 온라인 혹은 오프라인으로 정기적 교육을 한다. 만약 임상시험을 비롯하여 제약 산업에 관심이 있다면 이와 같은 교육을 미리 이수하여 대비하는 것을 추천한다.

10년 후에도 이 일을 하고 있을까
앞으로 이 일에 어떤 변화가 있을까

신약 개발을 위한 임상시험은, 세포실험이나 동물실험을 거쳐 안전성을 보는 제1상 임상시험, 약의 효능을 보는 제2상 임상시험, 더 많은 표본 집단에서 기존 약 대비 우월성이나 효능을 확증하는 제3상 임상시험으로 진행된다. 예전에 국내에서는 단순한 제1상 시험이 주로 이루어졌지만, 우리나라 의생명과학 수준이 높아지면서 제2, 3상 임상시험이 늘어났다. 또 2019년 기준 국내 바이오벤처의 수는 3,000개가 넘는데, 이들이 연간 2~3종의 신약을 지속적으로 개발한다고 본다면 임상시험 디자인부터 진행에 개입하는 전문적인 MW의 필요성이 높아졌고 점점 더 그 수요가 늘어나는 추세이다.

　여러 분야가 연관된 복잡성과 사람을 대상으로 하는 임상시험의 예측 불가능한 변수 등을 고려해야 하는 특성 때문에 MW 업무를 인공지능이 대체할 수 있을지는 아직 미지수여서 직업의 전망은 매우 밝아 보인다. 제약공학과 등 제약 관련 특화학과들이 약대에 개설되는 추세라 앞으로 MW가 되기 위한 교육과정이 체계화되고 그 경로도 다양해질 것이다.

MW로 일한 후에는 그동안 임상시험 관련 문건을 작성하며 얻은 경험을 바탕으로, 임상시험을 디자인하거나 필요한 검출법 제안, 식약처나 FDA가 제시하는 원칙들을 이해하고 응용하여 자문하는 임상시험 전문가로 발전하거나 임상시험 종사자들을 대상으로 강연하는 경우도 많다.

환자에게 의학적인 전문지식을 쉽게 설명하는 브로슈어나 제품설명서를 만드는 일을 하는 이들도 있는데, '마케팅 관련 메디컬라이터' 또는 '메디컬 커뮤니케이터'로 칭하며 MW와는 구별하는 추세이다.

이 일을 잘하려면
어떤 능력과 노력이 필요한가

의학 논문을 읽고 쓰는 능력과 영어 실력은 필수이다. 대부분의 제약회사들은 가장 시장성이 큰 미국 진출을 목표로 하기 때문이다. 우선 식약처나 FDA에 임상시험의 목표와 필요성을 과학적 근거를 가지고 설득하는 문서 작성이 MW의 주요 역할이므로 논문을 몇 편 써본 사람이라면 좀더 수월하다. 현재 국내 바이오벤처나 제약회사 대부분이 해외 진출을 목표로 하고 있거나 이미 진출해 있기 때문에 FDA가 요구하거나 공지하는 문건을 읽고 영어로 문서 작성하는 데 문제가 없어야 한다.

대부분의 직업이 그러하듯이 커뮤니케이션 능력도 중요하다. 예를 들어 임상시험을 주도하는 의사 등 연구자들이 이메일로 주고받은 간단한 내용 중에서도 계획서나 결과 보고서에 기입해야 할 중요한 이슈가 있는지 MW가 판단해야 할 때가 많다. 예를 들어 임상시험 계획서의 경우, 관련된 모든 사람이 읽고 따라야 하는 일종의 설명서이기 때문에 회의 등 소통 과정에서도 다른 사람이 어떤 의도로 이의를 제기하거나 의견을 내는지 적절하게 파악하거나 현장의 연구자들의 목소리를 듣고 반영하는 것이 중요하다.

수많은 자료와 데이터를 읽고 정리하고 정확한 문서를 작성하는 것이 중요한 업무이므로 무엇보다 용어의 통일성, 수치의 정확성을 놓치지 않는 꼼꼼함이 중요하다. 식약처나 FDA가 공지하거나 요구하는 필수적인 내용과 가이드라인을 지켜야 하는데 수시로 업데이트되는 것도 확인해야 한다. 가이드라인을 따르지 않으면 임상시험 허가가 나지 않거나 수정을 요구받아 진행에 차질이 생길 수밖에 없다.

의료 전문가가 아니더라도 기본적인 의학 지식은 갖추고 있어야 한다. 가령, 건강한 성인이 체중을 비롯한 다른 모든 수치가 정상 범위 내에 드는데, 공복 혈당이 200mg/dL로 측정되었다면 수치에 오류가 있는 것을 알 수 있어야 한다. 정상 혈당이 100mg/dL임을 고려하면 이 사람은 공복 상태가 아니라 단것을 먹은 직후에 쟀거나 혈당 검사가 제대로 이루어지지 않았다고 파악하고 확인해야 한다.

마지막으로, 새로운 것을 계속 공부해야 한다. 예전에는 항암제가 모든 세포에 독성이 있는 물질이라 정상 세포도 파괴하여 부작용이 심했다. 요즘은 표적치료제로 암세포만 공격하여 부작용이 거의 없는 대신 해당 표적유전자가 있는지, 표적유전자가 발현되었는지, 유전자 검사나 분자생물학적 검사를 해야 한다. 그러므로 새로운 연구 방법, 새로운 병리학적 원리 등에 대해 계속 공부하고 배경지식을 쌓아두어야 정확한 문서를 작성할 수 있다.

김주화

사람에게 필요한 기술과

서비스를 만드는 일

인공지능 리서치 엔지니어
선영

○

고독하고 집요하게
고민하는 하루

나는 9년차 인공지능 리서치 엔지니어다. 말 그대로 인공지능 기술을 연구하고 실제 제품에 그 기술을 적용하기 위해 개발하는 일을 한다.

예전부터 나는 사람이 어떻게 정보를 받아들이고 처리하는지에 대해 관심이 있었다. 그러다 보니 컴퓨터공학을 전공하면서 자연스럽게 인간의 인지능력 및 지능을 모방하여 구현해내는 인공지능에 흥미를 느끼게 되었다. 특히나 사람에게 중요한 소통과 기록의 도구인 언어에 조금 더 관심이 있었기에, 자연어 처리 분야(챗GPT처럼 사람의 언어를 이해하고 적절한 응답을 해주는 기술도 이 분야에 속한다)에서 석사 학위를 받았다. 현재는 음성을 자동으로 인식하는 기술을 연구하는 팀에서 일하고 있다.

나의 주 업무는 회사의 제품에 탑재되는 음성인식 시스템의 성능 개선을 연구하고 개발하는 것이다. 개발이 어느 정도 완료되면 상용화를 위한 검증 과정을 거치는데, 이때 여러 가지 이슈들이 발생한다. 그 이슈들을 해결할 수 있는 최적의 방법을 계속 고민하며 대부분의 시간을 컴퓨터 앞에 앉아서 정신적으로 고단한 하루를 보낸다. 수시로 당을 충전하고 커피를 홀짝거리며 계속 마우스를 딸깍거린다. 문제를 해결하기 위해 레퍼런스가 될 만한 자료들을 분석하고 고민하느라 집요하게 컴퓨터 모니터를 바라보며 혼자 씨름한다. 한 동료는 우리 일에 대해 "엉덩이가 무거워야 잘할 수 있다"고 말하기도 했고, 나 역시 동의한다.

고독하게 혼자 일하는 시간이 많기는 하지만 기업에 소속되어 있기 때문에 협업은 필수다. 회사에서 진행하는 큰 프로젝트는 혼자 할 수 있는 일이 아니기 때문이다. 프로젝트의 큰 줄기는 팀원들과의 지속적인 논의를 통해 구체화된다. 정기적으로 회의를 하고 언제든지 편하게 얘기할 수 있는 소통 창구를 통해서 의견을 나눠야 한다. 당연히 팀워크가 중요한 일이다.

불완전함을 인지하고
더 나아가려는 마음

인공지능을 연구하는 사람 중에 완벽한 성능을 장담할 수 있는 사람이 있을까? 아무리 최신 인공지능이라도 100퍼센트의 정확도를 보장하기 어렵다. 인공지능이 학습하지 않은 상황에서 어떤 동작을 할지 아는 것은 어렵기 때문이다. 이러한 불완전성은 인공지능이 떠안고 가야 할 숙명이다. 구글이

나 마이크로소프트와 같은 유수의 기업들도 데모에서 잘못된 답을 내놓았다는 기사를 보았다. 완전 자율주행 자동차의 상용화에 대한 기대도 큰 만큼 위험성에 대한 우려 섞인 시선도 많이 보인다.

애초에 시시각각 변하는 세상을 인공지능이 모두 학습할 수 없고, 학습한 데이터 안에서 발생하는 오류나 편향도 정확히 가늠하기 어렵다. 최근 많은 사람들이 이용하며 그 성능에 감탄하는 대규모 언어 모델 기반 채팅 시스템인 챗GPT를 보자. 챗GPT는 사용자의 질문과 요구에 곧잘 대답해준다. 하지만 챗GPT의 답변을 정확하게 예상하기는 어렵다는 것을 생각해보면, 우리는 인공지능을 앎과 동시에 모르는 것이 아닐까?

우리가 인공지능을 확신할 수 없는 또 다른 이유는 '인공지능 학습'의 본질적인 특성 때문이다. 인공지능 기반 프로그램은 애초에 기존의 프로그램과 동작 방식이 다르다. 기존의 프로그램은 개발자가 만들어낸 명령을 그대로 따른다. 즉, 개발자의 구현에 버그가 없고 네트워크 오류 같은 문제가 없다면, 사용자가 쇼핑몰 웹사이트에서 '결제' 버튼을 누르면 결제 화면으로 100퍼센트 확률로 넘어갈 것이다. 하지만 학습된 인공지능은 그런 명령을 그대로 따르지 않는다.

열 길 물속은 알아도 한 길 사람 속은 모르는 것처럼 억 단위가 넘는 파라미터를 가진 학습된 인공지능의 속을 모두 들여다보기는 어렵다. 인공지능이란 말 그대로 인간의 지능을 모사한 똑똑한 기계이다. 기계를 똑똑하게 만드는 방법은 인공지능 연구 초창기에는 기존의 프로그래밍과 크게 다르지 않았다. 개발자가 규칙을 만들고 그 규칙에 따라 작동하는 것이다. 1966년에 개발된 최초의 채팅 시스템 엘리자(Eliza)는 사용자의 발화를 비슷하게 따라 하거나 정해진 규칙 기반으로 대답하는 수준이었다. 하지만 모든 상황에 맞는 규칙을 만들 수 없다는 명확한 한계가 있었다.

이러한 규칙 기반 인공지능 이후 학습 기반 인공지능이 등장했다. 사람이 만들어놓은 명령을 그대로 실행하는 대신, 학습된 인공지능은 데이터를 입력받으면 패턴을 인식하고 스스로 결정을 내릴 수 있게 된 것이다. 데이터를 수치화하여 인공지능 모델이 계산한 값과 실제 정답의 차이가 작아지도록 학습시키는 방식, 보상이 주어지는 환경에서 인공지능이 직접 시행착오를 통해 최선의 행동 방식을 배우는 방법 등 다양한 학습 방법들이 개발되었다.

예를 들면, 프로 바둑기사를 이긴 인공지능 프로그램인 알파고도 바둑 규칙이 정의된 환경에서 승리라는 보상을 위해 스스로 바둑을 연습하며 최선의 수를 둘 수 있도록 학습한 것이다. 알파고뿐만 아니라 대입 시험, 변호사 시험, 의사 면허 시험 등에 도전하는 인공지능들이 등장해서 놀라움을 안겨주고 있다. 심지어 인공지능 리서치 엔지니어인 나도 그런 것들을 신기하다고 생각한다. 하지만 나는 이 인공지능이 테스트에서 어떤 오답을 내놓았는지, 다른 테스트에서는 어떤 정확도의 차이를 보일지, 실제 상용화되었을 때 예상되는 문제점은 무엇일까에 눈길이 간다.

연구와 개발은 더 나은 것을 만들기 위함이지만, 더 나은 것을 만들기 위한 첫걸음은 놀라운 발전 이면의 불완전성을 인지하는 것에서 시작되기 때문이다. 그렇기 때문에 인공지능을 연구하는 사람은 그것이 내놓는 오류에 대해 고민할 필요가 있다고 생각한다. 나는 요즘, 나의 업을 스스로 이렇게 정의하고 있다. 결코 완벽에 다다를 수는 없지만 이전보다 조금 더 나아지기 위해 다양한 시도를 해보는 일이라고 말이다.

기술의 바다를
헤매며

개인적으로, 피부로 느끼고 있는 인공지능 기술 변화의 특징은 크게 두 가지이다. 그 중 하나가 '인공지능의 대중화'이다. 10년도 더 전 대학원에 다닐 때, 연구실 선배가 특정 인공지능 알고리즘을 한 땀 한 땀 일일이 모두 직접 구현했던 것을 본 적이 있다. 하지만 최근에는 인공지능 관련 모델이나 코드들이 오픈 소스 형태로 공개되어 있다. 이것들을 활용해서 자신이 원하는 서비스를 어느 정도 개발하는 것은 어려운 일이 아니게 되었다.

예를 들어 인공지능 오픈 소스 커뮤니티인 허깅 페이스(Hugging Face)는 인공지능 모델 허브 플랫폼을 운영하고 있다. 이곳에서는 누구든지 필요한 인공지능 모델을 찾을 수 있고, 훈련시킨 모델을 공유할 수도 있다. 이렇게 공유된 모델들이 다른 애플리케이션에도 적극적으로 활용되면서 인공지능 생태계는 더욱 더 커지고 있다. 최근에는 생성형 인공지능에게 코딩을 시킬 수도 있고, 이름하여 노코드(No-code) 툴을 사용하여 코딩에 대한 지식이 없는 사람도 인공지능 서비스를 개발할 수 있게 되었다. 이렇게 인공지능 기술 개발의 진입 장벽이 점점 낮아지고 대중화되는 흐름 속에서 이 일을 업으로 삼고 있는 나는 어떠한 전문성과 차별성을 가져야 하는지 종종 성찰할 수밖에 없다.

두 번째 특징은 빠른 변화 속도이다. 많은 기업들이 생성형 인공지능을 바탕으로 한 IT 서비스와 제품들을 대거 출시하고 있다. 세계적으로 유명한 미국 소비자 가전 전시회 CES(Consumer Electronics Show)의 2024년 키워드는 역시 인공지능이었다. LG와 삼성에서 공개한 인공지능 반려로봇들이 화제를 모았고 자동차뿐만 아니라 디지털 헬스 케어, 웨어러블 디바이스, 푸드, 뷰티 등 다양한 산업에서 인공지능을 적용한 사례를 볼 수 있었다고 한다. 챗GPT가 일상생활에 스며든 것처럼 물리적 환경에서도 인공지능이 활약하는 미래도 멀지 않은 것 같다. 인공지능 산업의 생태계는 점점 더 확장되고, 변화의 물결은 가속도를 타고 더 빨라지고 있다.

"결국 민첩하게 새로운 기술을 습득해서 필요에 맞게 개발하는 사람이 승자 같은데." 최근 동종업계 친구들을 만나서 이런 이야기를 나눴다. 오래 연구한 경험도 중요하겠지만, 결국 변화의 흐름 속에서 새로운 것을 빨리빨리 받아들여서 비즈니스 모델을 찾아 적용하는 것도 중요하다고 생각한다.

챗GPT에서 GPT는 'Generative Pre-trained Transformer' 의 약자로 언어를 생성할 수 있는 미리 학습된 트랜스포머 구조의 언어 모델을 뜻한다. 이름에서도 명시된 바와 같이 대규모 언어 모델을 학습하기 위해, 구글이 발표한 트랜스포머 구조를 활용한 것이다. 트랜스포머는 문맥을 효과적으로 학습하는 모델 구조로, 최근 사람의 언어를 이해하는 대용량 언어 모델의 원천 기술로 사용되고 있다. 트랜스포머의 시작은 사람의 언어를 처리하기 위한 구조였지만, 최근에는 달리(DALL.E) 같은 이미지 생성 인공지능에도 활용되고 있다.

이렇게 새로운 원천 기술은 또 다른 서비스의 물꼬를 트고 생태계를 연쇄적으로 확장시킨다. 누적 다운로드 수 500만을 돌파했다는 한 음성인식 기술 기반 영어 교육 앱은 오픈AI와 협력 관계를 맺으며 GPT-4를 서비스에 적용했다고 한다. 심지어 GPT를 활용한 타로 앱도 등장했다. 이처럼 비즈니스 모델을 설계하고 활용 가능한 기술을 빨리 찾아 적용하는 것이 새로운 서비스를 개발하는 데 효율적일 것이다. 인공지능 분야뿐만 아니라 모든 산업은 발전해 나가기 마련이다. 하지만 인공지능 분야는 그 발전 속도가 유독 빠르게 느껴진다. 마치 거센 파도가 몰아치는 바다 한가운데 떠 있는 것 같은 기분이 들 때도 있다.

상황이 이렇다 보니, 이 세계에서 앞으로 수십 년간 이 일을 더 해나갈 수 있을까 고민되는 것은 어쩔 수 없다. 하지만 추상적인 고민이 해결할 수 있는 것은 아무것도 없다. 기술 발전의 파도 안에서 주저앉아버릴 수는 없다. 내가 풀고 싶은 문제를 해결해내고 말겠다는 다짐을 나침반 삼아 꾸준히 항해해야 한다. 이 업을 지속하는 한 도태되지 않기 위해 끊임없이 기술의 흐름을 공부해야 한다. 동시에 내가 구현하고 싶은 서비스가 무엇인지 나의 미션에 대해 자문해야 할 것이다.

●

어찌 보면
창작자로서의 삶

많은 사람들은 엔지니어라고 하면, 창작과는 거리가 먼 직업이라고 생각할지도 모른다. 그러나 공대를 나와 엔지니어로 일해온 나는 어쩌면 창작과 밀접한 삶을 살아온 것 같다. 내가 생각하는 창작이란, 추상적인 아이디어를 나만의 방식으로 구체화하는 것이다. 인공지능 리서치 엔지니어로서 나의 창작은 이런 과정을 거친다.

1. 일을 정의하고 내가 이 일을 왜 하는지 고민한다.
2. 어떤 지표로 결과물을 측정할지 조사한다.
3. 관련 자료들을 참고하여 실효성을 검토하고 구현을 위한 설계를 한다.
4. 인공지능을 구현하고 성능을 측정한다.

이 과정은 반복되며 삶에서 다른 영역의 창작을 할 때도 비슷한 맥락을 갖는다.

나는 이따금씩 퇴근 후 아이패드로 그림을 그리는데, 인공지능 연구 및 개발을 그림 작업에 대응시켜볼 수 있다. 예를 들어, 인공지능의 세계에서는 두 문장이 얼마나 유사한가라는 추상적인 개념을 실제적인 것으로 구현해야 하는 상황이 있다. 그림의 세계에서는 '엄마의 사랑'을 시각화하고 싶은 마음이 들 때가 있다. 엔지니어로서의 나는 추상적인 개념을 구현하기 위해 기존 연구들을 참고하고 고민한다. 그림을 그리는 나는 어떤 스타일로 그릴지, 어떤 색감을 사용할지 등 표현의 방식을 고민한다. 엔지니어로서 나는 코딩과 실험을 거듭한다. 창작자로서 나는 스케치와 채색을 반복한다. 연구는 어느 정도 정해진 성능을 달성할 때까지 계속되고 그림을 그리는 것은 내가 만족할 때까지 지속된다. 돌이켜보니, 인공지능을 연구하는 삶은 넓게 보면 창작자의 삶이자 나를 성장시켰던 과정이라고 볼 수 있을 것 같다. 나는 매번 창작이 고통스러울 정도로 어렵게 느껴지지만, 매력적인 일이라고 생각한다.

결국
사람이 만드는 기술

인공지능은 점점 삶에 녹아들고 있다. 예를 들면 TV나 스마트폰, 냉장고나 세탁기 등 가전제품, 스마트 스피커에 탑재된 음성인식 기능, 스마트폰 카메라의 얼굴을 보정하는 앱 등 일상에서 우리는 자주 인공지능을 접하고 있다. 특히, 누구나 쉽게 접속할 수 있는 오픈AI 사에서 발표한 챗GPT는 연일 화제가 되었다. 출시 두 달 만에 월 사용자 1억 명을 달성했다고 한다.

챗GPT는 사람의 말을 너무 잘 알아듣고 대답도 곧잘 한다. 그러나 여전히 문제가 많다. 사실이 아닌 정보를 꾸며내어 진실처럼 말하는 것이다. 이를 인공지능의 할루시네이션(hallucination), 즉 환각 현상이라고 한다. 부정확한 정보뿐만 아니라 선정적인 내용이나 편향적인 정보들을 사용자에게 제공할 수 있다는 문제점도 안고 있다. 그래서 최근에는 모델을 만드는 것뿐만 아니라 모델 응답의 적합성을 개선하기 위한 연구도 활발하게 진행되고 있다. 오픈AI의 기술 리포트에 따르면 사람들의 피드백을 통해 이런 문제들을 개선하기 위한 모델 RLHF(Reinforcement Learning from Human Feedback)을 만들었다고 한다. 인공지능 결과의 옳고 그름을 판단하는 것은 결국 사람이다.

누군가에게는 인공지능이 마술 같은 존재로 느껴질지 모르겠다. 하지만 나는, 인공지능 서비스는 사용자의 입력이 들어오면 사용자가 원하는 것에 근접한 결과를 내어주는, 마치 속이 보이지 않는 커다란 자판기 같다고 생각한다. 사용자의 입장에서는 자판기 내부를 알 수 없기 때문에 엄청나고 위대해 보일 수 있다. 하지만 그 중심에 아무리 최신 기술로 학습된 인공지능이 내장되어 있다고 해도, 이 자판기의 출력물은 100퍼센트 정확도와 만족도를 보장할 수 없다.

이용자가 자판기로부터 원하는 결과를 얻도록 하기 위해, 자판기를 만드는 사람은 내부 알고리즘을 개선하고 또 개선한다. 결과물들의 유형을 분석하고 보완하고자 다른 방식들을 찾아 실험해본다. 이렇듯 인공지능 리서치 엔지니어로서 나의 일은 사용자에게 최적의 결과를 전달하기 위해 고민하는 것이라고 말할 수 있다. 어쩌면 인공지능 기술만큼 사람에 대한 관심이 있어야 하는 직업일지도 모른다는 생각이 든다.

여느 때처럼 회의가 끝나고 동료들과 대화를 나눴다. 아들이 다니는 어린이집 행사에 산타클로스 분장을 하고 다녀온 이야기, 두 딸에게 맛있는 소시지빵을 만들어준 경험을 들으며 마음이 뭉클해졌다. 아이들은 그 경험을 잊지 못할 것 같다. 하지만 인공지능은 이처럼 데이터화되고 수치화될 수 없는 사람의 경험과 마음은 모를 것 같다는 생각이 문득 들었다. 이산화(離散化)된 수많은 데이터를 학습한 인공지능과 다르게 우리는 연속적인 세상에서 데이터로는 온전히 다 표현할 수 없는 무한한 삶을 경험하며 살아간다. 사람에게 필요한 인공지능 기술과 서비스는 결국 사람이 알고 있다고 생각한다. 기술의 흐름을 따라가는 것만큼 사람에 대해 아는 것이 중요하다.

빠르게 변하는 기술로
변하지 않는 가치를 지키는 것

나는 빠르게 변하는 인공지능 산업 종사자로서 과연 자격이 있는 사람일까 생각해본 적이 있다. 소위 말하는 얼리어답터도 아닌 내가 왜 이곳에 있을까 고민해보기도 했다. 세상에는 뛰어난 사람들이 많고, 시시각각 변하는 기술을 따라가기가 벅차서 마음이 꺾이는 날들도 많았다. 그럼에도 불구하고 계속 이 길을 걷고자 하는 이유는, 내가 만드는 인공지능 기술이 누군가에게 유용한 존재일 수 있고, 도움이 될 수 있을 것이라는 믿음 때문이다.

대학원에 다닐 때, 사용자의 질의를 분석해서 적절한 응답을 출력하는 질의응답 시스템에 대해 연구했다. 졸업 후에도 사람의 말을 알아듣는 음성인식 기술팀에서 업을 이어나가고 있다. 그러다 보니 계속 사람의 말은 어떻게 하면 잘 이해되는지, 점점 중요해지고 있는 문해력을 향상시키기 위해 인공지능 기술은 어떻게 쓰일 수 있는지, 글쓰기와 기록이 누군가의 성장과 사람 사이의 소통에 어떻게 도움이 될지, 나는 무엇을 할 수 있을지에 대한 본질적인 고민을 거듭하고 있다. 인공지능 기술을 개발하는 사람으로서, 좀 더 자세하게 말하자면 사람의 언어를 이해하는 인공지능에 관심이 있는 사람으로서 나는 어떻게 세상에 기여할 수 있을지 고민을 거듭하고 있다.

인공지능은 세상의 거의 모든 보편적인 지식을 학습한 지식 제공자로서 이전보다 많은 사람들이 필요한 정보를 취득하고 학습하는 데 도움을 줄 수도 있다. 간단하게는 챗GPT처럼 사람들이 궁금한 것들에 대해 잘 알려주는 것부터 시작해서 시각 정보 활용이 어려운 사람에게 음성으로 주변 환경을 설명해주는 앱들도 있다. 느린 학습자의 학습을 체계적으로 돕는 튜터로 활용될 수 있고, 심리 상담 앱 같은 경우는 필요한 사람들의 치유에 도움을 줄 수도 있다. 나는 이런 것들이 세상에 존재하는 크고 작은 불평등을 조금이나마 줄이는데 도움이 될 수 있다고 믿는다. 이런 관점에서 인공지능을 활용하는 것이 중요한 일이라고 생각한다.

인공지능 기술은 생명을 구할 수도 있다. 10여 년 전에 보았던 영상 하나가 아직도 기억난다. 아기의 생체 데이터를 학습하여 만들어진 인공지능이 아기의 현재 상태가 위험하다는 것을 감지하여 아기가 살 수 있었다는 내용이었다. 인간이 해내기 어려운 복잡한 계산 능력을 갖추고 학습한 인공지능 기술은 분명히 인간의 삶을 보완해줄 수 있는 도구가 될 수 있다고 생각한다.

빠르게 변화하고 발전하는 인공지능 기술의 목적은 결국 삶에 도움이 되는 것이다. 그 목적성을 잃지 않기 위해 많은 사람들이 고민하고 있다. 나 또한 인공지능이 본래 목적을 잃지 않고 제 기능을 하길 바란다. 내가 이 길을 포기하지 못하고 변화의 소용돌이 속에서 오늘도 무엇인가를 발견하기 위해 노력하는 것은 이 기술이 사람의 삶을 윤택하게 하고, 나아가 조금 더 행복할 수 있게 만들고, 더 나아가 삶을 구하는 데 일조할 것이라는 믿음 때문이다. 빠르게 변하는 기술로 시대를 막론하고 불변하는 소중한 가치를 지키고 싶다고 소망하기 때문이다.

인공지능 리서치 엔지니어가 되기 위해서는 어떤 자격과 과정이 필요한가

인공지능 산업은 점점 더 다각화되고 있다. 인공지능은 챗봇이나 검색 서비스뿐 아니라 헬스 케어, 의료, 법률, 금융 등 다양한 산업과 융합될 수 있다. 따라서 내가 어떤 분야에서 인공지능을 연구하고 개발하고 싶은지 생각해보는 것이 먼저다. 관련 분야의 회사에서 어떤 능력을 갖춘 사람을 뽑는지 찾아본 뒤, 앞으로 어떤 능력을 갖춰나갈지 로드맵을 짜는 것이 중요하다. 인공지능 리서치 엔지니어가 되기 위해서 특정 자격증이 필요한 것은 아니지만, 간혹 특정 전공을 우대한다거나 석사 이상의 인공지능 관련 학위를 필요로 하는 경우가 있으니 미리 검색해보는 것도 필요하다.

회사마다 채용 과정이 다르겠지만, 대개 개발 능력과 연구 능력(논문 같은 연구 실적이 필요한 경우가 있다), 관련 프로젝트 경험 등을 고려한다. 채용의 첫 번째 과정에서 기본적인 코딩 실력과 문제 해결력을 확인하기 위해 '코딩 테스트'를 보는 경우가 많다. 코딩 테스트는 특정 문제가 주어졌을 때 어떤 자료 구조로 데이터를 구조화할지, 어떤 알고리즘을 활용하여 해결할지를 고민하고 시간 내에 코딩하여 풀어내야 하는 테스트이다. Leetcode, Baekjoon 같은 코딩 연습을 할 수 있는 사이트들이 많으니 관심 있다면 참고해볼 수 있을 것이다.

코딩 테스트를 통과한 뒤에는 연구 능력을 확인하기 위해서 지원자가 쓴 논문이나 진행했던 연구, 프로젝트에 대해 실무자들이 상세하게 질문을 하며 평가하는 과정으로 이어지는 것이 보통이다. 또한 실무자들은 지원자의 인공지능에 대한 이해도를 물어보는 경우가 대부분이므로, 현재 인공지능의 트렌드 및 전반적인 이론에 대해 숙지하고 있을 필요가 있다. 인공지능 업계에 종사하기 위해서는 자격보다는 개인이 가진 능력을 드러내는 것이 중요하므로 개발 실력과 연구 능력을 키우고 입사하고자 하는 회사에 어떻게 어필할 것인지 고민해야 한다.

어떤 사람에게
이 직업을 권하는가

이 직업은 기본적으로 특정 문제를 해결하기 위한 연구와 개발을 수행해야 한다. 따라서 논리적인 사고력, 문제 해결력 등이 중요하다. 하지만 이러한 것들은 학습에 의해 개선될 수 있다고 생각한다. 그보다 호기심이 많고 머릿속에 "왜?"라는 질문을 장착하고 있으면서 한 가지 문제에 대해 오랫동안 파고들 수 있는 집요함이 있는 사람에게 이 직업을 권하고 싶다. 연구와 개발은 한순간에 끝나는 것이 아니라서 오래 고민하고 많은 시도들을 쌓아나가야 하기 때문이다. 그 긴 과정에서 "이런 방법은 어떨까?"하며 호기심을 갖고 그 호기심을 검증할 수 있는 집요함과 끈기를 가진 사람이라면 이 직업을 가져보라고 권하고 싶다. 호기심 가득한 눈으로 세상을 바라보고, 세상에서 풀어내고 싶은 문제를 발견하고 인공지능 기술을 기반으로 해결해내려는 집요함과 실행력이 있는 사람이라면 이 업계에서 좋은 성과를 낼 수 있을 것이라 생각한다.

10년 후에도 이 일을 하고 있을까
앞으로 이 일에 어떤 변화가 있을까

인공지능의 빠른 발전 속도가 때로는 무섭게 느껴지기도 한다. 솔직히 나는 인공지능의 10년 뒤를 구체적으로 예측하기가 어렵다. 다만, 인공지능은 점점 특정 산업들과 융합되어 세부화되고 고도화된 형태로 발전해 나갈 것이라고 생각한다. 최근 금융 인공지능을 개발하는 연구원이 기술 개발의 고도화와 전문성을 위해 보험설계사 자격증까지 땄다는 기사를 보았다. 아니면 의사나 변호사가 인공지능과 각자의 전문성을 접목하여 창업을 한 사례들도 있다. 이처럼 인공지능은 다양한 산업 속에서 다양한 형태로 발전할 것이다.

현재의 추세라면 우리가 지금 컴퓨터나 스마트폰을 편하게 쓰듯이, 10년 뒤에는 인공지능이 보편적인 도구가 될 것이다. 개개인이 추구하는 가치가 더욱더 다양해질 것이고, 그렇다면 시대의 흐름에 맞춰 세분화된 인공지능 서비스들이 나타나지 않을까 생각한다.

　　최근 채용 행사 부스에서 만난 대학생과 대학원생도 내게 '산업의 전망'을 물었다. 중요한 질문이기에 내 경험을 들려주었다. 내가 대학을 졸업할 무렵은 '안드로이드 개발자' 붐이 일던 시절이었지만 인공지능과 교육, 언어학, 심리학에 관심 있던 나는 자연어 처리 연구실에서 석사 과정을 밟았다고 말해주었다. 정보의 홍수 속에서 누구도 예언자처럼 최상의 길을 찾아낼 수 없다. 어떤 세상을 살아가든지 직업인이 되기 위해 먼저 해야 하는 것은 자신의 관심사를 찾는 것이 아닐까.

이 일을 잘하려면
어떤 능력과 노력이 필요한가

인공지능 리서치 엔지니어의 주 업무 중 하나는 연구이다. 문제 해결을 위한 '고도화된' 방식을 끊임없이 고민하는 것이다. 연구 주제에 대한 해결 방법 A를 마련했다고 해서 일이 끝나는 것이 아니고, A보다 더 좋은 방식이 없을지 또다시 고민해야 한다. 물론 문제를 해결해 나가는 과정에서 동료, 팀원들과 논의하는 것도 중요하지만, 대개는 인내심을 갖고 혼자 고민하고 몰두하는 시간이 길기 때문에 하나의 문제를 오래 생각할 수 있도록 스스로를 단련시켜야 한다.

　연구가 실제적인 결과물로 세상 밖에 나올 수 있도록 구현하는 능력도 길러야 한다. 결국 인공지능 리서치 엔지니어는 구체적인 결과물을 만들기 위해 인공지능 모델을 설계하고 코딩하여 결과물을 만들고 평가한다. 또한 자신이 구현한 결과물을 끊임없이 객관적으로 평가하고 개선하려는 노력이 필요한 사람이라고 생각한다.

인공지능으로
해볼 수 있는 것들

모두가 인공지능 산업에 뛰어들어야 하는 것은 아니지만, 인공지능의 발전을 인지하는 것은 개개인의 삶에 도움이 될 수 있을 것이라고 생각한다. 인공지능을 활용하여 자신이 하는 일의 생산성을 높일 수도 있기 때문이다. 사용자의 지시에 따라서 텍스트, 이미지, 비디오까지 생성이 가능한 생성형 인공지능을 적재적소에 활용하면 업무 효율을 높일 수 있을 것이다. 최근에는 코딩 없이도 인공지능 서비스를 만들어볼 수 있는 기회도 열렸다.

　예를 들면 GPT 스토어에서 나만의 챗봇을 만들어서 다른 사람들과 공유할 수 있다. GPT 빌더를 활용해서 자신이 원하는 기능이나 페르소나가 부여된 챗봇을 만들 수 있다. 나만의 데이터를 업로드하여 챗봇에 반영할 수도 있다. 인공지능에 관심은 있는데 시작하기 막막하다면 쉽게 접근할 수 있는 플랫폼들을 알아보고 활용하는 것도 좋을 듯하다.

타인이 원하는 것과
관심을 콘텐츠로 만드는 일

유튜브 크리에이터

서 산

◯

퇴근이
없는 일

내게 근황을 물었을 때 "요즘 유튜브 해요"라고 대답하면 다들 질문이 많아진다. 적극적으로 물어오는 지인에게는 채널의 주제를 추천하기도 하고 편집 프로그램 다루는 방법을 알려주기도 한다. 실제로 영상을 만들어보고 나서는 비슷한 반응들을 보인다. "이렇게 시간이 많이 드는 일이었어?"

영상을 만들어 유튜브에 올리기까지 생각보다 시간이 오래 걸린다. 숙련도에 따라 다르겠지만 10분 내외의 영상 한 편을 만드는 데는 열 시간이 훌쩍 넘게 걸린다. 본업이 있던 시절에는 퇴근하고 하루에 두세 시간씩 평일을 전부 투자해야 영상 하나가 완성됐다. 보통 일주일에 영상 하나 올리는 것을 목표로 하는데, 본업이 조금이라도 바빠지거나 약속이 한두 개 생기면 그것도 불가능했다.

영상을 올리는 과정은 주제를 찾고 섬네일과 제목을 정하고 대본을 쓰고 촬영을 하고 자료 화면을 찾고 편집하는 순서로 진행된다. 댓글이 달리거나 문의 메일이 오면 대응도 해야 한다. 평일, 주말 상관없이 시간이 날 때마다 영상을 만든다. 새벽에 나오는 핫한 소식이 있다면 밤을 새우며 정보를 정리해서 아침에 영상을 올리기도 한다. 마치 쳇바퀴에 올라탄 다람쥐가 된 것처럼 반복되는 일상이 시작된다.

내가 선택했지만 가끔은 삶과 일의 구분이 없는 것에 지칠 때도 있다. 누가 일과 휴식을 나눠주는 것도 아니기 때문에 스스로 조절을 잘해야 하는 것도 고충이다. 이렇게 쉬지 않고 일하다 보면 자연스럽게 개인적인 약속도 점점 줄어든다. 유튜브를 본격적으로 시작하고 나서 반년간 약속을 잡은 횟수가 다섯 손가락 안에 들어간다.

유튜브에 이렇게까지 몰입하는 게 과한 것 아닌가 생각도 했었지만 이제는 그 생각을 접었다. 주변 유튜버들은 모두 이렇게 살고 있었기 때문이다. 유명 유튜버의 인터뷰를 보니 최근 6개월간 3일 정도 쉬었다고 했다. 재미있게도 대체로 이에 대해 불평을 하거나 불만을 가진 사람은 없다. 자발적으로 쳇바퀴에 올라간 사람은 퇴근을 기다리지 않는 것 같다.

뭘 그렇게
잘못했을까

나는 채널을 여러 개 운영하는 유튜브 크리에이터다. 내가 직접 출연하는 채널도 있고 능력 있는 동료들이 출연하는 채널들도 있다. 다양한 채널을 운영하다 보니 다양한 반응을 접할 수밖에 없는데 대표적인 것이 댓글이다. 댓글에서 악플의 비율은 1~2퍼센트로 수는 적지만, 강렬하게 뇌리에 남는다.

기분 나쁘게 비꼬기도 하고 의견이 다르다는 이유로 분노를 표출하는 댓글도 있다. 뜬금없이 외모를 비난하는 댓글도 보인다. 악플은 유튜브라는 길을 걸어가는 데 큰 걸림돌이 되기 때문에 잘 대처해야 한다. 가장 좋은 방법은 눈앞에서 치워버리는 것이다. 다행히도 유튜브는 댓글과 계정 차단 기능을 잘 만들어놨다.

첫 유튜브 채널은 인생의 고민을 나누는 내용이었다. 커리어에 대한 고민이 많은 상황에서 '퇴사한 이유'라는 영상을 올렸다. 복잡한 생각을 말로 내뱉고 나니 속이 후련한 느낌이 들었다. 영상은 예상보다 많은 관심을 받았다. 유튜브를 한다는 소식을 들은 지인들부터 시작해서 모르는 사람들도 댓글을 달기 시작했다.

관심을 신기해하며 즐기던 와중에 하나의 댓글이 표정을 굳게 했다. "그래서 하고 싶은 말이 뭔데? 백수 되었다고 자랑하는 건가?" 누군가에게는 내 영상이 배설물로 느껴질 수 있다는 걸 처음 알게 된 순간이었다. 다음 영상도 그다음 영상도 꼭 시비 거는 댓글이 달렸다. 애써 '무플보다는 악플이 낫지'라며 신경 쓰지 않으려 했지만 심장이 조금씩 빠르게 뛰는 것을 어쩔 수 없었다. '내가 뭘 그렇게 잘못했을까'라는 생각이 머릿속을 떠나지 않았다.

이때의 경험 때문인지 나뿐만 아니라 함께하는 동료들이 혹시 마음 상하거나 정신적으로 힘들어지지 않을까 유독 신경 쓰인다. 유튜브 선배들의 사례를 조사해서 앞으로 이런 일이 닥칠 수 있으니 마음의 준비를 하자고 이야기하기도 하고, 좋은 댓글이나 반응을 더 많이 언급하기도 한다. 물론 가장 중요한 것은 악플은 바로바로 삭제해서 눈앞에서 치워버리는 것이다. 올바른 방향으로 가고 있다면 꾸준하게 지속하기만 하면 성과를 낼 수 있다. 꾸준하게 지속하기 위해서 놓치면 안 되는 건 정신건강을 챙기는 것이다.

최선을 다하는 것
이상은 없다

진인사대천명(盡人事待天命). "할 수 있는 일을 다한 후에 하늘에 결과를 맡기고 기다린다"는 이 사자성어만큼 유튜브의 속성을 잘 표현할 수 있을까. 흔히 말하는 대박 채널, 대박 영상은 원한다고 만들어지는 게 아니다. 특히 유명인이 아니라 일반인이 나오는 영상이라면 더욱 그렇다. 유튜브 알고리즘의 간택을 받는 것이 유일한 방법이다. 영상을 만들기 위해 할 수 있는 일을 다 했다면 이제 결과는 알고리즘에 맡기고 기다리는 것뿐이다.

운이 작동하는 영역이기 때문에 조회수에 집착한다면 유튜브를 지속하기 힘들다. 잘 나온 영상을 분석해서 참고한다고 해도 결과는 보장할 수 없다. 좋은 카메라와 편집 스킬로 만들어진 영상이라고 조회수가 잘 나오는 것도 아니고 스마트폰 카메라로 대충 찍은 영상이라고 조회수가 안 나오는 것도 아니다. 물론 의도한 내용이 전달될 정도의 완성도는 갖춰야 한다.

결과를 하늘에 맡겨야 하는 주사위 게임에서 이기는 방법이 무엇인지 정말 고민이 많았다. 지금 생각하는 최선의 방법은 높은 숫자가 나올 때까지 계속 던지는 것이다. 이기는 채널과 주제를 찾기 위해 그 숫자를 늘렸다. 혼자 채널을 만들기도 하고 전문지식이 있는 지인들과 함께하기도 했다. 책, 패션, 자동차, 영어, 인테리어, 가전제품 등 10여 개의 채널을 만들고 채널마다 매주 최소 한 개씩 영상을 올렸다. 그렇게 주사위를 던지는 횟수를 늘리니 반응이 나타나는 채널이 나오기 시작했다. 그 채널들은 지금 몇 만의 구독자와 몇 백만의 조회수를 기록하며 성장하고 있다.

이런 접근 방식은 과거 창업에 실패하며 배운 '아이템이 아니라 성장에 집중해라'라는 교훈 때문이다. 나는 유튜브를 하는 것은 창업과 마찬가지라고 생각한다. 내가 하고 싶은 것이 아니라 남들이 원하는 것을 찾기 위해 노력한다. 내 만족이 아니라 남의 만족에 집중한다. 그 이유는 유튜브가 내가 원하는 삶의 모습을 가져다줄 것이라는 확신이 있기 때문이다. 원하는 장소에서 원하는 시간에 긍정적인 영향을 주는 콘텐츠를 만들며 돈도 많이 버는 모습을 그린다.

이제는 상상하는 삶을 더 선명하게 하는 것만 남았다. 지금까지 해왔던 것처럼 더 많은 주사위를 던질 것이다. 이미 던진 주사위에는 큰 미련을 두지 않는다. 최선을 다해 만든 영상을 올린 다음에는 그 결과는 하늘에 맡기고 다음 영상에만 집중할 뿐이다. 나는 이게 유튜브로 원하는 것을 얻을 수 있는 가장 최선의 방법이라 믿는다.

●

출퇴근이
싫어서

유튜브를 처음 시작한 건 2019년, 프리랜서로 일하며 외국에서 한달살이를 할 때였다. 인도, 캐나다 등에서 온 친구들과 한집에서 살았다. 내가 쓰는 방 한구석에서 스마트폰과 삼각대 그리고 1만 5,000원짜리 마이크 하나로 유튜브를 시작했다. 그리고 하지 말아야 할 수많은 핑계를 만들고는 유튜브를 그만뒀다.

유튜브를 그만둔 핑계는 수만 가지였지만 처음에 시작하려고 했던 이유는 명확했다. 어딘가에 얽매이지 않고 자유롭게 돌아다니는 삶의 형태를 유지하고 싶었다. 마침 유튜브 세상 속에는 내가 꿈꾸는 방식으로 세계를 돌아다니며 사는 사람들이 있었다. 그러다 보니 자연스럽게 유튜브를 하면서 자유롭게 살 수 있지 않을까 생각했다. 배우, 개그맨 등 연예인의 삶은 까마득하게 멀게 느껴졌지만 화면 속 유튜브 크리에이터의 삶은 마치 손에 닿을 것 같았다.

2020년 초 전세계로 코로나 바이러스가 확산하며 어쩔 수 없이 한국으로 돌아와야 했다. 창업을 했고 출퇴근을 하며

3년이 흘렀다. 그 시간 속에서 내가 원하는 욕구가 더 선명해졌다. 나는 출퇴근이 정말 하기 싫었다. 경기도와 서울을 오가는 출퇴근 시간을 합치면 매일 적어도 세 시간 많게는 네 시간까지 소요되는 게 정말 끔찍했다. 더 큰 문제는 이걸 평생 해야 한다는 사실이었다.

"남들 다 그렇게 살아." 출퇴근의 어려움을 호소하면 늘 듣는 말이었다. 하지만 불만이 생기면 어떻게든 해결하려는 성향 때문인지 다시 한 번 출퇴근 없는 생활로 삶을 끌고 갔다. 그 방향의 끝에 다시 유튜브가 있었다.

최저시급보다
못한 일

유튜브의 장점이자 단점은 투자한 시간에 비례해서 보상을 주지 않는다는 것이다. 어떤 때는 최저시급보다 못한 보상을 주고 어떤 때는 투자한 시간보다 큰 보상을 주기도 한다. 특히 유튜브 채널을 만든 초반에는 이걸 할 시간에 아르바이트하는 게 낫겠다는 생각이 든 적도 있다. 관심을 받지 못하는 채널의 가치는 없다고 보면 된다. 투입하는 시간을 생각하면 마이너스라고 볼 수도 있다. 그럼에도 불구하고 영상을 만드는 이유는 어느 순간 더 큰 보상을 받을 거라는 희망 때문이다.

모순되게도 나는 경제적 자유를 위해 최저시급보다 못한 일을 자처해서 하고 있다. 경제적 자유의 정의는 사람마다 다르다. 누군가는 수십억 원을 버는 것이라 정의하기도 하고 누군가는 보유한 아파트의 가격으로 정의하기도 한다. 오늘의 내가 정의하는 경제적 자유는 "좋아하는 것을 하면서 돈을 많이 버는 것"이다. 나는 콘텐츠 만드는 것을 좋아한다. 삶을 되돌아보니 일하는 시간 외에는 언제나 콘텐츠를 만들었다. 블로그에 글을 쓰고 책도 한 권 냈고 주니어를 대상으로 강의를 하기도 했다. 문제는 내가 콘텐츠로 돈을 버는 능력이 부족했다는 것이다. 기존에 다루던 디자인과 관련된 글과 책, 강의로는 돈을 많이 벌기가 힘들었다.

그러던 중 평소 즐겨보던 채널에서 유튜버가 한 말이 뇌리에 박혔다. "지금 유튜브만큼 돈을 많이 벌 수 있는 SNS가 있나요?" 이 유튜버도 초반에는 수입이 별로 없었지만 5년이 지난 지금 유튜브를 활용해서 번 금액이 20억 원이 훌쩍 넘는다고 했다. 실제로 블로그, 인스타그램 등 다른 SNS를 하는 분들과 이야기를 해봐도 유튜브가 돈 벌기에 더 좋은 건 사실인 것 같다. 조회수에 따른 수익도 더 높고 기업 광고 단가도 열 배 이상 높은 것을 보면 알 수 있다. 유튜브는 영상으로 설득하기 때문에 제품 판매에도 유리하다.

그렇게 본격적으로 유튜브를 시작한 지 1년이 지났고 콘텐츠로 돈을 벌기 시작했다. 이 과정에서 창업 경험이 큰 도움이 됐다. 내가 좋아하는 것이 아니라 남들이 원하는 것을 콘텐츠로 만들어서 유튜브에 올렸다. 그러자 반응이 오기 시작했다. 모든 것은 상대적이기 때문에 지금 나의 수입이 누군가에게는 적은 금액일 것이다. 하지만 유튜브에 올린 콘텐츠로 먹고살 만큼 돈을 버는 경험은 굉장히 특별하게 다가온다. 더 특별한 건 어쩌면 돈을 많이 벌 수도 있겠다는 희망이 생겼다는 점이다.

관심은
돈이 된다

"275만 원이 입금되었습니다."
유튜브 채널에 제품을 소개하는 영상을 올리고 광고비를 받았다. 시작한 지 4개월 된 채널인데 당시에는 몇 년 동안 유튜브를 하며 얻은 수익 중 가장 큰 액수였다. 물론 1회성 수익이다. 관심을 모으면 돈이 된다는 것은 스타트업 창업 경험을 통해 알게 됐다.

3년 전에 앱 서비스를 만드는 스타트업을 창업했다. 비슷하게 창업을 한 다른 지인들이나 투자자들을 만날 때면 언제나 다운로드, 유저 숫자 등을 물어봤다. 인스타그램, 틱톡의 팔로어 숫자를 물어보기도 했다. 얼마나 많은 사람들의 관심을 모았는지가 주요 관심사였다. 물어보는 이유는 간단했다. 관심은 돈이 될 가능성이 높기 때문이다(당시 창업했던 회사는 결론적으로 관심을 모으지 못했고 지금은 서비스를 하고 있지 않다).

사람들의 관심이 모이면 돈이 된다는 것을 알게 되니 다시 한 번 유튜브에 관심이 생겼다. 관심을 끌기 위한 수단이 왜 유튜브인지는 버스나 지하철을 타보면 알 수 있다. 열에 아홉은 유튜브를 보고 있다. 수많은 사람들이 모여 있는 곳에서 존재감을 뽐내면 그 존재감만큼 벌 수 있는 돈과 기회도 많아진다. 유튜브에 내 채널을 연다는 것은 강남역 4번 출구 앞에 매장을 차리는 것과 같다. 유동 인구가 많은 곳에 있는 건물의 가치는 점점 올라간다. 지금 유동 인구가 가장 많은 온라인 강남역이 바로 유튜브다.

그렇다면 돈을 벌려면 관심을 얼마나 받아야 할까? 유튜브에서는 그 시작점을 정해놓았다. 구독자 1,000명에 시청시간 4,000시간이다. 이 기준에 충족되면 영상 앞뒤로 붙는 광고 수익을 받을 수 있기에 유튜브를 시작하는 사람들의 첫 목표는 구독자 1,000명이다. 그런데 영상 앞뒤에 광고를 붙이기 위해 구독자를 열심히 모으고 나면 신기한 일이 발생한다. 제안이 담긴 이메일이 온다는 것이다. 제품을 무료로 제공해준다는 곳도 있고 소정의 광고비를 지불하겠다는 곳도 있다. 우리 제품을 팔아주면 수수료를 주겠다는 제안도 온다.

'구독자 1,000명이면 망한 채널 아닌가?' 유튜브를 시작하기 전에 했던 생각이다. 매일 내가 보는 것이 구독자 수십, 수백만 명의 유튜브 채널이라 그럴 수 있다. 하지만 오프라인 매장에 1,000명이 온다고 생각해보면 이 숫자가 결코 작지 않다는 것을 알 수 있다. 분야에 따라 채널의 특성에 따라 벌 수 있는 금액은 다르다. 중요한 것은 관심이 돈이 된다는 사실이다. 그래서 나는 오늘도 관심을 모으기 위해 유튜브를 한다.

가장 많이
듣고 하는 말

"감사합니다."

유튜브를 시작하고 나서 가장 많이 듣는 말이다. 영상의 조회 수가 오르고 채널이 커지면서 감사하다는 댓글이 정말 많이 달린다. 내가 하는 일이 누군가에게 긍정적인 영향을 끼치고 있다는 사실은 안도감과 뿌듯함을 준다. 때로는 고민이 가득 담긴 장문의 이메일이 오기도 한다. 고민을 해결해야 하는 의무가 있는 것은 아니지만 열심히 답변하며 뿌듯함을 느끼기도 한다. "잘생겼어요!", "말을 너무 잘해요!"와 같은 칭찬도 있다. 다 편집의 힘이지만 말이다. 긍정적인 한 문장은 생각 이상으로 큰 힘이 된다.

"감사합니다"는 유튜브를 시작하고 가장 많이 하는 말이기도 하다. 지금 나의 삶은 내가 추구하던 삶의 모습과 가장 가까이 있다. 짧게 쓰면 주도적인 삶이고, 풀어 쓰면 원하는 공간에서 원하는 시간에 원하는 일을 하면서 돈을 버는 삶이다. 정해진 시간에 출퇴근을 하지 않고 좋아하는 카페에 갈 수 있음에 감사하고, 밤늦게까지 몰입해서 일을 하면서 돈을 벌고 있음에 감사하다. 특히 함께했을 때 더 큰 에너지가 생기는 동료들과 일하고 있음에 감사하다. 채널이 성장하면서 이런저런 제안 메일도 많이 오는데 제안을 거절하기도 수락하기도 한다. 이렇게 무언가 선택할 수 있음에도 매일 감사하다는 생각을 한다.

하루하루를 돌아보면 지금까지의 삶 중에서 가장 열심히 살고 있는 시기이기도 하다. 학생 때보다 열심히 공부하고 회사 다닐 때보다 열심히 일한다. 약속도 거의 안 잡을 정도로 푹 빠져서 하루 종일 공부하며 일한 지도 1년이 넘었다. 인간은 의미 있는 일을 추구하는 존재라고 한다. 지금 나에게는 누군가에게 감사 인사를 받을 수 있는 콘텐츠를 만드는 것이 의미 있게 느껴진다.

유튜브 크리에이터가 되기 위해서는
어떤 자격과 과정이 필요한가

유튜브 크리에이터가 되기 위한 자격이라는 것은 없다. 누구든 시작할 수 있다. 준비물은 스마트폰 하나면 충분하기 때문이다. 예를 들면 이렇다. 요즘 유튜브 쇼츠 중 다이소에서 산 제품을 소개하는 영상의 반응이 좋다. 다이소에 가서 평소에 잘 쓰던 물건 몇 개를 사 온다. 테이블 위에 물건을 올려놓고 다른 한 손으로는 물건을 들어 보여주며 소개하고 한 손으로는 동영상을 촬영한다. 촬영이 끝나면 스마트폰에 편집 앱을 다운받아서 필요 없어 보이는 부분을 편집한다. 편집 앱은 캡컷(CapCut)을 추천한다. 강조하고 싶은 부분에는 자막을 넣어도 좋다. 편집 앱에서 제공하는 음악을 넣고 영상을 완성한다. 마지막으로 유튜브에 들어가서 하단에 있는 더하기(+) 버튼을 눌러 영상에 제목을 입력하고 업로드한다.

　시작은 쇼츠로 하는 것을 추천한다. 반응이 더 빠르게 오기 때문이다. 이렇게 영상을 몇 개 올리다 보면 신기하게도 영상에 개선하고 싶은 부분이 생기기 시작한다. 손으로 들고 찍으면 흔들리니까 삼각대를 사서 구도를 바꿔보기도 하고, 오프닝 멘트를 넣기도 하고, 자막 스타일을 바꾼다. 영상을 완성해서 올릴 때마다 한 가지씩 개선하다 보면 나만의 스타일이 만들어지고 성과가 나는 영상들도 생긴다. 유튜브는 시도할 수 있는 시스템이 잘 되어 있다. 올린 영상을 비공개로 전환할 수도 있고, 개선해서 다시 올려도 전혀 문제가 되지 않는다. 중요한 것은 일단 첫 영상을 올리고 한 가지씩 개선해 나가는 것이다. 그러다 보면 자연스럽게 유튜브 크리에이터가 되어가고 있다고 볼 수 있다.

어떤 사람에게
이 직업을 권하는가

유튜브를 많이 소비하는 사람에게 이 직업을 권한다. 요즘은 다양한 콘텐츠만큼 소비 방법도 다양하다. 예를 들어 영화를 좋아한다고 해도 영화관에 직접 가서 보는 사람, 넷플릭스 등 OTT를 감상하는 사람, 유튜브 요약 영상을 보는 사람 등 각자 소비하는 방법이 다르다. 만화도 애니메이션, 웹툰, 만화책, 인스타툰 등으로 나뉘고 글도 전자책, 오디오북, 종이책 등으로 소비 방법이 나뉜다.

　나는 대부분의 콘텐츠를 유튜브로 소비한다. 책, 예능, 운동, 공부, 여행 계획, 영화, 요리 등 모든 콘텐츠를 유튜브 영상으로 보고 듣는다. 이는 유튜브 콘텐츠를 만드는 데 큰 도움이 된다. 소설을 많이 읽는 사람이 소설을 잘 쓸 가능성이 높듯이 유튜브를 많이 보는 사람이 유튜브를 잘 만들 가능성이 높다. 요즘 잘되는 주제는 무엇인지, 시작할 때 어떤 멘트와 영상을 넣어야 하는지, 후반부로 끌고 갈 때 어떤 식으로 하는지, 어떤 효과음과 자료가 들어가야 하는지 등등 많이 봐서 생기는 감이 있다.

직업이 된다는 것은 소비자에서 생산자로 넘어가는 것을 의미한다. 그리고 생산을 잘하기 위해서는 많은 것을 소비해야 한다고 생각한다. 요즘 어떤 영상이 잘되는지 봐야 사람들이 더 반응하는 영상을 만들 수 있기 때문이다. 그래서 직업이 되기 이전에 이미 많이 소비하고 있다는 것은 큰 강점이라고 생각한다.

10년 후에도 이 일을 하고 있을까
앞으로 이 일에 어떤 변화가 있을까

누구나 스마트폰으로 콘텐츠를 만드는 게 자연스러운 시대다. 그만큼 많은 영상이 유튜브와 같은 플랫폼에 올라간다. 생산자가 많아지는 데는 기술의 발전도 큰 역할을 해서 스마트폰으로 웬만한 촬영뿐만 아니라 무료 앱을 이용한 편집도 쉽다. 컴퓨터로 하는 프리미어와 파이널컷 같은 편집 프로그램도 굉장히 좋아졌고 배우기도 매우 쉬워졌다. 유튜브에 관련 주제를 검색하면 튜토리얼 영상이 수백 개 나온다. 인공지능도 영상 제작에 큰 영향을 주고 있다. 자막을 다 입력해주고 원하는 이미지도 뚝딱 만들어준다.

이 모든 것이 조합되어 10년 전과 비교하면 말도 안 되는 생산성을 보여주고 있다. 기존에 영상 한 편 만들 시간에 지금은 네다섯 개의 영상을 만들 수 있고 다섯 명이 하던 일을 한 명이 하고 있다. 이 흐름을 보면 10년, 아니 불과 몇 년 뒤에는 지금보다 1인이 만드는 영상의 완성도도 좋아지고 그 수도 매우 많아지며 장르가 모두 다른 여러 채널을 동시에 운영하는 것도 당연해질 것이다. 또한 제작을 넘어 영상을 활용한 사업 등 다른 영역으로의 확장도 자연스러워질 것 같다.

이 일을 잘하려면
어떤 능력과 노력이 필요한가

유튜브 크리에이터로 일을 잘하려면 전달하고자 하는 내용을 잘 요약하고 쉽게 정리해서 영상으로 편집하는 능력이 필요하다. 그리고 이렇게 요약해서 쉽게 정리하는 능력을 키우기에 가장 좋은 것은 글쓰기다. 영상 만드는 데 왜 글쓰기를 이야기하나 싶을 수 있다. 하지만 글쓰기는 유튜브를 하는 데 정말 큰 도움이 된다. 누군가 유튜브에서 가장 중요한 게 뭐냐고 물어보면 나는 대본이라고 말한다. 글로 잘 정리된 대본이 있으면 좋은 영상을 만들 확률이 높다.

다음으로 필요한 것은 영상 편집 능력이다. 요즘은 기술도 발전하고 유튜브 앱에서도 자체적으로 촬영과 편집 기능을 제공할 정도로 편집이 쉬워졌다. 하지만 영상 편집은 어려운 것이란 인식이 여전히 강하다. 바꿔 말하면, 영상 편집 능력을 갖추고 있다면 경쟁력이 생긴다는 것이라 볼 수 있다.

영상 편집 능력을 키우기 위한 첫 단계는 나와 맞는 툴을 찾는 것이다. 나 역시 유튜브를 시작할 때 전문가용 프로그램으로 시작했다가 영상 편집이 어렵다며 포기했던 적이 있다. 그리고 몇 년 후 올린 첫 영상은 비타(VITA)라는 아이폰의 앱으로 만든 것이었다. 스마트폰에서 터치 몇 번으로 간단하게 영상을 자르고 자막을 넣을 수 있는 게 신기하고 편했다.

툴을 찾았다면 다음 단계는 벤치마킹이다. 예전에 〈무한도전〉이 자막을 쓰면서 거의 모든 방송 프로그램에 자막이 들어간 것처럼, 콘텐츠는 잘되는 형식이 있고 이를 흡수하면서 성장한다. 예를 들어 평소에 게임 영상을 자주 본다면 그 영상에서 좋아 보이는 부분을 따라 해보는 것이다. 자막 효과라든가 배경음악의 사용 등을 비슷하게 해본다. 처음에는 당연히 막막하다. 하지만 검색해서 하나씩 찾아보며 하다 보면 재미도 있고 실력이 느는 게 느껴진다. 더 좋은 것에 대해 고민하며 좋은 영상의 장점을 흡수하다 보면 나만의 스타일도 생기고 실력도 좋아질 것이다.

유튜브로
돈 버는 방법들

유튜브로 돈을 버는 방법들은 다양하다. 대표적으로 혼자 기획부터 출연, 촬영 편집, 업로드까지 다 하는 1인 크리에이터가 있다. 기획, 편집, 촬영, 오디오 등 영상을 만드는 각각의 과정을 전문적으로 하는 사람들도 있다.

큰 회사들도 생겨났다. 여러 다양한 크리에이터들을 지원, 관리하며 수익을 공유하는 MCN도 있고 기획, 촬영, 편집의 기술을 가지고 유명인을 섭외해 유튜브 채널을 운영하는 회사도 많이 생겼다. 최근에는 1인 크리에이터와 회사의 구조를 적절하게 섞는 경우도 있다. 얼굴을 공개하지 않고 가상의 캐릭터나 출연자를 세워서 여러 개의 채널을 운영하는 방식 등이 그렇다.

어떤 방식을 선택할지는 성향에 따라 다를 것이다. 다만 회사에 다녀본 적이 없다면 한 번쯤은 회사에 소속되어 일을 하는 것을 추천한다. 협업하는 방식을 익히면 어떤 일을 하든 큰 도움이 될 것이다. 협업 경험은 특히 1인 크리에이터에게도 큰 도움이 된다. 채널이 커지다 보면 여러 회사나 사람들과 협업을 할 수 있고 프리랜서나 직원을 고용해야 하는 일도 생기기 때문이다.

어린 예술가들의 가능성을

발견하고 실현시키는 일

미술대학 입시 컨설턴트

구경희

○

자괴감 가득한
나날들

새벽 다섯 시, 고요함을 뚫고 휴대전화가 울렸다. 홍익대학교를 지원하는 학생의 학부모였다. 홍익대 미술활동 보고서 마감날이었다. 미술활동 보고서는 학생의 예술적 역량을 평가하는 중요한 서류이다. 학부모는, 자신의 아이가 마지막 문항을 완성하지 못해서 울고만 있다고 속사포같이 하소연을 쏟아냈다. 나에게 대신 써달라고 부탁했다. 아무리 컨설팅을 해준다고 해도 서류를 대신 써줄 수 없다고, 그것은 일종의 입시 부정이며 발각되면 무조건 불합격 처리된다고 단호하게 이야기했다. 지난여름부터 준비를 시켰지만 도통 열의가 없어 애를 태웠던 학생이었는데 막상 눈앞에 닥치니 얼마나 급했는지 꼭두새벽에 이런 해프닝을 벌이는 것이다. 날벼락에 잠에서 깨어나 정신을 차린 나는 불편한 마음을 감추고 학생이 작성하지 못한 마지막 문항의 방향성을 하나하나 풀어주었다. 이 새벽에 내가 뭘 하고 있나 하는 생각에 서글퍼졌다.

　나는 국어, 영어, 수학을 가르치는 입시학원 원장이다. 동시에 미술대학 입시 컨설턴트이다. 학원 재원생 중 예술중

학교와 예술고등학교 학생들이 많다 보니 자연스럽게 미술 대학 진학에 관심이 생겼다. 미술대학 입시는 수능에 더해 학교생활기록부와 미술활동 보고서 같은 서류, 실기, 면접 등의 과정을 거친다. 나는 실기를 제외한 모든 영역을 가이드한다. 입시 전형이 일반 학과와는 완전히 다른 미대 입시는 그 어떤 입시보다 '전략가'가 필요하다. 수능 성적 외에도 변수가 많기 때문에 각 학생에 맞는 전형을 찾기 위해 백과사전 같은 입시 자료들을 읽고 또 읽는다. 전문적으로 전형들을 이해하고 학생에 맞는 학교에 지원하도록 전략을 짠다. 이렇게 열심히 전형을 연구해도 매년 크고 작은 변경사항이 있기에 절대로 긴장을 놓을 수가 없다.

이렇게 갖은 노력을 다 기울여 입시 결과가 좋아도 마냥 기쁘지는 않다. 예술중고등학교까지 다니면서 미대 입시를 준비한 학생들 모두가 예술을 좋아하거나 관심이 있어서 시작한 것은 아니기 때문이다. 요즘도 일반 대학에 비해 미대를 가기 쉬운 곳으로 생각하는 학생과 학부모들이 꽤 있다. "미대는 확실히 들어가기 쉽죠? 그렇죠?"라며 마치 시장에서 물건을 사듯이 학원에 등록하고 노골적으로 서울대를 보내라고 하는 경우도 있다. 삶은 공평하지 않다. 예술에 대한 열정 대신 돈과 시간을 많이 들여 각종 사교육으로 무장된 학생이 대학에 합격하는 경우가 있다. 사실 많다. 그런 날은 조금 복잡한 심정이 된다.

스스로를
어려운 쪽으로 몰고 가는 나

미대 입시 컨설턴트로서 나는 어쩌면 스스로를 어려운 길로 몰고 가는 건 아닐까 생각할 때가 많다. 내신 성적이 낮아서, 또는 실기 성적이 좋지 않아서 원하는 학교에 갈 수 없다고 절망하는 학생을 만나면 나는 항상 되는 방향으로 설득한다. 설득은 나의 고질병이다. 홍익대학교를 포기하겠다고 하는 학생에게 비중이 가장 큰 미술활동 보고서를 잘 쓰면 충분히 가능하다고 설득하는 경우가 한두 번이 아니다. 되는 방향을 제시하는 순간 책임을 져야 하고 보이지 않는 노동은 몇 배로 더 많이 들어간다. 그 학생들이 서울대나 홍익대에 합격하든 불합격하든 냉정하게 말해서 나에게 영향을 주는 것은 크게 없다. 학원 영업은 입시를 앞둔 학생들이 등록을 서두르도록 부추기는 '불안 마케팅'이 기본인데 나는 불안을 조성하기보다 불안한 학생과 학부모에게 안정감을 주는 데 더욱 집중한다. 마음을 다한다고 해서 모두에게 인정받을 수는 없는 일이지만 나는 여전히 되는 방향으로 설득 중이다.

　　미대 입시를 지도하기 위해서는 반드시 작품을 보는 안목과 이론을 갖추어야 한다. 학생들이 보고서를 쓰거나 면접을 볼 때 자주 언급되는 작가와 작품들이 있는데 가능하면 나는 그 작품들을 직접 보러 다니고 작가를 연구한다. 양혜규, 게르하르트 리히터, 사이 트웜블리 등의 작품을 실제로 봤을 때의 감동을 학생들에게 생생하게 전달해주려고 노력한다.

어떤 작품들은 기대 이상으로 아름다워서 미술책에서 본 느낌과는 비교가 되지 않았다. 베니스에 있는 페기 구겐하임 미술관을 갔을 때였다. 개인의 컬렉션이라는 사실을 믿을 수 없을 만큼 엄청난 작품들의 향연에 멀미가 나고 말았다. 흥분을 가라앉히느라 정원에 나와 눈을 감고 한참 앉아 있었는데도 쉽게 안정되지 않았던 기억이 난다.

시간도 돈도 심지어 체력마저도 넉넉하지 않은 상태에서 해외 전시를 다니느라 알게 모르게 항상 무리를 할 수밖에 없었는데 돌아보면 나는 개인의 삶과 일의 경계 자체가 없었던 것 같다. 당장 대학 진학이 급해서 선택했더라도, 어쨌든 예술을 공부하기로 결심한 학생들에게 조금이라도 도움이 되었으면 하는 마음에 일이 곧 나 자신이라고 생각하며 살았다.

교육자와
서비스업자 사이에서

입시 코디네이터를 주인공으로 한 TV 드라마가 인기였다. 그녀는 명문 대학을 보내주는 대가로 엄청난 권력을 누렸다. 학부모를 쥐락펴락하며 원하는 것을 얻었다. 학생들도 무조건 순종했다. 나는, 그 뒷면을 안다. 그녀 앞에서 간이라도 빼줄 것 같았던 사람들 대부분은 그녀를 욕망의 사다리로 여긴다. 언제든 차버릴 준비가 되어 있다.

드라마를 보며 내내 쓸쓸했다. 앞에서는 선생님이라고

치켜세우지만 나를 '선생님'으로 여기는 이가 몇 명이나 될까 싶다. 꼭두새벽부터 전화를 해서 입시 서류를 써달라고 닦달하는 모습을 보면 알 수 있다. 가끔 학원의 동료 선생님들이, 학생들의 태도나 학부모의 무례함 때문에 지친다고 하소연한다. 이럴 때 나는 함께 감상에 빠지는 대신, 우리는 교육자가 아니라 서비스업자라고 조언한다. 마음속으로는 눈물 한 방울 삼키지만 그것이 현실이다. 교육자에 포커스가 맞춰지면 사사건건 서운한 일이 한두 가지가 아니다. 학생들이 바라는 목표를 이룰 때까지 함께 뛰어주는 서비스업자로 생각하는 것이 오히려 속이 편하다.

내가 운영하는 학원에서는 1년에 두 번 미대 입시 설명회를 열어 입시 일정이나 바뀐 전형 등 정보를 전달한다. 하지만 진짜 목적은 따로 있다. 실기 준비하느라 시간이 부족한 학생들에게 이 학원에서 학과를 공부하라고 설득하는 것이다. 입시 설명회를 하는 날은 하루 종일 밥을 먹지 못할 정도로 긴장한다. 설명회는 항상 성황이지만, 이 열기를 우리 학원 등록으로 연결시켜야 한다는 강박 때문이다. 이 시점에서 '학원장'이나 '미대 입시 컨설턴트' 같은 나의 우아한 타이틀은 산산조각이 나고 그저 소심한 영업사원이 될 뿐이다. 서울대 미대를 갈 수 있는 방법을 멋들어지게 설명하면서도 머리 한쪽으로는 여덟 명의 동료들의 생계에 대한 걱정을 그치지 못한다.

설명회를 하는 날뿐만 아니라 매일이 긴장의 연속이다. 미대 입시 컨설턴트 이전에 학원 원장으로서 온갖 소음 속에서 균형을 잡아야 하기 때문이다. 책임감이 늘 시키면 곰처럼 내 어깨에 매달려 있다. 온갖 시시콜콜한 일도 내 몫이다. 여름에는 에어컨이 날마다 문제이고 겨울에는 난방기가 말썽이다. 폭우가 쏟아질 때면 비가 새는 곳이 있고 화장실 변기가 막혀도 내 책임 같으니 무려 학생이나 입시에 관한 일은 아무리 사소한 것이라도 나의 심장을 들었다 놓았다 한다. 그럴 때마다 정신을 가다듬고 마음은 교육자지만 행동은 유능한 서비스업자처럼 하자고 백 번이고 천 번이고 되뇐다.

어느 날이다. "선생님…… 저 좀 데리러 와주세요." 평소 조용하기 이를 데 없는 진영(가명)에게 전화가 왔다. 한겨울 일요일 밤 아홉 시경이었다. 엄마와의 갈등으로 집을 나왔는데 지금 어디인지 알 수 없다고 말했다. 주변에 보이는 큰 건물들을 물어물어 데리고 온 후 아이의 아버지에게 연락을 해서 집으로 돌려보냈다. 그 어머니는 학원에 수시로 전화를 했는데 본인의 생각만 끝도 없이 얘기하고 상대의 말을 전혀 듣지 않았다. 고3이 된 진영은 점점 더 말라가서 힘없는 병아리를 연상하게 했다. 조용하지만 똑똑하고 아주 예리한 면이 있던 아이였는데 점점 안개에 휩싸인 것처럼 표정이 흐려졌다. 진영의 실기 작품들에도 자신감이라고는 보이지 않았다. 가끔 어머니의 폭언에 대해 작은 목소리로 얘기하곤 했다.

걱정이 되기는 했지만 부모니까 걱정이 많아서 그러는 거라고 달랬다. 복잡한 일에 연루되기 싫어서 모른척하고 싶었는지도 모르겠다. 학교 선생님도 아닌데 학생의 가정생활에 끼어들어 사나운 일을 겪고 싶지도 않았다. 슬그머니 눈을 감고 싶었다. 사교육자는 권위가 없는 욕망의 도구일 뿐이라고 이런 입장에서 섣부른 간섭은 금물이라고 생각했다. 시간이 지난 지금 생각해보면 그 아이에게 대학이 문제가 아니었던 것 같다. 진심으로 자기편이 되는 누군가를 기대했을 텐데, 그 사람이 나일 수도 있었을 텐데 너무나 미안하다. 하얗고 파리했던 진영을 잊을 수가 없다. 이렇게 여전히 교육자와 서비스업자 사이를 오가며 고민하고 마음 쓰는 것 또한 나의 일이다.

구경희

●

사람을 이해해야 하는
직업

내가 입시에 간절한 이유가 있다. 나는 중고등학교 시절에 사교육의 도움을 일체 받지 못했다. 가족들은 내가 멀리 서울에 있는 대학으로 떠날까 봐 걱정했고 공부를 잘하는 것도 달가워하지 않았다. 그저 집 가까이에 있는 대학을 나와 가족들이 있는 근처에서 '적당하게' 살기를 원했다. 어떻게 살아야 하는지에 대한 고민도 깊었지만 사방을 둘러봐도 의논을 할 사람이 없었고 무척 외로웠다. 마치 눈 쌓인 산속에서 길을 잃은 기분이었다. 답답한 마음에 대학이고 뭐고 다 포기할까도 생각했다. 어른이 되면 앞날을 고민하는 학생들의 이야기를 잘 들어주고 이해해주리라고 막연하게 다짐했다. 지금의 내가 의무적 계약 외에 시간과 마음을 들여 학생들을 챙기는 이유는 그때의 다짐 때문이기도 하다.

　학생들의 마음을 알기 위해 개인 면담을 한다. 신기한 점은 단체로 수업을 받을 때와 개인 면담을 할 때의 분위기가 사뭇 다르다는 것이다. 아무 생각 없이 학원만 왔다 갔다 하나 보다 생각했던 학생들도 개인적으로 이야기해보면 각자

비밀스러운 면모들이 있다. 순하디순해 보였는데 웅장한 목표를 안고 사는 학생도 있었고 센 척했던 학생이 의외로 마음이 여린 경우도 있었다. 때로는 아픈 상처가 있는 학생들도 있었다. 이런 개인 면담을 하고 나면 전에 없던 새로운 마음이 학생들과 나 사이에 자리를 잡는다. 친구가 된 듯 친밀하고 다정한 감정의 싹이 올라온다. 나는 물을 주고 햇볕과 바람을 쐬어주며 그 마음을 키워간다. 학생들도 그러는 눈치였다.

어느 날부터 나는 '잘 들어주는 사람'으로 소문이 났다. 귀를 기울이고 그 사람의 입장이 되어 상대의 이야기를 듣다 보면 사람의 마음이 연결되는 지점이 있다. 이 일을 오랫동안 하면서 얻은 가장 큰 자산은 돈보다도 바로 이렇게 사람을 이해하는 마음이다. 한번은 한 학부모가 가방에서 무엇인가를 주섬주섬 꺼내길래, "저희 학원은 선물을 일절 받지 않습니다"라고 했더니 이것만은 꼭 받아야 한다며 상자를 내밀었다. 당시 내가 딸의 마음을 잘 헤아려주었다며 보답으로 감사패를 만들었다고 했다. 자신의 가정을 구했다는 말도 웃으면서 덧붙였다. 지금도 그 감사패는 금빛 찬란하게 학원을 장식하고 있다.

스스로를 발견하는
학생들

5년 전, 윤아(가명)가 어머니와 상담을 왔다. 상담이 진행되는 동안 윤아는 한마디도 하지 않았다. 긴 머리를 늘어뜨리고 시선은 허공과 바닥 중간을 떠돌고 있었다. 어머니는 윤아가 방 안에만 머무르고 밖으로 나오지를 않는다며, 오늘 학원에도 겨우 데리고 왔다고 어두운 얼굴로 말했다. 고등학교 입학 후 한 학기 만에 학교도 그만두었다고 했다. 어머니도 윤아도 대학이라든가 미래라든가에는 손톱만큼도 관심이 없었다. 그저 학원으로나마 밖에 나올 기회를 주고 싶다는 어머니의 목소리만 상담실을 울렸다. 나는 조심스럽게 그림에 관심이 있냐고 물었고, 그렇게 윤아는 미술의 길로 들어서게 되었다.

다행히 윤아는 학원에는 잘 나왔다. 오르락내리락하는 윤아의 감정 기복은 여전했지만 나는 아이의 눈에서 무언가 빛나는 것을 발견했다. 입시를 본격적으로 준비해야 할 시기, 나는 윤아에게 서울대 디자인학과에 도전해보자고 제안했다. 윤아 본인은 물론이고 어머니조차도 그게 가능하겠냐며 펄쩍 뛸 정도로 당황했지만, 나는 적극적으로 설득했다. 어느 날, 윤아가 펄이 반짝이는 보라색으로 눈 화장을 하고 왔는데 그 세련된 컬러와 톤에 반해버린 나는 아낌없는 찬사를 퍼부었다. 평소에도 가끔 자신에게 어울리는 메이크업을 하는 것을 보고 감각이 있다고 생각했지만 그날따라 참 예뻤다. 나의 진심 어린 환호가 마음을 움직였을까. 늘 우울이라는 커튼으로 자신을 가리고 있던 윤아가 말문을 열기 시작했다. "선생님, 클래식 음악 좋아하세요?"

처음으로 그녀가 먼저 말을 건네주었다는 사실에 나는 뭉클했다. 마치 짝사랑이 맺어진 기분이었다. 어떤 이유인지 몰라도 세상으로부터 고립되었던 한 사람이 말 한마디를 열쇠 삼아 세상 밖으로 나왔다. 그 순간에 내 손을 잡고 나와 함께했다는 사실이 한참 동안 내 마음을 벅차게 했었다. 윤아는 미술과 클래식 음악을 모티프로 자기소개서를 썼고 면접 연습에도 자신만의 특별함을 강조하는 데 집중했다. 그리고 서울대 디자인과에 합격했다.

역시 기억에 남는 소희(가명)는 동양화를 천재적으로 잘 그렸다. 소희만큼 잘 그리는 학생은 근 몇 년간 본 적 없을 정도였다. 아이러니하게도 그녀는 자신의 능력을 믿지 못했고 자존감이 바닥이었다. 우리 둘은 키키 스미스(Kiki Smith)를 우리 시대 최고의 여성 예술가로 여기며 좋아한다는 공통점이 있었다. 키키 스미스는 여성의 몸을 관능적인 면에만 치우치지 않고 본연의 정체성을 회화나 조각을 통해 독창적으로 표현하는 작가이다. 그런 키키 스미스가 어느 인터뷰에서, "'나는 예술가야'라고 말하면 예술가가 될 수 있으니, 예술가는 지상에서 가장 특권을 누리는 사람들"이라며 좋은 예술가, 나쁜 예술가로 생각하기 전에 스스로 예술을 즐기고 자신을 믿는 것이 중요하다고, 자신도 그저 그러려고 노력할 뿐이라고 말한 적이 있다. 나는 이 말을 인용해서 경쟁에 지친 소희를 격려하려고 노력하며 작품에 대해 감탄을 아끼지 않았다. 소희는 점차 자신의 작품에 자신감을 가지게 되고 학과 공부에서도 성과를 내기 시작했다. 오랫동안 학생들을 가르치면서 얻은 진리는, 자신감이야말로 가장 힘이 센 페이스메이커라는 사실이다. 스스로를 믿고 힘껏 앞으로 달려갈 때 세상은 비로소 우리 편이 된다.

소희 스스로도 믿지 못할 일이 벌어졌다. 소희는 그해 정시에서 단 여섯 명만 선발했던 서울대 동양화과에 합격했다. 아무리 입시를 오래 지도하고 내공이 쌓일 만큼 쌓인 나도 확률적으로 너무나 힘들 것이라고 생각했기 때문에 이 결과에 며칠 동안 잠을 이루지 못할 정도로 기뻤다. 학생들을 가르치려고 하지 않고 학생들이 그저 자신을 알아보도록 돕는 것, 별 같은 존재들이 스스로 빛을 내는 방법을 찾게 하는 것이 내가 하는 일이라고 믿어왔고 이런 기쁨과 보람을 선물로 받고는 한다.

사교육자이지만
교육자입니다

사교육은 공교육의 반대말이 아니다. 다양한 교육 방식 중 한 형태이며 공존하며 서로 보완한다. 말하자면 가정교육도 사교육의 한 형태이다. 사교육이 꼭 필요한 경우도 있다. 학생이 학교 교육의 속도를 따라가지 못할 경우 사교육으로 보조한다. 학교에서 배우기 어려운 학문이나 악기 등을 사교육으로 익힐 수도 있다. 앞의 윤아의 예처럼 어떤 이유에서든 학교 밖 아이들을 가르치는 역할도 한다.

사교육 때문에 학교 교육이 무너진다는 주장은 성급한 판단이다. 흑과 백의 논리로 설명할 수 없다. 개인의 수용 정도나 이해 속도를 섬세하게 고려한 교육 방법이라는 점이 사교육의 장점이라고 생각한다. 따라서 대규모 강의 방식은 내가 생각하는 사교육과는 거리가 있다. 한 명의 학생이라도 소외되지 않는 교육이 내가 바라는 사교육의 원칙이다.

물론 아무리 스스로를 교육자라고 생각해도 포기하고 싶은 학생들이 있다. 결석을 밥 먹듯이 하고, 눈앞에서는 대충 네네 대답하고는 약속을 번번이 어기는 학생들을 보면 실망스럽고 의욕도 생기지 않는다. 입시를 준비하는 내내 골머리를 앓게 했던 진호(가명)가 그랬다. 그런 진호의 태도가 바뀐 것은 면접 연습을 하면서부터였다. 평소에 하지 못했던 진지한 이야기들을 정기적으로 나누면서 진호는 자신이 왜 그림을 시작했는지부터 근원적으로 생각하기 시작했다.

면접 연습을 마치던 날, 진호는 떨리는 목소리로 말했다. "선생님한테 정말 많이 배웠어요. 저한테 잘될 거라고 얘기해주는 사람은 아무도 없었어요. 그래서 아무렇게나 살았어요. 1학년 때부터 나 같은 건 갈 대학이 없다는 말만 들어서 정말 그런 줄 알았어요. 끝까지 잡아주셔서 고맙습니다." 열아홉 살 진호의 갑작스러운 이야기에 나는 아마 눈물이 났던 것 같다. 사업이라고만 생각했다면 절대로 오지 못했을 길이다. 힘차게 푸른 바다를 헤엄치는 고래들처럼 세상을 향해 나가는 학생들을 보며 비록 사교육자이지만 나도 교육자라는 단단한 소명의식을 가진다.

나를 계속 지지해주는 힘이 있다. 자부심이다. 어린 예술가들이 그들의 인생에서 가장 중요한 시기를 나와 함께 성장하고 있다. 교육은 길들이는 과정이 아니다. 매가 가지고 있는 야생성 따위는 무시하고 양순한 참새가 되길 기대하는 것은 교육이 아니다. 특히 예술가로 성장하겠다는 학생들을 길들인다는 생각은 정말 위험한 생각이다. 학생들이 하늘을 향해 쭉쭉 뻗은 나무처럼 거침이 없기를 바란다. 아직은 현실과 타협하지 말고 대범하기를 바란다.

영화 〈빌리 엘리어트〉의 윌킨슨 선생님을 생각한다. 윌킨스 선생님은 탄광촌 소년 빌리가 영국 최고의 로열 발레 스쿨에 갈 수 있도록 온 정성을 다해 가르친다. 그러나 최고의 학교에 합격한 빌리에게 그 어떤 생색도 내지 않는다. 오히려 빌리의 찬란한 앞날에 그림자가 될까 봐 담백하게 떠나간다. 지금도 어디로 가야 할지 몰라 불안한 학생들이 많다. 어린 시절의 나는 막막한 앞날을 홀로 불안해했지만 나의 학생들에게는 내가 함께한다. 목표를 이룬 제자들을 떠나보내는 내 모습 한편에 윌킨슨 선생님의 그림자가 보인다.

미술대학 입시 컨설턴트가 되기 위해서는
어떤 자격과 과정이 필요한가

미술대학 입시 컨설턴트가 되기 위한 자격증이 따로 있는 것은 아니다. 입시 컨설팅은 학생에게 맞는 대학과 학과를 찾아 합격시키기 위한 기획을 하고 실제로 지도하는 일이다. 따라서 일반 입시 업무와 미술 영역 쪽에 관심이나 능력이 있다면 도전할 수 있다. 나의 경우는 학원을 운영하면서 강의뿐만 아니라 일반 학생들 입시 지도를 오랫동안 해왔고 미술에 대한 관심과 공부가 쌓여 미대 입시 컨설턴트의 일을 하게 되었다.

정해진 자격증이 없다고 해서 아무나 할 수 있는 일은 아니다. 필요한 자격증이 없으므로 제대로 된 컨설팅을 하려면 오히려 더 까다로운 요건들이 많다. 미대 입시 컨설턴트가 되고 싶다면 먼저 입시 요강을 분석하는 방법을 알아야 한다. 각 대학에서 요구하는 바가 무엇인지 정확히 분석하는 능력이 필요하다. 다음으로는 실기 포트폴리오나 대학에서 요구하는 서류 준비 또는 면접을 훈련시킬 수 있는 능력을 키워야 한다. 입시 요강 분석은 짧은 기간 내에 가능하지만 서류나 면접을 가르치는 일은 컨설턴트 본인의 관심 없이는 쉽지 않

구경희

293

은 일이라서 예술적 취향이 깊은 사람이라야만 이 일을 잘할 수 있다.

각종 전시를 챙겨 보는 것은 기본이며 관련 텍스트를 읽고 지식 기반을 다지는 것도 매우 중요한 일이다. 글쓰기의 영역도 입시 지도에 큰 영향을 미친다. 단순하게 서류를 쓰기 위한 글쓰기뿐만 아니라 면접을 준비할 때도 글로 써서 말로 옮기는 연습을 하는 것이 효과적이기 때문이다. 이런 과정들은 개인적으로 익혀야 하는 부분이므로 이런 훈련을 꾸준히 하느냐 여부에 따라 컨설턴트의 역량은 크게 차이 난다. 개인 프리랜서로 컨설팅 업무를 시작할 수 있지만 처음에는 입시 학원이나 미술학원 등 조직에서 시작할 것을 권한다. 학원 등에서 오랜 기간 쌓아온 결과들이 허투루 만들어진 것이 아니므로 노하우를 배우는 시간을 가지는 것은 분명 안정적인 커리어를 쌓는 데에도 큰 도움이 될 것이다.

어떤 사람에게
이 직업을 권하는가

미술을 기꺼이 연구할 만큼 좋아하고 회사 생활에 비해 자유로운 시간을 누리고 싶은 사람에게 권하고 싶다. 일의 특성상 아침부터 밤까지 일정한 업무가 정해진 것이 아니므로 본인 스스로 역량을 키워나갈 수 있는 독립적 성향의 사람이면 더욱 알맞은 직업이다. 또한 학생을 사랑하는 마음을 가지는 것이 기본이다. 한 사람의 미래에 큰 영향을 미치는 일이므로 반드시 사랑과 책임감이 동반되어야 한다. 나는 이 원칙이 시대에 뒤떨어지는 고루한 생각이 아니라고 믿는다. 삶에는 시대를 초월한 정신이 존재한다.

가르치는 사람이라면 자기가 하고 있는 말이 10대 학생들의 삶에 어떤 영향을 미칠지를 생각하는 분별력을 갖추면 좋겠다. 자신이 내뱉는 말 한마디가 학생들의 삶의 태도에 영향을 줄 수 있다는 사실을 기억하길 바란다. 매년 입시를 겪는 것이 쉬운 일은 아니다. 학생들이 가지는 긴장과 스트레스를 함께 나누어야 한다. 이런 부담감에도 불구하고 합격하는 학생들을 통해 맛보는 성취감을 즐길 수 있는 사람이면 이 일의 적임자라고 할 수 있겠다. 실제로 나의 경우도 중독적인 성취감 덕분에 오랫동안 일을 할 수 있었다.

10년 후에도 이 일을 하고 있을까
앞으로 이 일에 어떤 변화가 있을까

나는 10년 후에도 사교육 시장에서 일할 것 같다. 동시에 이 일로부터 확장된 다른 일도 병행하고 있을 것 같다. 한국이 출생률 세계 최저이고 초등학교 입학생 수가 현저히 줄었다고는 하지만 배움의 갈망은 사라지지 않을 거라고 본다. 학생 수가 아무리 줄어도 대학의 서열이 존재하는 한 치열한 입시 경쟁은 여전할 것이다. 소위 'SKY'라 불리는 명문 대학을 원하는 욕망이 사라지지는 않을 것이므로 상위권의 입시 경쟁은 여전할 것이다.

앞으로 대형 프랜차이즈 학원 중에서 반은 사라질 것이고 살아남은 학원 프랜차이즈는 더욱 대형화되리라 예측된다. 일종의 승자독식의 법칙이다. 나머지 소규모 학원들은 다양한 프로그램, 일방적이지 않은 다양한 교육 방식으로 운영될 것이다. 또한 많은 경우 입시 위주보다는 예체능이나 독서, 글쓰기 교육 위주로 운영되리라 예측한다.

요즘은 어디를 가나 인공지능 이야기가 빠지지 않는다. 교육 분야도 마찬가지이다. 앞으로의 세상은 더 이상 국어, 영어, 수학 교육이 중심이 아닐 것이다. 단순한 계산이나 지식 습득은 인공지능의 도움을 받고 인간은 창의력과 감성을 이용한 업무를 맡으리라 생각한다. 다가오는 시대에는 상위권을 제외하고는 입시 경쟁이 지금처럼 치열하지는 않을 것이므로 감성 교육 수요가 크게 늘 것이라 전망한다.

그러므로 전공할 학생이 아니어도 미술이나 음악 같은 예술을 바탕으로 한 감성 개발 교육을 필수로 받게 될 것이다. 나는 영어, 수학을 가르치는 학원을 운영하면서 미술대학 입시 컨설턴트로 활동하는 특별한 경력을 가지고 있다. 이러한 경험을 살려서 입시 위주가 아닌 미술학원을 함께 운영해 볼 계획이다. 구체적으로 아동, 취미로 그림을 그리려는 사람들, 시니어들이 자신을 표현할 공간을 만들 계획이다.

이 일을 잘하려면
어떤 능력과 노력이 필요한가

학원을 경영하기 위해서는 주체적인 태도를 강조하고 싶다. 학원에서 벌어지는 모든 일을 주도적으로 실행하고 문제를 해결해야 한다. 나는 학원에 들어서는 순간 공기의 흐름을 느낄 정도로 전반적인 상황이 한눈에 들어온다. 집기들이 제자리에 있는지, 생수통의 물받이가 깨끗하게 닦여 있는지, 쓰레기통이 찼는지는 물론 학생들 한 명 한 명의 대략적 상태까지 파악이 된다. 선생님들이나 직원들이 보지 못하는 것들을 금세 알아차린다. 그만큼 주체적인 태도로 '무대'에 '입장'하기 때문이다.

학생들을 대하는 것뿐 아니라 학부모와의 관계도 매우 중요하다. 학원 일을 시작하고 10년이 지났을 때까지도 학부모 상담은 큰 부담이었다. 대화 중에 상대방이 나를 판단하고 '내 상품'을 살지 말지 결정한다고 생각하니까 심하게 긴장이 되었고 제대로 된 대화가 어려웠다. 지금은 경력이 쌓이고 입장을 바꿔 생각하는 습관을 들이다 보니 학부모의 탐색이 당연한 것으로 생각됐고 학부모들과 솔직한 대화가 가능해졌다. 어떤 일을 하든지 타인의 입장을 이해하고 진솔하게 대하는 태도는 참 중요하다.

구경희

학원 운영은
어떻게 시작하는가

교습소나 보습학원을 개원하려면 2년제 대학 졸업 또는 4년제 대학 2년 과정 이상을 수료해야 한다. 전공은 상관이 없고 교사 자격증이 없어도 개원이 가능하다. 또한 보습학원과 어학원의 경우 설립자가 강의를 하지 않는 조건이라면 학력 제한도 없다. 학생들을 가르치는 업종인 만큼 원장을 비롯한 학원 내 모든 직원은 성범죄 경력 조회 및 아동 학대 관련 범죄 조회에서 결격 사유가 없어야 한다. 각 과목 강사들은 지역 교육청에 반드시 강사 등록을 해야 한다.

학원 공간은 허가 규정이 까다롭다. 노래방 등 유흥업소가 있는 건물은 허가가 나지 않고 면적 요건도 정해져 있으므로 꼼꼼하게 따져봐야 한다. 이 사실을 모르고 덜컥 공간 임대부터 하고 교육청에 갔다가 허가를 못 받아 낭패를 보는 사람들이 생각보다 많다. 서울—2024년 서울 강남서초교육지원청 기준—의 경우, 보습학원 설립 시 전체 면적이 70제곱미터 이상(대략 실평수 30평 이상)으로 정해져 있다. 이는 화장실, 데스크, 복도 등을 제외한 면적이다. 나의 경우, 현재 학원을 개원할 때 가로세로 20센티미터 정도의 작은 면적이 부족해서 결국 벽을 허물고 다른 교실과 합치는 재공사 끝에 겨우 허가를 받았다. 공간이 준비되었다면 지역 세무서에 가서 사업자등록증을 받으면 개원 준비가 완료된다.

제품과 서비스를 연결하는

시장을 만드는 일

전 시 기 획 자

김 영 란

○

허망함에
익숙해지는 것

20년 넘게 전시컨벤션센터에서 일했지만 '전시 기획자'라고 하면 미술관 전시를 기획하는 '큐레이터'로 이해하는 게 일반적이고 전시 기획을 한다고 하면 "재미있는 일 하시네요"라는 막연한 호기심을 보이곤 한다.

내가 기획하는 전시는 쉽게 말해 '산업 전시'다. 제품이나 서비스를 팔려고 하는 기업 즉 셀러(seller)와 구매 의사가 있는 바이어(buyer)를 만나도록 기획하고 시장을 만드는 일이다. 잘 보여주는 것뿐만 아니라 실제 비즈니스가 이루어지도록 하는 것이 중요하다. 쉽게 집들이를 한다고 가정해보자.

언제 할 것인지, 누구를 초대할 것인지, 무슨 음식을 대접할 것인지, 찾아오는 방법 안내와 주차장 위치까지 집들이라는 행사와 손님맞이를 위해 예상할 수 있는 모든 것을 계획해야 한다. 특히 나와 내 집의 최상의 모습을 보여주기 위해 설렘 반 걱정 반으로 준비하기 마련이다. 하물며 가까운 지인을 초대하는 일도 기획하고 신경 쓰자면 해야 할 것이 한둘이 아니다. 전시 기획도 특정 기간에 특정한 주제, 내가 기획한

다양한 비즈니스 프로그램으로 참가사들을 유치하여 행사장으로 손님을 초대하는 일과 유사하다. 그리고 어떤 반응일지 극도로 긴장하는 일이기도 하다.

처음 담당했던 전시회를 마치던 날을 아직 잊을 수 없다. 이틀 동안 밤을 새워 부스를 짓고 전시회가 시작되었을 때 느꼈던 보람도 잠시, 4일간의 행사 마지막 날 밤에는 힘들게 설치한 전시 부스를 철거하기 위해 부수던 현장에서 하염없이 눈물을 흘렸다. 전시회를 위해 꼬박 1년을 노력했는데 그 유효기간이 고작 4일이라니. 언제 사람들이 몰렸던 건가 싶게 전시장은 텅 비었고 그동안의 노력도 다시 원점으로 돌아와 있었다. 산업 전시 기획자는 이런 허망함에 끝없이 익숙해지는 직업이라는 걸 곧 알게 되었다. 다시 또 다른 전시 준비와 오픈이 반복된다.

매번 '전시(戰時)' 상황이다. 전시 기획자에게 전시회장은 볼거리가 풍성하고 설레는 공간이기보다는 언제 어떤 일이 발생할지 알 수 없는, 말 그대로 긴장 가득한 일촉즉발의 공간이다. 내 기획을 누군가에게 보여주는 일이기에 관람객이 얼마나 올지, 어떤 반응을 보일지 항상 긴장되기 마련이다. 따가운 눈총이 될지 따스한 눈빛이 될지 모를 일이다.

그럼에도 불구하고 행사 기간은 정해져 있고, 약속된 전시기간은 결국 끝이 난다. 그렇게 치열하고 첨예하게 협상하고 집요하게 요구하던 사람들도 그 시간이 끝나면 마음이 누그러진다. 불안으로 잠 못 들던 밤도 3~4일만 견디면 따뜻한 햇살에 쌓인 눈이 녹듯이 그렇게 사그라지기 때문에, 허망함과 함께 후련한 기분을 만끽하는 아이러니가 있다. 그래서 다시 새롭게 시작할 힘을 얻는다.

백지의
도전

전시 기획자는 새로운 전시를 개발하기도 하고 정부나 단체가 개최할 전시의 기획 대행을 위한 입찰에 제안서를 내거나 기존 전시를 발전시키기도 한다. 이런 과정을 거쳐 새로운 전시 기획을 맡게 되면 나만이 할 수 있는 것, 이전과 달라져야 하는 것에 집중한다. 한 번도 관심 있게 보지 않았고 용어마저도 생소한 산업 분야의 전시를 맡는 경우도 많다. 그럼에도 제한된 시간 내에 비즈니스 성과를 기대할 만한 설득력 있는 기획을 해내야 한다. 말 그대로 백지 상태로 도전하는 셈이다.

전시회를 통해 거래를 촉진시키고자 하는 목표와 산업이 있다 하더라도, 셀러나 기업들이 무조건 전시회에 참가하는 것도 아니고 참관객이 보장되는 것도 아니다. 부스 참가의 성과가 보장되지 않는 일에 셀러는 돈을 절대 쓰지 않는다. 그들이 비즈니스가 될 것 같다고 생각할 만한 프로그램과 더 많은 구매력 있는 바이어를 담보할 매력적인 무엇인가를 제시해야 하는 것이 전시 기획자가 할 일이다.

육아휴직을 마치고 새로운 팀으로 복직했을 때, 공동 주최자와 행사 개최를 위한 협약 체결까지만 되어 있는 신규 전시회를 맡게 되었다. 개최일까지 6개월여를 남겨두고 '카페인 취약자'인 나에게 '커피 전시회'가 배속된 것이다. 복직하던 날은 무엇이든 맡겨주면 다 해낼 것 같은 기개로 출근했지만 적잖이 당황한 것도 사실이다.

우선 산업에 대해 준전문가 이상의 지식을 단기간에 습득해야 했다. 그래야 지금 필요로 하는 것들을 얻을 수 있는 프로그램을 기획하고 경쟁 전시회와의 차별화를 보여 기업들에게 참가를 설득할 수 있기 때문이다. 그래서 커피의 어원과 산업의 역사를 공부하는 것은 물론, 논문들을 검색해서 이슈들을 파악했다. 주요 생산지, 커피의 다양한 메뉴, 커피 옥션, 세계 주요 전시회 들도 정리해서 일련의 시장 흐름을 살폈다. 나는 커피 맛을 구별하기 위해 매일 다른 메뉴를 한 가지씩 주문해서 마셔보고 점심시간마다 매번 다른 브랜드의 커피 전문점을 돌아다녔다. 커피의 이뇨 작용 때문에 내내 화장실을 들락거릴 수밖에 없었다.

전시회라는 '시장'을 성공적으로 만들기 위해서는 행사 취지에 걸맞은 리딩 기업, 최신 트렌드를 선도하는 기업, 그 산업을 아우를 분야별 기업들이 골고루 참가하도록 전시 부스를 세일즈하는 것이 첫 번째 과제이다. 휴대전화나 옷처럼 당장 고객에게 상품을 보여주고 강점을 설명하며 판매하는 것이 아니라 전시 아이템과 프로그램, 콘셉트를 파는 것이다.

눈에 보이지 않는 기획으로 돈을 지불할 가치를 만들고 설득하는 일, 미래의 시장을 팔 만한 상품으로 만들어내는 이 일을 보험 상품 판매로 비유하기도 한다. 하지만 보험은 보장된 일이 일어나면 돈으로 보상해주기 때문에 또 다르다. 전시 기획은, 원하는 성과가 나지 않는다고 셀러로 참가할 때 지불한 돈을 돌려주는 것도 아니고 참가사가 성과를 많이 내어도 정해진 참가비 외에 기획자가 돈을 더 받는 것도 아니다. 무엇이든 될 수 있지만 아직은 아무것도 아닌 시간이 기획자에게는 기회이자 냉혹한 도전인 셈이다.

틈새
전략

내가 새로 맡게 된 커피 전시회는 시작부터 쉽지 않았다. 이미 10년 이상 규모나 인지도 면에서 업계를 대표하는 전시회가 자리를 굳건히 하고 있었다. 그러니 신규 전시회를 선택해 달라고 기업들의 마음을 움직이는 일은 만만치 않았다. "저희는 전시회는 ○○쇼만 나가요." 내가 준비한 설명을 다 하기도 전에 전화기 너머에서 단호한 거절이 들려오고 순간 정적이 흐른다. 앞이 캄캄했다. '이들의 마음을 어떻게 돌릴 수 있을까.' 그들의 인식에 균열을 내야 했다. 내가 들어갈 틈을 만들어야 했다.

가장 큰 커피 전시회는 가을에 개최되고 내가 준비하는 전시회는 4월 개최 예정이다. 이 점에 착안해서 봄 전시회에 참가해야 하는 확실한 이유를 만들고자 했다. 감정적인 호소가 아닌 객관적인 근거로 승부하기 위해 자료를 뒤지고 또 뒤졌다. 그 결과, 신용카드 소비 형태로 볼 때 소비자들의 커피 소비가 여름에 가장 높다는 점, 창업 수요도 겨울보다 여름이 많다는 점을 알 수 있었다. 봄에 먼저 개최되는 커피 전시회라는 특성에 집중하게 되니 자연스럽게 신제품을 선보이고 트렌드를 제시하는 콘셉트로 생각이 확장되었다.

보통 참가사는 유료로 신청한 자신의 부스에서 홍보 활동을 하는데, 신제품을 봄에 출시하는 회사들을 위해 신제품 전시관을 별도로 기획하고 자신들의 제품을 직접 시연하며 소개할 수 있는 '마케팅 스테이지' 프로그램을 만들었다. 별도 비용 없이 자신들의 부스 외에도 신제품 홍보 기회를 전시 기간 동안 추가로 제공하는 것이다. 지불하는 돈보다 더 많은 가치를 제공해준다고 느끼도록, 그래서 돈이 아깝지 않은 전시회라고 생각할 수 있도록 기업들에게 적극적으로 설명하고 제안했다. 그리고 그들의 마음이 움직였다. 만개한 벚꽃 소식으로 포털 사이트는 연일 뜨거웠다. 매번 '벚꽃엔딩'에 밀려 검색어 순위에 무언가를 올린다는 건 어려운 시기였지만 꿈쩍하지 않을 것만 같았던 '커피업계의 봄'으로 비집고 들어간 봄이었다.

적절한 균형점을
찾는 일

전시회 참가사는 모두 자신들이 돋보이고 싶어 한다. 전시회 참가 경험이 많은 기업은 경험이 많아서 노련하게, 처음 참가하는 기업은 처음이어서 더 잘해보고 싶은 욕심과 바람 때문에 원칙에서 벗어나는 수많은 요구를 해오기도 한다.

　　전시회 오픈이 얼마 안 남은 시점에 한 참가사의 연락을 받았다. 일괄적으로 제공되는 부스 타입을 신청한 곳이었는데 갑자기 자신들의 부스 간판을 변형시키겠다는 것이었다. 다른 참가사들에게도 이미 변형 불가로 안내한 상황이었으므로 역시 안 된다는 입장을 전달했다. 신생 회사로 국내에 상품을 공급하기 위해 첫선을 보이는 자리라서 사활을 걸고 의욕이 넘치는 것도 이해하지만, 원칙과 형평성을 무시하고 예외를 인정할 수는 없는 상황이었다. 자신의 제안이 받아들여지지 않자 흥분한 기업의 대표는 이 세상에 있을 법한 모든 욕설을 한꺼번에 퍼부었다.

　　마음 같아서는 그러면 참가하지 말라고 하거나 나도 이 모욕감을 그대로, 아니 몇 배로 돌려주고 싶었지만 '내 기획을 믿고 선택해준 고객에게 그러면 안 되지'라는 말을 되뇌며 끝까지 묵묵히 들었다. 쏟아지는 그 욕들을 그대로 삼키면 독이 될 것 같아서 자음과 모음으로 분리해서 가볍게 감정 쓰레기통에 던져버리고 그것을 통조림 캔으로 압축해버리는 상상을 하며 그 시간을 견뎠다.

　　'욕 사전' 하나를 통째로 씹어 먹은 것 같은 그 사건 이후 묘하게도 사람을 대하는 용기가 한 뼘 자라났다. 그리고 새로운 시각도 생겼다. '고객의 컴플레인은 우리 서비스의 구멍'이라는 말을 어디선가 본 적이 있다. 한때 괴롭고 힘들었던 고객의 불편한 요구가 이제는 묘하게도 '그 문제마저 해결할 수는 없을까?'라는 숙제를 던져주기도 한다. 너무 늦은 시점이라 형평성을 우선으로 고집스럽게 지키려 했던 원칙은 다음 해에는 새로운 서비스로 변신하여 고객을 맞이했다. 조립형 부스에 일괄적으로 제공하던 부스 간판에 브랜드 로고를 넣어주는 서비스를 유료로 시작하게 된 것이다.

어쩌면 무작정 욕먹으며 받았던 상처가 지금은 아름다운 타투가 되어 드러내고 즐길 수 있게 되지 않았나 싶다. 모두 각자의 사연이 있고 이유가 있어 각자에게 유리한 요청을 한다. 한 개의 전시회에 만족시켜야 하는 고객이 참가사뿐만 아니라 참관객까지 몇 백 명부터 몇 만 명이 되기도 한다. 전시장 내부 온도가 일정하게 유지되어도 누군가는 춥다고 하고 누군가는 덥다고 한다. 각자 다른 요구에 흔들리지 않고 중심을 잡고 원칙을 가지고 합리적인 논리로 사람들을 설득해야 하는 일, 또 적절한 균형을 찾는 일이 녹록하지 않지만 그것 역시 전시 기획에 모두 포함되는 것이며 그것을 해결해냈을 때의 성취감 역시 매우 크다.

전시 기획자의 밤

●

나를 찾는
시간

전시 기획자가 된 계기는 우연한 경험에서 비롯되었다. 친구들이 하나둘 사회인이 되어 내 곁을 떠나갔다. 안정성이나 높은 연봉을 보장하는 회사에 빠르게 취업된 친구들이 부럽기도 했지만 나는 아직 매력적인 일을 찾지 못했다. 대학에서 영어를 전공했지만 졸업 후에도 중국어 공부를 시작하겠다며 취업 전선에 뛰어드는 걸 스스로 유예하고 있던 즈음이었다.

어느 날, 디자인 전시회에 참여하는 지인을 도와 부스 운영을 함께했다. 단숨에 전시회장의 다양성과 활기에 매료되었다. 전시장을 꾸미고 있는 다양한 가구들, 부스의 화려함, 특유의 에너지에 빠져 이곳이 나에게 적합한 곳이라는 확신에 가슴이 뛰었다. 하나의 전시회에서도 이렇게 다양한 제품과 프로그램, 사람들을 만날 기회가 있는데 다음 주에 새롭게 열릴 다른 전시회는 또 어떨까 호기심이 커졌다. 매번 변화하는 이곳이 나를 구원해줄 운명의 공간 같았다.

'전시 기획자'는 미지의 직업이었다. 당시에 입사 면접 경험도 많지 않았다. 하지만 무모하리만치 용감했던 나는 일단 도전했다. 최종 면접날, 귀에 큼지막하게 반짝이는 피어싱을 하고 참여했다. '이런 과감함을 높이 쳐주지 않는 회사라면 나랑 맞지 않는 곳이다'라는 마음이었다. 어려울수록 굳세고 단호해지는 기질이 여실히 발현되었다. 그리고 나는 전시기획자가 되어 한 회사를 22년 넘게 다니고 있다. 그렇게 오랜 시간 근속하는 것에 많은 사람들이 놀라고는 하는데, 다양한 아이디어를 제안하고 실행해볼 수 있는 일을 원했던 나의 바람에 부합했기에 가능하지 않았을까. 높은 연봉, 안정성, 유명세보다는 가슴 뛰는 일을 추구했던, 머릿속 발상을 현실화하고 매번 새로운 것을 창작하는 아티스트 같은 삶을 동경했던 나는 '전시 기획자'라는 정말 잘 맞는 직업을 갖는 행운을 얻었다.

성공적인
비즈니스 연출자

전시회사는 전시회를 직접 주최하기도 하지만 정부나 협회, 단체에서 개최하는 전시회의 운영사가 되기도 한다. 전시 운영사로 선정되기 위해 행사 콘셉트부터 주요 프로그램, 홍보 전략, 안전에 이르기까지 다양한 측면을 고려하여 작성한 제안서를 가지고 경쟁한다. 많은 제안서를 작성하며 전시회 운영사 선정 경쟁에서 성공하는 순간에 느꼈던 짜릿함과 실패의 경험을 통해 나의 기획력을 단련할 수 있었다. 어느덧 전시회에 걸맞은 콘셉트를 제안할 수 있는 기획력도 서서히 자라났다. 제한된 시간과 자원을 가지고도 효과적인 전시회를 구성하는 경험도 시행착오를 거치면서 쌓여갔다. 전시회로 보낸 시간의 무게만큼 전시회를 기획하는 것에 대한 책임감도 늘어간다.

전시 기획자로서 기업이 목표로 하는 구매자에게 매력적으로 보일 수 있도록 도와주는 일은 누구를 만나느냐가 한 사람의 인생을 바꾸는 전환점을 만들어주는 일처럼 크게 다가온다. 그래서 단순히 내가 맡은 전시회의 흥행뿐만 아니라 참가사들의 성장을 지원하는 든든한 후원자가 되어주려고 기꺼이 노력한다. 마치 참가사의 또 다른 마케팅팀인 것처럼 국내외 전시 부스 설치 사례나 운영 성공 사례, 최신 마케팅 트렌드 등을 제공하며 준비 역량을 향상시키는 역할을 적극적으로 수행하는 것은 큰 보람이다. 그리고 곧 참가사들은 나의 진정한 고객이 되었다.

비즈니스를 만드는 사람들의 이야기, 제품의 이야기를 재료로 나만의 비법 소스를 버무려 세상에 내놓는 것이 나에게는 작품을 내는 것처럼 설렌다. 내가 어떤 것을 구상하느냐에 따라 연관 산업을 확장하거나 전문적인 행사로도 변화할 수 있다. 기업 최고경영자들을 위한 프로그램을 구성하거나 스타트업관을 신설하여 신생 회사들에게 기회를 제공하는 등 다양한 역할을 수행할 수 있다. 시상식을 신설하여 영향력 있는 기업들을 부각시키기도 하고 공모전을 통해 아이디어를 모으기도 한다. 이 모든 과정에서 기획자의 역할은 매우 중요하다. 산업 내 이해 관계자들을 어떻게 담을지에 따라 전시회의 모습은 크게 달라진다. 비록 작가나 화가 같은 창작자가 되진 않았지만 산업 전시회를 성공적으로 구성하는 '비즈니스 연출자'가 된 셈이다.

전시 기획자가 기획한 행사에 부스로 참가한 참가사(셀러)가 많은 바이어를 만나고 행사 관람객(구매자)이 증가하면 전시회가 성장하고 업계에서 그 전시회의 영향력이 커진다. 영향력이 커지면 부스 참가를 위한 대기자도 발생하고 좋은 위치를 선점하기 위한 경쟁도 치열해지면서 그 산업을 대표하는 전시회가 된다. 참가 기업이 많은 구매자를 만나서 판매 계약을 체결하고 많은 상담을 했다고 해서 여타 온라인 유통 플랫폼처럼 전시를 주최하는 기획사에 더 많은 돈을 내는 것도 아니고 기획자가 대중적인 인지도를 갖지도 않는다. 전시회에서 주목을 받은 기업이 언론에 기사화되고, 전시회가 성황리에 개최되었다는 평가와 업계의 영향력이 남는다. 기획력으로 사람을 모으고 고객을 성장하게 하고 산업이 성장하게 도우며 전시회의 영향력이 커지는 것으로 보상을 받고 보람을 느끼는 일이기도 하다.

곧 나를
보여주는 일

전시회 현장을 보면 전시 기획자가 보인다. 전시를 기획하고 운영하는 절차는 비슷하지만, 프로그램과 행사장의 구성, 운영 방식에서 기획자의 노력이 엿보인다. 입사 초기에는 경쟁 입찰에서 새로운 행사를 따내고, 돈이 되는 참가사를 많이 유치하기 위한 부스 세일즈가 가장 큰 관심사였다. 전시회의 성공이 참가 부스 세일즈와 직결되는 것처럼 여겨졌다. 하지만 경험이 쌓이면서 전시회를 둘러싼 다양한 요소를 보다 넓게 바라보게 되었다. 주어진 매출 목표를 달성하는 것뿐만 아니라 내가 하는 노력의 가치에 대해 생각하게 된 것이다.

참가사와 기획자가 최우선으로 고려해야 하는 것은 관람객이며, 참가사와 협력하여 그들에게 흥미로운 프로그램과 유익한 콘텐츠를 제공하여 전시회 가치를 함께 높이는 것이 중요하다는 것을 깨닫게 되었다. 그래서 이제 전시장을 부스로 가득 채우기보다는 관람객의 휴게공간을 더 편안하고 기능적으로 조성해서 더 오래 머물게 할 수 있는 방법이 중요하게 보인다. 관람객이 어떤 것에 흥미를 느끼는지에 촉수를 세우고, 그들이 지불한 시간과 돈에 어울리는 경험을 제공하기 위해 프로그램과 기획을 점검한다.

다른 전시회에 가도 관람객의 동선, 휴게 공간, 안내 사인 등을 얼마나 고객 관점에서 설계했는가를 가장 관심 있게 보게 된다. 고객의 입장을 생생하게 경험하기 위해 화장실, 전시장 입장 등록 데스크, 출입구 들을 더 살피고 불편함을 토로하는 목소리를 들으려고 노력한다. 해외 전시 중 참가자들의 편안함(wellness)을 위한 요가나 러닝 프로그램을 추가하는 경우, 전시장 내 마련된 세미나 장에서 헤드셋으로 발표를 듣도록 하여 주변 소음으로부터 방해받지 않고 집중할 수 있도록 하는 경우 등을 접한 적이 있다. 참가자들의 편의에 신경 쓰며 조금씩 달라지고 있는 모습이 인상적이다.

전시회에는 여러 부대 행사가 펼쳐지기 마련인데 개막식부터 패션쇼, 공연 이벤트, 토크쇼, 포럼 등 주제에 따라 동시 개최되는 행사의 유형도 다양하다. 이런 행사 기획에 도움을 받기 위해 유행하는 드라마, 영화, 전시, 책 등 콘텐츠들을 꼬박꼬박 찾아보고 왜 인기가 있는지 이유를 생각해보고 대중들을 더 잘 이해하려고 노력하는 것은 이제 습관이 되어버렸다. 이런 노력에 수반되는 '직업병'도 있다. 다른 전시장이나 행사장에 가면 제대로 즐기지 못하는 것이다. 행사 스태프나 기획자의 마음이 되어 구석구석을 둘러보게 된다. 줄이 길어지면 입장 시스템의 효율성을 생각하고 안전에 미진한 부분이 보이면 얼른 내가 해결해야 할 것만 같다. 한편으로는 이런 행사와 전시회를 기획하고 준비했을 사람들의 마음과 노고도 얼마나 잘 보이는지 모른다.

나의 기획이 객관적으로 좋은지를 가늠할 수 있는 기준이 무엇인지에 대한 질문을 받은 적이 있다. 그때 나는 내 친한 지인에게 돈을 내고 관람하도록 기꺼이 추천할 수 있느냐로 가늠한다고 대답했다. 지금 다시 질문을 받는다면, 관람객들의 시간과 돈을 존중하며 그들의 만족도를 최우선으로 생각하는 것이라고 답하겠다. 그래서 전시회를 마무리할 때 행사 관계자가 입구에 모여 관람객을 향해 인사하는 장면을 사진으로 담고, 그 사진으로 감사의 마음을 전하는 뉴스레터를 만들어 보내게 되었다. 모든 사람이 그런 마음을 알아줄 거라고 생각하지 않지만 시간이 지나면서 나의 마음이 그렇게 자라나고 있었다.

처음 부스가 철거될 때 그 허탈함이 후련함이 되고, 어느새 누군가의 돈과 시간을 헛되이 쓰지 않도록 하고자 하는 사명감이 되었다. 코로나 시기, 집합 금지 명령으로 전시업계는 모든 것이 멈추었다. 반면에 오프라인에서 만나는 '대면 비즈니스'의 중요성을 재인식하는 계기도 되었다. 그래서 관람객들에게 기억에 남을 만한 경험을 만들어주고 참가사들의 비즈니스에 도움되도록 하는 일이 단지 회사원인 내게 주어진 업무 이상의 업무가 되었다. 단순하게 반복하는 일은 자신 없던 나였지만 오히려 끊임없이 새로운 변화를 반복해왔다는 것을 새삼 느끼게 된다. 실패와 경쟁을 반복하던 지난날들이 나를 벼리는 시간이었다. 전시회에도 기획자가 투영된다고 생각하기에 지금은 어제의 나보다 한 걸음 나아가기 위한 변화가 반갑다. '아무것도 아닌 백지가 무엇이든 될 수 있는 일', 그 다채로움이 오늘도 나를 사로잡는다.

김영란

315

●

전시 기획자가 되기 위해서는
어떤 자격과 과정이 필요한가

국내에서는 전시 산업을 포함하여 '마이스(MICE) 산업'이라는 용어를 흔히 사용한다. MICE 산업은 기업 회의(Meeting), 포상 관광(Incentives), 컨벤션(Convention), 전시 박람회와 이벤트(Exhibition & Event) 등의 영문 첫 글자를 딴 말이다(최근에는 '비즈니스 이벤트'라는 용어를 쓰기도 한다). 전시회를 하며 상담회나 대형 컨벤션을 동시 개최하는 것처럼 MICE를 구성하는 각 분야는 서로 유기적으로 결합되기도 한다. 일부 대학 경영학과나 호텔관광대학에 관련 세부 전공이 있을 뿐만 아니라 민간에서 운영하는 관련 자격증 프로그램도 있다. 대표적으로 한국산업인력공단에서 시행하는 컨벤션기획사, 한국전시산업진흥회에서 재교육 프로그램으로 운영하는 국제전시기획사(CEM, Certified in Exhibition Management) 등이 있다. 회사 동료나 최근 입사자들을 보더라도 전시 기획과 운영에 전공 제한은 크게 없는 편이고 관련 전공이나 자격증이 필수는 아니지만 도움이 될 수는 있다.

오히려 전시 컨벤션 관련 업무 경력이나 외국어 가능자

를 우대하기 때문에 관심이 있다면 단기라도 직무 경험을 쌓기를 권한다. 특히 관련 산업체에서의 인턴십 프로그램이나 실제 행사 스태프로 참여해봄으로써 자신과 잘 맞는 직업인지를 점검해보는 것이 좋겠다. 전시회 주최사 외에도 전시컨벤션센터, 전시디자인 설치, 통역이나 등록 업무와 같은 관련 서비스업계로도 진로를 확장해볼 수 있다.

어떤 사람에게
이 직업을 권하는가

익숙한 일을 반복하는 것이 편한 사람보다는 다양한 일을 경험해보고 싶은 사람, 직접 새로운 것을 만드는 것을 좋아하는 사람에게 이 직업을 추천하고 싶다. 같은 주제의 전시회라도 전시회 성격을 어떻게 규정하고 구현하느냐에 따라서 다양한 프로그램을 만들어낼 수 있고 다른 성격의 전시회로 변화시킬 수도 있다. 매년 반복되는 전시회를 개최하더라도 전시회를 새롭게 돋보이게 하는 방법을 찾아야 하기 때문이다. 매번 새로운 것을 만들기란 어려운 일이다. 따라서 다양한 산업 분야의 아이디어를 내가 맡은 전시회에 적용하고 결합할 수 있는 응용력이 뛰어나면 큰 도움이 될 수 있다. 특히 무형의 비즈니스 기회를 파는 일이기에 세일즈에 재미를 느끼는 사람, 다양한 분야의 사람들을 만나서 설득해야 하는 일이 즐거운 사람, 내향적인 사람보다는 외향적이고 도전적인 사람에

김영란

게 더 어울리는 일이다. 평균적으로 다른 산업보다 주도권을 가지고 프로젝트를 이끌어갈 기회가 일찍 주어지는 편이라서 주도적으로 일을 개척해 나가는 적극성이 큰 장점이 될 수 있다. 새로운 아이디어를 찾고 트렌드 변화에 민감하게 반응해야 함으로 그런 변화에 유연하게 대응하고 즐길 수 있는 사람에게 이 직업을 추천하고 싶다.

10년 후에도 이 일을 하고 있을까
앞으로 이 일에 어떤 변화가 있을까

MICE 산업은 개최되는 행사 자체의 경제적 효과 외에 관광, 숙박, 엔터테인먼트 등의 연관 산업에 창출하는 부가가치가 큰 산업으로 알려져 있다. 특히 지역 관광, 산업 활성화를 위한 목적으로 청주, 전주, 포항 등 지자체를 중심으로 전시컨벤션센터 건립에 대한 발의가 활발하다. 서울에도 강남구 삼성동에 현대자동차그룹이 글로벌비즈니스센터를 건립중이며 서울 잠실종합운동장 일대를 스포츠와 마이스 복합공간으로 개발하는 사업이 예정되어 있는데 잠실에 들어설 전시컨벤션센터는 약 10만 제곱미터로 코엑스의 세 배 정도 규모가 될 것이다. 전시컨벤션시설의 확충은 전시회를 비롯한 다양한 이벤트를 개최할 수 있는 인프라가 확보되는 것이다. 이러한 인프라의 확충은 규모가 큰 행사의 유치 및 다양한 유형의 행사 개최에 대한 가능성을 높이며 이런 일은 시대가 변화하더라도 계속될 것이다. 현장에 직접 오지 못하는 바이어와의 화상 상담회 등 오프라인과 온라인이 결합된 하이브리드형 전시회나 VR, AR과 같은 기술이 결합되어 더욱 다양한 경험을 제공하게 될 것이다. 전시 현장에 적용되는 기술도 발전하여 비즈니스 성과를 높이고 판매자가 찾는 수요자를 빅데이터를 통해서 더 편리하게 매칭해주는 기술을 적용할 수도 있다. 마케팅 수단으로서의 형식은 다소 바뀔 수 있지만 판매자와 구매자가 있고 상품과 서비스가 존재하는 한 영원히 사라지지 않을 것이라 믿는다. 경쟁력 있는 기업의 전시 담당자가 될 수도 있고, 해외 진출을 희망하는 기업들과 함께 글로벌 전시회 참가나 국내 전시회의 해외 개최를 담당하는 직무로의 확장도 기대해본다.

이 일을 잘하려면
어떤 능력과 노력이 필요한가

한 산업 분야에서도 제조, 유통, 판매, 솔루션 등 다양한 카테고리가 있어서 다양성에 대한 넓은 포용성, 변화에 대한 도전을 즐기는 태도, 세일즈를 기본으로 하기 때문에 커뮤니케이션에 능한 사람이 유리하다. 시장 조사와 트렌드 분석을 통해서 어떤 제품이나 서비스가 인기 있고 성공할 가능성이 있는지 파악하고 이를 통해 기업들에게 유용한 제안을 할 수 있어야 한다. 전시회는 효과적인 마케팅과 프로모션을 위해 기업들이 참가하는 것이기에 창의적인 마케팅 전략을 세우고 실행하는 전문적인 역량이 필요하다. 또한 전시 관련 디자인 설치, 공간 설계 등에 대한 감각을 갖추고 있으면 의사 결정에 도움이 된다. 마지막으로 시장은 국내에 한정되지 않고 해외 전시회 참가, 참관 출장 기회도 열려 있으므로 외국어 능력을 갖추는 것도 경쟁력이 될 것이다.

전시 기획자를
꿈꾸는 사람들에게

대면 비즈니스에 치명타를 입혔던 팬데믹 시기를 지나 오프라인 전시회가 다시 성황리에 개최되고 있다. 미국 라스베이거스에서 매년 1월 초에 개최되는 '소비자 가전 전시회(CES)'는 모든 산업 분야에서 첨단 기술을 선보이는 대표적인 산업 전시회로 전 세계 150여 개 국가의 4,000개 이상의 기업이 참가한다. 전 세계에서 3일간 13만 명이 첨단 기술을 소개하고 체험하기 위해 모이는 것이니 관련된 항공, 숙박, 엔터테인먼트, 관광 산업, 도시 마케팅에 이르기까지 많은 부가가치와 경제적 효과를 일으킨다.

비단 국제적인 행사가 아니더라도 전시컨벤션센터에서 행사가 개최되면 주변 상권이 활성화되고 장단기 일자리도 창출되며 소비 진작 효과가 표면적으로도 일어나는 게 눈으로 보인다. 기업과 고객의 비즈니스 연결자로서의 역할이 단지 나의 고객뿐만 아니라 다른 산업에도 도움을 준다는 사실 하나만으로도 에너지와 영향력을 써볼 만하지 않느냐고 감히 주장하고 싶다. 그런 의미에서 전 세계 사람들이 전시회에 참 가하기 위해 한국으로 모이고 즐기는 그런 전시회를 만들어 내는 멋진 기획자가 많이 나오기를 기대해본다.

김영란

자산을 모으고
관리하도록 돕는 일

투자 상담가
안은경

◯

학교는 성적순
은행은 잔고순

고등학교 1학년 때 우리 가족은 캐나다로 이민을 갔다. 토론
토에서 고등학교와 대학교를 졸업한 나는 보험회사를 거쳐
캐나다 은행에 투자 상담가로 취직했다. 캐나다의 은행원은
한국과 비슷하게 계좌 개설, 융자 상담, 신용카드 발급, 간단
한 투자 상담도 하는데 투자 상담가는 오로지 투자 관련 고객
미팅만 한다.

　보통 투자 상담가라고 하면 멋있게 양복을 빼입고 책상
에 앉아 자신감 넘치는 말투로 고객과 미팅하는 모습을 떠올
릴 것이다. 그러나 내가 경험해본 투자 상담가의 하루는 그렇
지 않았다. 미팅을 하는 시간은 오히려 짧았고, 나머지 시간
대부분은 미팅을 성사시키거나 고객을 소개받기 위해 노력하
는 시간들로 채워져 있었다.

　학교가 성적순이라면 은행은 잔고순으로 고객을 나눴다.
내가 담당해야 하는 투자 고객의 잔고는 3만 달러(약 3,000만 원)
에서 200만 달러(약 20억 원)까지였다. 3,000만 원 미만의 투자
액수를 가진 고객은 신입 은행원들이 주로 상대했다. 또 20억

원 이상의 고객은 본사의 다른 투자 상담가에게 안내하게 되어 있었다. 3,000만 원 미만의 투자 고객을 만나면 절대 안 되는 건 아니었다. 다만 나는 좀 더 복잡하고 어려운 투자 설계를 필요로 하는 고객을 위해 존재하는 직책이었다. 나는 자산가를 만나는 일도 좋았지만, 초보 투자자들을 만나는 것도 의미 있다고 생각했다. 그래서 잔고순으로 나뉜 고객의 카테고리를 이해하면서도, 가끔씩 마음이 편치 않았다.

투자 계좌를 처음 만든다면 꼭 거쳐야 하는 단계가 있다. 바로 고객 투자 성향 진단(KYC, Know Your Clients)이다. 캐나다와 한국이 비슷한 질문을 하지만, 찾아보니 캐나다는 조금 더 세세한 질문들이 추가되어 있었다. 그리고 이 질문에 대한 답변들은 고객 프로파일과 미팅 기록에 반드시 남겨야 한다.

"집은 자가인가요, 임대인가요?", "연봉은 얼마나 되나요?", "총 자산은 얼마이고, 부채는 얼마 정도 있나요?" 투자 경험이 많거나 관련 지식이 해박한 사람은 거침없이 대답하는 경우도 있지만, 개인적인 경제 상황에 대한 조금 불편할 수 있는 질문을 받은 대부분의 고객은 곧장 방어적인 태도를 취하기 십상이다. "꼭 그런 것까지 말해줘야 하나요?"라거나 "그냥 들고 온 돈만 어디에 투자하면 좋을지 알려주면 안 되나요?"라는 대답이 돌아오고는 한다. 이런 태도는 자산의 크기와 국적에 상관없이, 막 사회생활을 시작한 직장인들이나 빠듯한 생활에서 종잣돈을 모아보려 하는 사람, 원금이 보장되지 않는 투자가 처음인 사람이라면 자연스러운 반응이다.

사실 돈과 관련된 질문이 불편하지 않은 사람은 없을 것 같다. 내가 어렸을 때 우리 부모님은 집안의 경제적인 상황을 자녀들과 공유하는 스타일이 아니었다. 왠지 지금 집안 형편이 좋지 않은 것 같다고 느낄 때도, 너희는 그런 것 걱정하지 말고 공부나 열심히 하라는 대답만 돌아올 뿐이었다.

이런 불편한 질문을 하는 데는 다 이유가 있다. 고객이 자신의 투자 지식이나 성향과 맞지 않는 투자를 선택하는 걸 방지하기 위한 과정이기도 했고, 은행원이 무리한 상품을 권하지 못하게 하는 역할도 한다. 펀드 투자를 한 번도 해본 적 없고, 주식과 채권의 차이를 구분하지 못하는 고객이 갑자기 미국 주식 100퍼센트로 구성된 펀드에 거액을 투자하겠다고 하면, 사실 아무리 고객이 원한다 해도 은행에서 그 신청서를 통과시켜줄 리 없다.

전화로 시작되는
하루

본사에서 각 지점으로 한 명씩 파견된 우리 팀은 오프라인으로 자주 만나지 않는 대신 매주 월요일 아침 화상으로 팀 미팅을 했다. 어느 월요일 아침, 팀 매니저는 이번 달 우리가 연락할 새로운 고객 리스트가 업데이트되었다며, 열심히 전화를 돌려 미팅을 성사시켜보라 했다. 팀 미팅이 끝나자마자 내가 할당받은 리스트를 확인하니 500명이 넘었다. 시작도 하기 전에 피곤함이 몰려들었다.

넘겨받은 고객 리스트를 다양한 데이터로 분석하기 시작했다. 성별, 연령, 우리 은행에 이미 가지고 있는 투자 규모와 종류, 심지어 주택 담보 대출 여부까지 구분해보았다. 그렇게 한참 고객 데이터를 이리저리 살펴보다 보면 수화기를 집어 들어야 하는 시간이 찾아오고야 만다.

심호흡을 한 번 한 후, 신중하게 고른 첫 번째 고객에게 전화를 걸었다. 전화벨 소리가 계속 울릴 동안 내 마음은 '이대로 저쪽에서 전화 받지 않았으면 좋겠다'와 '얼른 전화 받아서 미팅을 하나라도 더 잡았으면 좋겠다' 사이에서 정신없이 왔다 갔다 한다. 내 앞에는 회사에서 트레이닝 때 알려준 통화 매뉴얼이 있다. 동료와도 연습했고, 실전에 투입되기 전 팀 매니저와도 연습해본 대본이었다. '그래, 연습한 대로만 하자' 생각하던 찰나, 상대방이 전화를 받았다.

"여보세요?" 누군가 응답했다. "아, 네. 저는 ○○은행의 투자 상담가 제니퍼입니다. 반갑습니다. 미스터 브라운 맞으시나요?" 최대한 밝은 목소리로 미소를 지으며 대답했다. 자, 여기까지는 연습한 대로 잘 흘러갔다. 문제는 그다음이었다. "그런데요?"라는 뾰족한 상대방의 목소리가 돌아왔다. 그 순간 얼음이 되었다. 대본에 없던 대답이었다. 미스터 브라운이 맞다는 건지 아니라는 건지. 당황스러움을 감추고 대화를 이어가는 데 더 많은 연습이 필요했다.

수화기 너머 상대방의 불친절한 반응은 아무리 시간이 지나도 익숙해지지 않았다. '제발 저 한 번만 만나주세요'라고 매달리는 심정이라니, 이렇게 비굴할 수가 없었다. 그럼에도 불구하고 나의 조급한 마음은 숨긴 채 자신감 넘치는 태도로 고객과 미팅하는 것을 상상하고 꿈꿨다. 그렇게 매일 심호흡을 하며 수화기를 들었다.

미래는
아무도 알 수 없었다

주식시장이 열리는 시간이면 습관적으로 휴대전화를 열었다. 엊그제 내가 추천했던 투자 펀드가 올라갔는지 내려갔는지 확인했다. 여러 번 나눠서 매수했음에도 큰 액수를 투자할 때는 나도 모르게 긴장되었다. 고객이 아무리 '원금 손실을 감당할 수 있다'라고 투자 성향 질문지에 답했다 한들 상상 속 대답과 현실의 반응은 다른 이야기였다.

2020년 2월 초 어느 날이었다. 코로나 바이러스로 세상이 웅성거리기 시작했다. 바이러스는 아직 바다를 건너오기 전이었지만 미국과 캐나다의 투자시장은 이미 높은 파도로 술렁거렸다. 우왕좌왕하는 사이 주가는 연일 빠른 속도로 마이너스 신기록을 갈아치우고 있었다. 은행에서 투자 상담가로 일한 이래 주식시장은 다행히 내내 오름세였다. 그러다 코로나 바이러스가 닥치고 주식시장이 붕괴되었을 때 드디어 나에게도 올 것이 왔구나 싶었다.

바이러스 뉴스가 터지기 전에 큰 투자를 결정한 고객들에게 연락이 오기 시작했다. 본인들의 투자를 이대로 유지해도 되는지 물어왔다. 그들은 투자를 시작할 때 몇 년 이상 장기 투자할 계획이라고 했었다. 그러나 전 세계를 강타하고 있는 바이러스 앞에서는 모두가 안개 속에 갇힌 듯한 두려움을 느낄 수밖에 없었다.

본사에서 불안한 고객을 상담하는 가이드라인을 보내왔다. 투자는 길게 보고 하는 것이 좋으니 처음에 세웠던 장기 계획을 유지하는 것이 바람직하다고 안내하라 했다. 또한 과거 유사한 시장 붕괴가 있었을 때에도 투자를 오래 유지하는 것이 자금을 넣었다 뺐다 하는 것보다 유리했다는 근거 자료도 잊지 않았다.

이론상으로는 마음을 단단히 먹고 장기 투자로 버티는 것이 맞다. 하지만 생각 같아서는 놀이기구 바이킹을 제일 뒷줄에서도 탈 수 있다던 투자자들은 막상 엄청난 스윙을 견디기 힘들어했다. 나 역시 투자 상담가로서 처음 겪어본 주식시장 붕괴는 힘들긴 마찬가지였다. "조금만 버티면 시장이 곧 안정을 찾을 겁니다"라고 확신에 찬 대답을 해주면 좋겠지만, 나는 미래를 장담하지 못한다. 다만 본사에서 나눠준 자료를 바탕으로 투자자들에게 설명해줄 뿐이었다.

결국 2020년 2월 20일에 시작된 주식시장 붕괴는 4월 7일이 되어서야 끝이 났다. 2월 말에서 3월 초까지 2주 동안 다우지수(산업평균지수)는 마이너스 37퍼센트를 기록했다. 평생 모아온 은퇴 자금이 매일매일 큰 폭으로 빠지는 걸 그냥 보고 견딜 수 있는 사람은 많지 않았다. 코로나로 대면 미팅이 어려웠으니 전화와 이메일이 폭주했다.

2020년은 모든 투자자들에게 잊을 수 없는 해였다. 2월부터 4월까지 37퍼센트나 빠졌던 다우지수가 점차 회복세로 돌아와 결국 그해 최저점에서 43.7퍼센트나 올랐고 6.6퍼센트의 투자 이익을 내고 한 해를 마무리했다. 주식시장 역사상 가장 빠른 회복이었다. 결국 본사에서 배포한 투자 자료가 맞았다. 그렇지만 교과서적인 설명과는 반대로 현장에서 마주한 현실은 결코 쉽지 않았다.

하루 종일 전화 상담원 같은 시간을 보내고, 고객을 잔고 순으로 나눠 어떻게 효율적으로 관리해줄지 고민하며, 매일 매일 주식시장 차트를 점검하는 나날은 분명 스트레스였다. 그럼에도 은행에 가면 배울 것들이 많았다. 투자 상담가로 일하며 다양한 고객들을 만나 배운 것들은 내가 지금의 나로 살아가는 데 큰 도움이 되었다.

안은경

●

돈과 시간의 무게를
배운 날들

눈이 많이 내리던 어느 겨울날, 막 퇴근 준비를 하던 중이었다. "제니퍼, 지금 혹시 상담 가능할까요?" 노크를 하고 내 사무실 문을 연 창구 직원의 뒤로 60대 중년 남성이 서류 여러 장을 들고 초조하게 내 쪽을 바라보고 있었다. 학교와 회사도 문을 닫을 만큼 엄청난 양의 폭설이 내리고는 하는 토론토다. 나는 눈이 더 쌓이기 전에 집으로 얼른 가고 싶었다. 그렇지만 창밖에 내리고 있는 함박눈과 간절한 눈빛으로 나를 바라보는 손님을 번갈아 보다가 들었던 가방을 다시 내려놓고 손님을 들어오시게 했다.

"안녕하세요, 무엇을 도와드릴까요?" 그는 최근 정년퇴직한 사람이었다. 그가 들고 있던 서류 몇 장은 회사에서 그동안 대신 관리해주던 '그룹 은퇴 자금'이 설명되어 있는 자료였다. 그는 오늘 꼭 이 서류를 같이 살펴보고 결정을 내리는 데 도움을 받고 싶다 했다.

난 이렇게 긴 시간을 걸쳐 투자된 돈을 마주할 때마다 그 돈의 주인에 대해 어떤 존경심이 들곤 했다. 이 고객도 30년 넘는 시간 동안 한곳에서 일하며 월급의 일정 액수를 떼어 은퇴 적금을 들어온 것이었다. 그동안 모아둔 은퇴 적금은 30만 달러 정도 되는 액수였다. 돈의 액수보다 마음 깊은 곳에서 울리는 시간의 무게를 느꼈다. 이 고객은 이날 나와 한 시간 넘게 대화했고, 두세 번 더 만난 끝에 그 은퇴 적금을 결국 우리 은행에서 관리해주게 되었다.

이 고객과의 상담은, 매달 적은 액수의 돈이 긴 시간이라는 터널을 지나오면 어떻게 달라지는지 배우게 되는 경험이었다. 책과 컴퓨터 투자 프로그램으로만 테스트해보던 30년이란 시간을 현실에서 만난 것이었다. 30년의 시간 동안 모든 변수를 뚫고 투자해온 사람을 실제로 만난다는 건 상상했던 것보다 반가운 선물에 가까웠다. '나도 이렇게 시간의 힘을 믿고 투자를 해나가도 되겠구나'라는 자신감을 얻었다.

반면, 다른 방식으로 돈의 무게를 느끼게 된 경우도 있었다. 어느 날 중년의 한인 여성분이 3만 달러 정도를 들고 찾아왔다. 힘든 이민 생활을 하면서 조금씩 모은, 거의 전 재산이라고 했다. 전 재산이기 때문에 그 어떤 투자 결정도 아주 무겁게 느끼는 듯했다. 이런 돈은 나도 그 무게감을 같이 느낄 수밖에 없다. 그런 무게감 있는 돈은 고객이 아무리 원한다고 해도 어쩔 수 없이 원금 보장 상품 위주로 상담하게 된다.

아흔을 바라보던 동양 여자분과의 미팅도 잊을 수가 없다. 나이에 비해 매우 정정해 보이는 그분은 대단한 자산가이기도 했다. 그분은 3만 달러 정도는 높은 수익률을 기대하며 주식시장에 투자해도 괜찮다고 호기롭게 말했다. 이유를 들어보니 이미 수십 년간 꾸준히 투자를 해왔던 사람이었다. 그래서 지금같이 가격이 떨어졌을 때는 사는 게 이득이라며 흔쾌히 투자를 결정했다. 이 고객은 오랜 투자의 터널을 몸소 지나왔기에 과감한 선택을 할 수 있었던 것이다. 이 만남을 통해 노인은 안전자산에만 투자해야 한다는 선입견도 깰 수 있었다. 은행에서는 현실적으로 장기 투자의 확률이 적기 때문에 보통 노령의 고객에게 주식 위주의 펀드를 판매하는 걸 꺼린다. 그럼에도 불구하고 본인의 투자 실력 및 경험을 바탕으로 확고하고 과감한 투자 결정을 내리는 걸 지켜볼 수 있었던 사례였다.

투자 상담가에서
투자자가 되다

캐나다에서 남편과 나는 서로 다른 은행에 일하고 있었다. 은행에서 열심히 일하며 그에 맞는 급여도 받았지만 우울증도 함께 얻었던 남편은 조기 은퇴를 꿈꾸게 되었다. 막연했던 조기 은퇴를 하기까지 다양한 시도와 변화를 겪은 끝에 남편과 나는 2021년 어느 봄날, 각자 다니던 은행을 퇴사했다. 회사 생활한 지 10년 만이었다.

퇴사를 결심하고 우리가 했던 첫 번째 시도는 소비 줄이기였다. 우선 한 해가 가기 전까지 그 어떤 물건도 새로 구입하지 않기로 했다. 우리 목표는 월급과 똑같은 현금 흐름을 만들고 퇴사하는 것이 아니었다. 4인 가족이 쓰는 최소한의 소비 적정선을 찾아야 했다. 투자로 그 정도 현금만 매달 만들어낼 수 있다면 조기 은퇴를 시도해볼 수 있으리라 생각했다.

아무것도 사지 않는다는 것은 생각보다 훨씬 힘들었다. 조금만 불편한 점이 생기면 아마존 사이트를 뒤적거렸다. 클릭 한 번이면 나의 불편함이 금방 해소될 것만 같았다. 자주 옷을 사던 사이트에 들어가 장바구니에 물건을 담아두고 괜히 나의 소비 인내심을 테스트해보기도 했다. 하지만 여간해서는 참을 수 없을 것 같던 소비 욕구는 점차 줄어들었고 지금은 옷 몇 벌로 한 해를 나도 아무렇지 않게 되었다.

소비 욕구를 다스려가며 같이 시도했던 것은 외식 안 하기였다. 한 끼에 10달러 이하의 음식이 거의 없는 토론토에서 생활비를 줄이려면 외식을 피해야 했다. 점심 도시락을 싸고 집에서 매번 요리를 해 먹었다. 그렇지만 조기 은퇴를 하려면 월급을 아껴 모으는 것만으로는 부족했다. 극단적인 소비 줄이기로 월급의 80~90퍼센트를 저축해 짧은 시간 안에 조기 은퇴했다는 사람들도 있긴 하다. 하지만 4인 가족이면서 기본 생활비만 몇 백만 원씩 들어가는 토론토에서 시도해보긴 어려운 방법이었다.

창업을 고민해보기도 했다. 요가 스튜디오나 단백질 위주 도시락 배달 사업을 구상하며 사업계획서를 작성해보았지만 초기 비용이 많이 든다는 결론에 이르렀다. 수제 크림치즈를 만들어 한국 식품점에 납품하고 몇 개월 동안 주말마다 파트타이머를 고용해 판촉 행사까지 해보았는데 역시 우리에게는 맞지 않았다. 결국 우리가 제일 잘 알고 잘할 수 있는 투자를 적극 활용해보기로 했다.

캐나다에서는 어느 정도 규모가 있는 회사일 경우, 은퇴 적금 매칭 지원금 제도를 운영한다. 즉 직원이 은퇴 적금에 납입하는 금액 외 회사에서도 추가 금액을 납입해주는 것이다. 내가 다녔던 은행은 월급의 6퍼센트를 은퇴 적금에 투자하면 은행에서 그의 절반인 3퍼센트 금액을 추가 납입해주었다. 100만 원의 월급을 받는다고 가정할 때, 내가 6만 원을 은퇴 적금으로 납입하면 은행은 3만 원을 추가해주기 때문에 내 은퇴 적금은 매달 9만 원이 되는 것이다. 우리 부부는 월급에서 매월 최대 액수가 은퇴 적금으로 자동 투자되도록 했다. 그 덕분에 퇴사 무렵에 이 은퇴 적금은 꽤 큰 자산으로 모여 있었다.

투자 상담가라는 직업을 통해 자산을 모으고 지키는 방법을 배웠다. 공부도 하고 충분히 고민한 후 과감한 투자 결정을 내려야 결실을 맺을 수 있다는 것, 또 오랜 시간 투자한 은퇴 자금을 보유하는 것의 유리함 등 다양한 교훈을 바탕으로 이제는 오직 투자자로 살고 있다. 회사를 다니면서 시작한 투자는 10년이 훨씬 지난 지금까지 보유중이다. 우리 부부의 투자 포트폴리오는 안전자산 즉 원금 보장형 투자가 거의 없다. 채권도 없다. 개별 주식, 미국 시장 지수 추종 ETF, 암호화폐와 월세 받는 부동산 등으로 이루어져 있다. 우리에게 맞는 투자 종류를 실험해본 후 찾아낸 결과이다. 시도해보지 않으면 나에게 어떤 투자가 어울리는지 알 수 없다. 회사 생활

하는 10년 동안 서서히 투자를 늘려 나갔고, 지금은 투자에서 발생하는 수익으로 생활한다. 투자 수익이 좋지 않을 때는 아르바이트를 하며 생활비를 번다. 그리고 여전히 퇴사 당시의 투자 액수를 유지하고 있다.

당신이 지금
투자를 시작해야 하는 이유

얼마 전 미국인들은 연금 자산의 86퍼센트를 주식시장에 투자하고, 한국인들은 연금 자산의 85퍼센트를 원금 보장형 안전자산에 투자하고 있다는 기사를 봤다. 그로 인해 앞으로 은퇴 시 미국인과 한국인의 은퇴 자금의 격차가 지금보다 더 벌어질 것이라고 예측하는 내용이었는데, 한국인의 평균 은퇴 자금 액수는 약 5,500만 원이고, 미국인의 평균 은퇴 자금 액수는 약 1억 4,000만 원이었다.

한국은 캐나다나 미국처럼 고용주가 주는 은퇴 적금 매칭 지원금이 보편화되지 않아 실제 투자 원금 자체에 차이가 있을 것이다. 그렇지만 주식시장에 장기 투자를 해왔는지 아닌지도 큰 영향을 미쳤을 것이라 생각한다. 25세에 일을 시작해서 65세에 은퇴할 때 40년 동안 주식시장에 장기 투자했는지 아니면 40년간 예금이나 적금만 들어왔는지에 따라 같은 시작점에서 출발했어도 도착지에서는 두 배 이상 차이날 수도 있다.

코로나 시기에 전 세계가 앞다투어 통화량을 늘렸을 때, 우리는 너무 짧은 시간에 급격한 물가 상승을 경험했다. 그와 동시에 투자 자산이 있는 사람과 현금만 가지고 있는 사람의 자산 가치 상승의 체감도 현저히 달랐다. 주식과 부동산 시장이 요동치며 놀이기구 맨 뒷자리에 앉아 있는 듯한 경험도 했지만, 결국 현금 자산과 투자 자산 가치는 비교할 수 없을 정도로 벌어졌다.

이미 100세 시대에 돌입했고 더 이상 평생 직장이란 존재하지 않는 세상에 살고 있다. 꾸준히 월급을 받든 자신이 직접 사업체를 꾸리든 두 가지 중 어떤 길을 택하더라도 월급 외에 투자를 병행하는 건 더 이상 선택이 아닌 필수가 되었다.

투자 상담가로 고객들에게 투자를 권유하고 함께 고민하던 나는 이제 전업 투자자로서 내 투자 포트폴리오를 스스로 관리하고 있다. 공격적인 투자를 시작할 때는 다니고 있던 회사가 든든한 버팀목이었고, 그런 회사를 퇴사할 때는 그동안 쌓아온 투자가 내가 비빌 언덕이 되어주었다. 더 이상 회사가 정답이 아니게 되었을 때, 새로운 도전을 해볼 수 있게 한 것이 투자였다. 단기간에 절대 이룰 수 없고, 하루아침에 변화무쌍한 시장에 무뎌지지도 않는다. 그렇기에 꾸준한 월급이 들어올 때 꼭 조금씩 투자해서 이보 전진 일보 후퇴, 삼보 전진 이보 후퇴를 경험해보면 좋겠다. 한 번씩 뒤로 가는 듯해도 시간이 지나면 결국 앞으로 나아가 있는 투자 잔고를 보게 될 것이다.

●

투자 상담가가 되기 위해서는
어떤 자격과 과정이 필요한가

캐나다 은행에서 투자 상담가로 일하는 데 전공은 제한이 없고 관련 자격증만 취득한다면 취업할 수 있다. 나 역시 금융과 전혀 상관없어 보이는 심리학, 인사관리 그리고 사회학을 전공했다. 지금 돌아보면 심리학과 사회학이 투자 상담에 도움이 되었던 것 같다. 코로나 초창기 시기, 처음 접해보는 바이러스가 몰고 올 미래에 대한 두려움이 많은 투자자들을 덮쳤다. 그들은 두려움 속에서 단 몇 시간 만에 엄청난 양의 주식을 팔았다. 결국 토론토 주식 거래소는 거래 중단을 여러 차례 발표하기도 했다. 한번 매도가 시작되자 너도나도 불안감에 주식을 던지는 군중심리가 발동한 것이었다.

　캐나다의 경우 투자 상담가로 일하기 위해서 보통 뮤추얼 펀드 판매 자격증(CIFC, Canadian Investment Funds Course or CSC, Canadian Securities Course)과 재무 설계 관련 자격증을 필요로 한다. 고액 자산 고객을 관리하는 직책일수록 고객과 일대일로 만나 은퇴 설계, 상속 설계, 세금 설계, 투자 설계, 부동산 설계, 위험 관리와 보험 설계 등을 관리해줄 수 있는 국제 공인

재무 설계사 자격증(CFP, Certified Financial Planner)이 있어야 한다.

한국의 대다수 은행과 보험회사들 역시 취업시 CFP 자격증을 우대하는데 CFP 시험을 보기 위해서 AFPK(Associate Financial Planner of Korea)라는 국내 재무 설계 자격증을 먼저 취득해야 한다. AFPK는 대학생들도 졸업 전에 취득할 수 있는 자격증이며 자세한 내용은 한국 FPSB 사이트(https://www.fpsbkorea.org/)에서 확인할 수 있다. CFP는 국제 자격증이기 때문에 캐나다 금융회사 포함 27개의 다른 나라에서도 인정받을 수 있다. 물론 그 나라의 사례를 바탕으로 한 시험을 한 번 더 치러야 한다.

CFP 자격증이 있다면 다양한 진로가 가능하다. 은행 외에도 보험회사나 증권사에 취업할 수 있다. 또 개인 사무실을 차려 고객을 대상으로 재정 전반에 대한 계획을 수립해주는 일을 하는 경우도 많은데, 시간당 수수료를 받거나 매월 정액을 납부하는 멤버십으로 운영하기도 한다.

은행에 투자 상담가로 일하기 위해서는 관련 경력이 매우 중요하다. 가장 중요한 경력은 금융 세일즈 경험이다. 보통 은행 또는 다른 투자기관에서 비슷한 일을 한 경력직을 뽑는 편이다. 나도 은행으로 이직하기 전 보험회사에서 했던 투자 세일즈 경험이 인터뷰 때 큰 장점으로 작용했다.

어떤 사람에게
이 직업을 권하는가

내가 일했던 은행처럼 소득이 커미션 100퍼센트로 이루어지는 시스템인 경우가 있다. 이때는 매달 고정 월급이 없다는 불안감을 감당할 수 있어야 할 것이다. 은행 인사과에서는 인터뷰 때 고정 월급이 없는 대신 자신의 역량에 따라 소득을 제한 없이 올릴 수 있다는 점을 혜택으로 내세웠다. 도전이나 모험을 좋아하는 성격이라면 이 일이 잘 어울릴 것이다.

모든 투자 상담가들이 이런 시스템으로 일하는 것은 아닌데, 실제로 내가 이직할 때 함께 고려했던 다른 은행은 고정 연봉에 보너스 개념의 변동 수입이 있었다. 나는 소득이 커미션만으로 이루어진 은행을 선택했고 결국 제시받았던 다른 은행 연봉의 두 배 이상을 커미션으로 받았다. 본인의 성향에 맞는 연봉 구조를 선택하는 것이 중요하다.

경험상 기본 소득이 적거나 없을수록 일하는 방식이 더 자유로웠던 것 같다. 오전 9시부터 오후 5시까지 책상 앞에 앉아 있지 않아도 되었다. 고객을 만나는 장소, 만나는 시간, 전화 또는 화상 미팅 등 만나는 방법을 자유롭게 결정할 수 있다. 또는 회사 밖에서 부동산 중개인 또는 변호사나 회계사 등 다른 전문가들과 협업으로 세미나를 열기도 한다. 이렇게 다양한 방식으로 일하는 걸 좋아하는 사람에게 어울리는 직업이라고 생각한다.

10년 후에도 이 일을 하고 있을까
앞으로 이 일에 어떤 변화가 있을까

요즘은 세계 거의 모든 금융회사에 '인공지능 투자 상담 프로그램(Robo-Advisor, 로보어드바이저)'이 있어 고객의 투자 성향을 바탕으로 펀드나 주식 리스트를 단 몇 분 만에 구성해준다. 인터넷상에서 인간이 아닌 컴퓨터 프로그램 서비스를 이용해 모든 것이 이루어지기 때문에 고객 입장에서 실제 상담사를 만날 일이 거의 없기도 하다. 인간이 가질 수 있는 선입견이나 실수를 줄일 수 있다는 장점이 있어 처음 나왔을 때 주목을 받기도 했다. 또한, 시간과 공간의 제약이 없다는 장점이 있으니 은행에 가기 힘들거나 대면 상담이 부담스러운 사람에게는 편한 방법이 될 수도 있다.

한편으로는 긴박한 상황에 유연하게 대처하는 능력이 인간보다 떨어진다는 단점이 있기도 하다. 간단한 투자 계획은 잘 짜지만, 아직까지는 좀 더 복잡한 계획이 필요한 경우에는 결국 로봇이 아닌 인간 투자 상담가가 필요한 상황이다. 투자는 심리적인 요인도 많이 작용한다. 나의 투자 계획을 지지해주고, 의지하고 상의할 수 있는 사람이 있다는 건 장기 투자에 큰 힘이 된다. 이런 의지와 지지가 주는 심리적인 영역은 디지털이 채워주기 힘든 것이 아닐까. 그래서 인간 투자 상담가는 앞으로도 직업 시장에 존재할 것이라 생각한다.

이 일을 잘하려면
어떤 능력과 노력이 필요한가

투자 상담가의 실적은 상담을 일주일에 몇 번 했느냐에 있지 않다. 물론 일주일에 고객을 최소 몇 명 이상 만났는지, 투자 계획서를 몇 개 이상 만들었는지도 중요하다. 하지만 그보다 더 중요한 건 상담 후 고객이 내가 다니는 은행을 통해 투자하기로 결정했느냐 하는 것이다. 투자 유치 마무리까지 확실히 하기 위해서는 미팅 후 적절한 후속 연락이 필요하다.

만약 거절을 받았더라도 상처받지 않고 몇 주 또는 몇 달 후 다시 연락해보는 용기가 필요하다. 새로운 고객을 찾아 나서는 과정은 매번 쉽지 않다. 전화도 많이 해야 하고 소개도 적극적으로 받아야 하고 세미나도 열어야 하고, 매번 이 과정을 반복해야 한다. 이런 도전을 긍정적으로 받아들일 수 있는 능력이 투자 상담가에게 필요하다.

이렇게 새로운 고객을 찾고 만나는 과정에서 가장 중요한 능력은 다른 사람들과 관계 맺는 능력이다. 상대방의 정신을 쏙 빼놓을 만한 화려한 언변이 아니라 상대방을 존중하는 마음가짐을 가지려는 노력이 더 필요하다. 그런 마음가짐으로 새로운 사람들을 만나면 좋은 관계를 맺을 확률이 높다.

갈등과 보완의 관계를

고민하고 돕는 일

인 사 담 당 자

정 연

인사 담당자의 낮

○

"사측의 개!"

신입 사원 시절, 다른 사업장에 근무 중인 입사 동기가 나를 보자마자 던진 말이었다. 부서 배치를 받고 나서 처음 입사 동기들이랑 모인 자리에서 있었던 일이었는데, 20년 가까이 지났는데 아직도 잊히지 않는 걸 보면 그 말을 들었을 때 꽤 충격을 받았던 것 같다. 당시 그 동기가 근무하고 있던 사업장이 내가 근무하고 있는 본사보다는 노사 갈등이 더 직접적으로 표출되는 상황이었고, 그러다 보니 그 동기는 자연스레 강경한 노동조합의 언어를 자주 접했을 것이다. 그런 중 오랜만에 만난 동기가 반가워서 농담으로 말한 것이려니 생각했지만 그 짧은 외침이 이렇게 오랫동안 각인될 줄은 몰랐다.

노동조합법 제2조에 '사용자라 함은 사업주, 사업의 경영 담당자 또는 그 사업의 근로자에 관한 사항에 대하여 사업주를 위하여 행동하는 자를 말한다'고 정의되어 있다. 여기서 '근로자에 관한 사항에 대하여 사업주를 위하여 행동하는 자'의 대표적인 직무가 '인사 담당자'이다. 경영자를 돕거나 대신하여 회사 조직, 구성원과 연관된 인사 관련 의사 결정을 하고 수행하는 사람이라고 설명할 수 있겠다. 그러다 보니 자연스럽게 인사 담당자는 회사의 인사 기준과 원칙을 기준으로 업무를 수행하는 공무원이 되기도 하고, 인사 규정을 지키는 경찰로 불리기도 하며, 규정 준수 여부를 판단하는 재판관이 되기도 한다. 그런 이유로 회사 내에서 인사 담당자는 가까이하지 말아야 할 '무서운 사람'이라는 굴레를 가지게 됐는지도 모르겠다.

나 역시 인사 평가, 징계와 포상과 같은 업무를 수행하면서 회사 조직 내 공무원과 경찰, 재판관의 역할을 수행했다. 당시 내게 걸려 온 전화기 속 목소리들이 꽤 떨렸던 걸 떠올려보면 무섭거나 최소한 대하기 어려운 사람 역할을 했던 건 맞는 것 같다.

"임금님 귀는
당나귀 귀!"

"어느 조직이 이번에 없어진대.", "그 팀, 이번에 팀장이 바뀐대.", "저 임원, 이번에 집에 간다는데?" 회사에서 동료들이랑 휴게실에서 커피 한잔 하며 흔하게 나눌 법한 이런 뒷담화에 정확한 사실을 알고 제대로 답할 수 있는 사람이 인사 담당자다. 나 역시 조직 개편 논의가 있거나 연말연초 인사 변동이 빈번해지는 '인사 시즌'이 되면 회사 메신저나 카카오톡, 전화로 '진실'이 무엇인지에 대한 질문을 참 많이 받았다. 그때마다 난 "임금님 귀는 당나귀 귀!"라고 외치고 싶었지만 참아야만 했던 동화 속 임금님 모자 만드는 장인이 된다.

신사업 부문 인사 담당을 하던 시절에는 하루가 멀다고 조직 개편, 임원 영입, 신규 입사자 전입 등 이벤트가 끊이지 않았다. 그러다 보니 자연스럽게 그 변화에 대해 궁금해 하는 조직 구성원들과 리더들의 질문 세례를 받기가 일쑤였다. 때로는 쓰나미처럼 밀려오는 질문의 파도에 휩쓸려가지 않기 위해 일부러 빈 회의실로 피해 업무를 보기도 했다. 연말에 자신이 승진할지 물어오는 임원에게 "사실 이번에 퇴임하게 되셨어요"라는 말을 하지 못하고 목구멍 너머로 꾹 삼켜야 할 때도 있었다. 사업 추진 전략이 바뀌어서 해당 팀을 폐지해야 할 때 인원 재배치 장표를 만들면서도 아무 일 없는 것처럼 시치미를 떼야 했다. 알아도 모르는 척해야 할 때, '귀머거리 삼 년, 벙어리 삼 년, 장님 삼 년'을 강요받았던 옛 시절 며느리가 된 것 같기도 했고, 무대 위에 올랐지만 말할 수 없는 비밀을 가득 품은 배우가 된 심정이기도 했다.

블라인드, 블라인드, 블라인드

"A팀 아무개 팀장의 만행을 고발합니다!", "회사 실적은 천장을 뚫고 올라가는데 왜 성과급 지급한다는 말이 없냐!", "흥님들(형님들), 이번에 B팀이랑 C팀이 합쳐진다는 말이 있던데, 이거 사실인가요?" 이런 외침과 질문이 가득한 블라인드

정연

(Blind)라는 앱 서비스를 모르는 인사 담당자는 없을 듯싶다. 구성원들에게는 대나무 숲이 되기도 하고 신문고가 되기도 하는 이 가상의 공간이 인사 담당자들에게는 눈엣가시다. 예전 같았으면 탕비실이나 흡연실 한구석에서나 수군수군할 법한 이야기들이 앱 게시판에 대문짝만하게 떠돈다. 때로는 사실도 있지만 대부분 추측과 의심, 나아가 억측과 허위 주장이 난무하는 전쟁터 같은 블라인드 게시물들을 보고 있자면 구성원들에 대한 정이 뚝 떨어질 것만 같다. 말 그대로 눈이 먼(blind) 사람들이 미워진다.

그도 그럴 것이 회사에 대한 불만이 표출되다 보면 경영자를 대리해서 조직 개편, 승진과 평가, 전환 배치, 채용과 같은 인사 사항들을 추진하는 인사팀이 '주적'이 되기 십상이다. 그러다 보니 요즘 어떻게 지내느냐는 질문에, "욕을 하도 먹어서 저 10년은 더 살 것 같아요"라는 말을 너털웃음과 함께 전하는 동료 인사 담당자를 만나는 건 그리 어려운 일이 아니다. 이렇듯 구성원들이 자신의 답답함과 괴로움, 리더와 회사에 대한 원망을 시원하게 잔뜩 쏟아놓는 욕받이나 해우소가 되기도 해서, 그런 이야기를 많이 들은 날에는 배설물의 바다를 헤엄치는 것만 같다. '나는 회사 구성원들에게 시원한 바람이 흐르는 대나무 숲이 될 거야. 직무 전문성을 지닌 카운슬러와 컨설턴트가 될 거야'라는 다짐이 무력해지는 그런 날이 찾아오기도 한다.

오늘도
사이를 서성이며

어릴 적 우리 할머니는 내게 문지방에 서 있지 말라고 하셨다. 큰사람이 못 된다는 이유였다. 식탁 모서리에 앉지 말라는 이야기와 같은 맥락이었다. 아마도 어떤 자리에 설지 입장을 명확하게 해야 대성할 수 있다는 믿음이 반영된 옛 어른들의 지혜가 담긴 말이 아닐까 싶다. 그런 할머니의 당부가 무색하게도 나는 오늘도 문지방 위를 서성이고 있다고 고백할 수밖에 없다.

인사 담당자로 일하다 보면 회사 조직과 구성원 간의 이해관계가 상충하는 장면을 자주 만나게 된다. 구성원들 입장에서는 올리고 싶은 임금이 회사 입장에서는 줄이고 싶은 인건비가 된다. 직원은 소속 조직이 안정적으로 유지되길 바라지만 회사는 혁신을 위해서 조직을 계속 변화시키고자 한다. 타협하기 어려워 보이는 커다란 두 주체의 본원적 욕망 사이에 서 있는 존재가 인사 담당자다. 비단 노동조합뿐만 아니라 구성원들의 목소리가 다양한 채널을 통해서 분출되는 상황에서, 회사와 경영층의 기대와 구성원들의 바람이 때로는 커다란 고래들처럼 느껴진다. 그 속에서 나의 노력은 작은 새우의 몸부림 같아 씁쓸하게 웃었던 적이 한두 번이 아니다.

리더와 구성원 사이에서 괴로울 때도 많다. 리더는 구성원들이 따라주지 않는다고, 열정을 보이지 않는다고 고민을 털어놓고, 구성원들은 리더가 별로라고, 리더십이 부족하다고 불만을 쏟아놓는다. 닭이 먼저인지 달걀이 먼저인지 구분하기 어려울 정도로 원인과 결과가 뒤섞여 보이는 상황에서, 리더와 구성원이 서로 네 탓을 하며 심판이 되어달라는 말에 이러지도 저러지도 못하기도 한다. 그렇게 속이 타들어갈 때 역시 말이 통하는 사람은 같은 처지에 있는 인사 담당자들이다. 이런 어려움을 서로 나눌 때 '동병상련'이란 사자성어가 온몸을 관통하는 것만 같은 기분이 든다.

조직과 구성원, 리더와 구성원, 제도와 현실, 말하지 못하는 시간과 말해야 하는 시간 사이에 서서 나는 오늘도 서성인다. '사측의 개'라는 모욕적인 말도 들으면서, 하고 싶은 말을 꾹 삼키기도 하면서, 상충하는 이해관계에서 서로 도움이 될 방법이 무엇일까 머리를 쥐어뜯으면서 이 시간도 견뎌낸다. '할머니 말씀이 맞았어. 문지방에 서 있는 게 아닌데.' 마음속에 맴도는 문장을 움켜잡고 한낮의 소란함 안에 서 있다. 인사 담당자라는 이름표의 무게를 한껏 느끼면서.

●

그의
이야기

그는 초등학교 6년, 중고등학교 6년, 대학교 4년, 거기에 취업 준비 1년까지, 모두 17년의 세월을 이 자리에 오기 위해 쏟아부었다. 물론 오직 이 회사, 이 팀의 인턴으로 오기 위해서 그긴 시간을 보냈다고 말한다면 뭔가 팍팍하고 씁쓸하게 들릴지도 모른다. 하지만 초중고등학교 시절은 대학 입시를 위해 준비하며 보내고 대학 시절은 취업 준비를 하며 보내는 게 일상화된 현실을 떠올려보면, 취업에 성공하기 위해 17년을 투자했다는 말이 그리 틀리지는 않아 보인다.

기업들의 상·하반기 정기적인 공개 채용이 자취를 감추고 상시 채용이 그 자리를 채우면서, 대학 졸업을 앞둔 그 역시 녹록하지 않은 취업 준비의 길을 걸어야만 했다. 예전 선배들은 4학년 졸업반이 되면 신입 공채를 대비하여 어학 성적과 인적성 검사, 자기소개서와 면접 준비를 하며 본격적인 취업 전선에 뛰어들기만 하면 되었다. 물론 이 역시도 쉽지 않은 여정이었지만, 그를 포함한 요즘 세대는 자신의 업무 역량을 입증해야 하는 부담까지 떠안게 되었다. '입증의 시간'

을 확보하기 위해, 졸업 학점을 모두 채웠지만 기졸업자가 되면 받을 수도 있을 불이익 때문에 '졸업 연기'를 신청한 친구들이 많았고, 그 역시 취업이 확정되기 전까지는 졸업을 유예해야겠다고 마음먹고 학사관리팀에 졸업 연기를 신청했다.

어문 계열 전공을 하고 금융 관련 직무를 하기 위해 그는 부단히도 노력했다. 학원에 다니며 금융 전문 자격증도 취득하고 경영대학 수업들도 수강하며 좋은 학점을 따기 위해 많은 밤을 지새웠다. 경력 사원을 선호하는 풍토 속에서 건실한 회사가 좋은 포지션에 신입 사원을 바로 뽑는 경우는 많지 않았다. 그가 원하는 자리 역시 '채용 전환형 인턴'으로 인원을 선발하고 2개월간 업무 역량을 확인하고 나서야 최종 채용이 확정되는 형태였다. 수십 대 일의 서류 전형과 면접 전형을 마치고 인턴 두 명이 선발되는 관문을 통과했을 때의 기쁨은 이루 말할 수 없었다. 게다가 인턴 기간을 보내고 나서 한 명만이 채용 확정되는 구조에서 '최후의 1인'으로 낙점을 받았을 때의 기분은 음악 오디션 프로그램에서 우승을 한 것과 크게 다르지 않았다. 그런데 행복도 잠시, 금세 깊은 고민이 그를 덮쳐왔다.

나의
이야기

15년 넘게 인사 담당자로 일해오면서 다양한 역할을 맡아왔다. 임직원 인사 평가, 포상과 징계, 핵심 인재 육성 프로그램 기획과 운영, 해외법인 인사관리와 주재원 선발 운영, 생산사업장 인사, 신사업 부문 인사까지, 인사 담당자로서 역할의 종류와 범위, 대상을 바꿔가며 다채로운 경험을 할 수 있었던 건 되돌아보면 축복처럼 느껴진다. 이 회사에 합격했을 때보다 인사 담당자로 부서 배치 받았을 때 백배 좋았다고 나는 늘 입버릇처럼 말해왔다. 이 일을 시작한 후 지금까지의 여정 모두가 '인사 담당자로서의 나'와 '한 사람으로서의 나'를 꾸준히 성장시켜왔다고 믿는다.

수많은 고민의 낮과 밤을 보내며 시쳇말로 산전수전 다 겪은 인사 담당자인 내게 웬만한 과업과 문제 상황은 그간 연마해온 기술과 무기로 그리 어렵지 않게 해치울 수 있는 대상이었다. 마치 15년간 강호 무림 세계에서 태극권, 소림권, 팔극권과 같은 다양한 권법을 섭렵하고 무대 위에 오른 무협소설 주인공과 같은 자신감을 품게 된 것이다. 그런 내게도 도전 상황은 찾아오는 법이다. 바로 그날이 그랬다.

새로운 직원을 채용할 때 채용전담팀과 긴밀하게 협력하면서 프로세스를 밟아나가는데 채용전담팀에서 문제 상황 알람이 왔다. 인턴에서 정규직 신입 사원으로 채용 전환 예정인 '그'가 학부 졸업 예정자가 아니라는 이야기였다. 졸업 예정자로서 채용 전환형 인턴을 2개월간 했고 우수한 성적으로 최종 선발된 그였는데 대학 졸업장을 못 받게 되었다니 처음에는 이게 무슨 말인가 싶었다. 자세히 듣고 보니 학부 졸업을 연기한 상태에서 졸업을 위해 일정 기한 내에 졸업 신청을 별도로 해야 하는데 그는 그 기한을 놓쳤다는 것이다. 졸업장이 나오지 않으면 취업 요건인 졸업 예정자가 아니게 되고 결국 채용 취소가 될 수밖에 없는 기막힌 상황이 되었다.

고민의
시간

이 상황을 전해 듣고 선배와 나는 다른 입장에 서게 됐다. 나와 5년 차이가 나는 선배는, 졸업 신청 기한을 놓친 건 분명 그의 잘못이고 회사는 기준에 따라 취업 요건을 갖추지 못한 그의 채용을 취소해야 한다는 의견이었다. 선배의 말은 논리적으로 맞았고, 정해진 인사 프로세스에 따라 처리해야 한다는 것도 타당했다. 나 역시 선배의 견해가 틀렸다고 생각하지는 않았다. 다만, 인사 담당자로서 그의 난처한 상황을 살펴보고 무언가 도와줄 방법이 있지 않을지 찾아보고 그런 방법이 있다면 돕고 싶다는 마음이 들었다.

17년의 세월을 알차게 빼곡히 채워가며 자신이 하고 싶은 일을 향해 달려온 그에게 지금의 상황은 매우 당혹스러울 것임이 틀림없었다. 행정 처리 기한을 놓친 실수로, 오랜 기간 노력해서 쟁취한 취업의 기회를 잃고 다시 최소 6개월 이상의 취업 준비 시간을 보내야 하는 것이었다. 그의 입장에 서서 그 상황을 머릿속에 그리는 것만으로도 가슴이 답답하고 아득해졌다. 그렇다면 내가 그를 도와줄 수 있는 일은 무엇일까?

먼저, 회사 규정을 꼼꼼히 살펴봤다. 채용 공고상 명기된 졸업 예정자 요건은 너무도 명확한 기준이어서 오는 8월 대학 졸업장을 받는 졸업 예정자가 아니면 채용 취소를 할 수밖에 없었다. 더욱이 졸업 예정자가 아닌 그를 채용 확정하면 공정성 측면에서도 문제가 될 수 있는 상황이었다. 여러 측면에서 이리저리 살펴봐도 회사에서 그를 구제할 방안은 없었다. 너무도 안타깝지만 여기서 멈춰야 하는 걸까? 여기까지가 끝인가? 이런 물음이 떠오르던 가운데 '아하!' 하고 무릎을 탁 쳤다.

'우리 쪽에서 어렵다면 혹시나 학교 쪽에서는 방법이 있지 않을까?' 섬광처럼 머릿속을 스친 생각을 부여잡고 그의 학교 학사관리팀으로 전화했다. 전화번호를 누르고 콩닥콩닥하는 가슴을 가라앉히며 상대의 목소리가 들려오길 기다렸다. "학사관리팀 김○○입니다."

나는 누구이고, 왜 전화를 했으며, 이런 상황에서 학교에서 학생을 위해서 해줄 방안이 있는지 물었다. 전화기 건너편 학사관리팀 담당자는 손사래를 치듯 답했다. "학교 규정상 졸업 신청 기한이 지난 학생에게 졸업장을 내줄 수는 없어요." 재차 상황을 설명하며 도움을 구했지만, 차가운 대리석 벽에 외친 메아리가 돌아오는 것만 같았다. 전화를 끊고 입장을 바꿔서 곰곰이 생각해봤다. 학교의 학사관리팀 담당자 역시 주어진 규정 아래에서 업무를 수행하고 있을 뿐 다른 나쁜 의도는 없었다. 다만, 이 문제를 해결할 의지와 동기는 크게 없어

보였다. 이성적 설명과 감성적 호소가 함께 필요했다.

　심호흡을 크게 한 번 하고 다시 학교에 전화를 걸었다. 회사에서는 대내외 채용 공정성 이슈로 예외를 두기 어렵다는 점을 설명하고, 해당 학교의 학생이 여기까지 오기 위해 얼마나 고생했을지 이야기를 전했다. 꿈쩍하지 않을 것만 같았던 학사관리팀 담당자의 마음이 움직이기 시작했다. 하지만 자신에게는 그런 의사 결정을 할 권한이 없다고 했다. 담당자의 마음의 짐을 덜어주며 기회를 보고자 했다. 담당자의 상사인 학사관리팀장님께 전화를 연결해달라고 공손히 부탁했다. 담당자는 잠시 고민했지만 이미 마음을 내게 많이 연 상태여서 자신의 팀장에게 전화를 돌려주었다. 학사관리팀장에게 다시 상황을 자세히 설명하고 감정적인 호소도 더했다. 학사관리팀장 역시 담당자와 같은 답을 했다. 그래도 거기서 멈출 수는 없었다. 그 이후로 두 차례 더 진심을 담은 전화 통화를 했고, 학사관리팀장님의 마음을 움직여서 학교 총장님께 예외 적용 가능 여부를 보고 드리겠다는 답을 들었다. "회사 인사 담당자께서 이렇게까지 진심으로 우리 학교 학생의 상황을 보살피고 학교의 도움을 요청하시는데 무시할 수가 없어서요. 부담스럽긴 하지만 총장님께 별도 보고를 드려보려고 해요."

우리의
이야기

흔히 인사 담당자라고 하면 피도 눈물도 없는 냉혈한, 회사의 규정을 칼같이 지켜내는 경찰, 사업주나 경영자의 의견을 앵무새처럼 대변하는 사람을 떠올린다. 거기서 파생되는 생각은 회사에서 힘 있는 조직에서 일하는 사람, 혹시나 필요할지 모르니 적당히 친하게 지내되 너무 가깝게 지내서는 안 되는 사람, 회사 입장에서 나를 평가하고 있을지 모르는 무서운 사람 같은 편견이다. 물론, 앞서 이야기한 부정적 이미지 그대로 살아가는 인사 담당자가 있을 수도 있다. 조직과 리더의 요구에 부합하고자, 주어진 규칙을 충실하게 지켜내고자 에너지를 쏟다 보니 조직과 구성원 사이에서 일하는 인사 담당자가 균형감을 잃고 한쪽으로 치우친 의사 결정을 하고 말하고 행동하기도 할 것이다.

인사조직 학계에서 유명한 데이비드 울리히(David Ulrich) 교수는 《HR Champion》이란 저서에서 인사 담당자의 역할을 네 가지로 구분해서 설명한 바 있다. 급여 및 노동법 준수를 위한 각종 행정 업무 관리 감독 및 처리하는 '행정 전문가', 구성원 요구에 맞게 복리후생 및 인사 제도를 지속해서 개편하는 '구성원 대변인', 사업 환경 변화에 맞게 조직의 문화 및 일하는 방식을 개선하는 '변화 주도자', 경영진과 함께 인사 전략을 수립하고 전략을 실행하고 조직을 관리하는 '전략적 사업 파트너'가 그것이다. 이 네 가지 역할 가운데 현재 나는

정연

어떤 역할을 중심으로 수행하고 있는지 성찰하듯 되돌아보고
는 한다. 시절에 따라 조금씩 생각이 바뀌긴 하지만, 규정만
을 준수하는 행정 전문가에 머물러서는 안 된다는 다짐은 늘
변함이 없다.

인사 담당자는 조직과 구성원, 리더와 구성원, 일과 사
람, 성장과 성과, 조직 문화와 일하는 방식과 같은 상충적이
고 상보적인 관계의 '사이'에서 늘 고민하는 사람이 아닌가
싶다. 조직이 처한 상황과 걸어온 역사, 현재의 맥락 안에서
'최적의 해(解)'가 달라지는 N차 함수를 풀어가는 역할을 하
는 이라고 생각한다. 딱 떨어지는 답이 있는 게 아니다 보니
자연스럽게 인사 담당자의 가치관, 삶에 대한 철학, 사람과
조직에 대한 인식이 다른 직무에 비해 더욱 중요해진다. 숙련
된 목수가 도끼의 날을 가는 것처럼, 인사 담당자 역시 자신
의 가치관과 철학을 매일 벼려야 한다고 믿는다.

●

인사 담당자가 되기 위해서는
어떤 자격과 과정이 필요한가

회사의 다양한 단위 조직들은 크게, 직접 비즈니스를 해나가는 사업 부문과 이를 지원하는 스태프 부문으로 나눠볼 수 있다. 스태프 부문 가운데 '사람'과 관련한 일을 수행하는 사람이 바로 인사 담당자이다. 이러한 인사 담당자로 성장하는 여정은 단순히 직업을 찾는 것을 넘어, 일터에서 구성원들이 자신의 가능성을 마음껏 펼칠 수 있게 도와주는 역할을 수행하기까지인데 여기에는 분명 준비와 인고의 시간이 필요하다.

　인사 담당자로 일하는 사람들 가운데 심리학, 경영학과 경제학, 법학을 전공한 사람들이 꽤 많다. 인적자원 관리(HRM), 조직행동, 조직심리, 노동법 등을 학습하면서 사람들이 어떻게 행동하고, 조직 내에서 어떻게 움직이는지, 그리고 이를 어떻게 잘 관리할 수 있는지, 법적으로는 어떤 이슈가 있을 수 있는지에 대한 이론과 사례를 배울 수 있다. 하지만 앞서 언급한 특정 전공을 해야만 인사 담당자로서 일할 수 있는 건 아니다. 공학이나 다른 인문사회 분야의 전공을 하고 인사 담당자로서 좋은 성과를 내는 사람들도 꽤 많다. 자신만의 고유한 성장 배경은 인사 분야에서 일하면서 새로운 시각과 관점을 제공할 수 있다고 믿는다.

학교에서 배운 지식을 바탕으로 다음 단계는 자격증을 취득하는 것이다. 공인노무사, 인사관리 전문가(PHR), 직업상담사, 경영지도사와 같은 자격증은 인사관리 분야에 필요한 지식과 기술을 갖추고 있음을 직간접적으로 보여준다. 다만, 이런 자격증을 취득했다고 해서 그것만으로 인사 담당자라는 직업을 갖게 되는 것은 아니다. 그럼에도 자격증은 이력서를 더 눈에 띄게 만들어준다. 채용 담당자나 면접관에게는 유관 자격증이 이 분야에 대한 관심의 표현으로 받아들여지기 때문이다.

하지만 진정한 전문가로 성장하기 위해서는 가장 중요한 건 실제 업무 경험이다. 인턴십 프로그램 참여를 통해 실제 업무 환경에서 필요한 기술과 지식, 태도를 배울 수 있다. 이런 경험을 통해 인사 담당자의 조직 내 역할을 이해하고, 인적자원 관리의 다양한 측면을 직접 경험할 수 있다.

어떤 사람에게
이 직업을 권하는가

간혹 인사 담당자로 성장하고 싶다고 말하는 지원자들 중 조직 내 권력을 획득하고 싶다는 욕망을 내비치는 경우도 있다. 혹시 이 글을 읽는 분들 가운데 비슷한 생각을 갖고 있다면 인사 담당자로 진로를 택하는 걸 만류하고 싶다. 회사 안에서 새로운 조직을 만들거나 필요 없는 조직을 없애고 리더와 구성원을 채용하고 배치하는 일을 하는 것은 분명 '힘 있는 자리'일 수 있다. 하지만 권력 획득과 이를 통한 영향력 행사를 원하는 분들에게는 적합한 자리가 아니다. 인사 담당자로서 권한의 한계가 명확히 있고, 모든 인사 관련 최종 의사 결정권자는 경영자이기 때문이다. 인사 담당자는 경영자의 권한을 위임받아 대리 수행하는 것이기에 어디까지나 '돕는 역할'을 하고 싶고 잘할 수 있는 분들에게 적합하다고 믿는다.

인사관리 전문가로 성공하기 위해서는 적극적으로 학습하고 사람들과 교유하려는 태도가 갖추고 있으면 좋다. 또 전략적인 사고와 소통 능력, 윤리적인 기준을 갖추고 있고 다양한 상황에 유연하게 대처할 수 있는 성격이라면 적합할 것이다.

인사 담당자로서의 성장 여정은 개인적인 커리어 개발뿐만 아니라 조직의 발전에도 기여할 수 있다. 자신만의 길을 찾아가며 계속 배우고 실제 경험을 쌓아가다 보면, 직업적으로 성공하는 것을 넘어서 조직과 구성원들과 함께 성장하고 발전하는 가치 있는 경험을 맛보게 될 것이므로 이에 관심 있는 사람들에게 권한다.

나의 경우, 인적자원(HR) 영역에서 인사, 인재 개발, 조직 개발 등으로 확장해가며 적극적으로 업무 전환(career pivoting)을 경험해왔다. 특히 인적자원 영역은 업무별로 상호연관성이 높기 때문에 그 효과와 효율성 모두 좋았다. 현재는 그 직무 경험들을 바탕으로 인사 조직 조사연구자(HR Researcher)로서 역할을 수행하고 있다.

10년 후에도 이 일을 하고 있을까
앞으로 이 일에 어떤 변화가 있을까

세상은 끊임없이 변화하고 있고, 이 변화는 인적자원 관리 분야에도 영향을 미친다. 앞으로 인사 담당자로서의 역할이 어떻게 변화할지 상상해보았다.

기술의 발전, 특히 인공지능과 머신러닝이 인적자원 관리 분야에 큰 영향을 줄 것이 분명하다. 채용부터 교육, 성과 평가에 이르기까지 모든 과정이 더 효율적이고 스마트해질 것이다. 하지만 이 모든 기술적 진보 속에서도 우리가 진정으로 중요시해야 할 것은 '사람'이다. 구성원들과의 따스한 관계, 일터에서 구성원의 행복은 어떤 기술로도 대체할 수 없는 영역이다.

또한 다양성과 포용성의 중요성은 앞으로 더욱 커질 것이다. 전 세계적으로 다양한 배경을 가진 사람들이 모여 함께 일하는 사례가 더욱 많아질 것으로 예상된다. 다양성이 조직에 가져다주는 가치를 이해하고 구성원들을 적극적으로 포용할 줄 알아야 한다. 이것이 바로 조직의 창의력과 혁신의 원천이기 때문이다.

지속 가능성과 직원들의 웰빙에 대한 관심도 점점 높아

지고 있다. 인사 담당자는 회사가 사회적, 환경적 책임을 다하는 동시에 구성원들이 건강하고 행복한 삶을 살 수 있도록 지원하는 데 앞장서야 한다. 이는 단순히 좋은 일터를 만드는 것을 넘어서 더 나은 세상을 만드는 일이기도 하다.

앞으로의 인적자원 관리 분야는 단순한 업무의 변화를 넘어 개인과 조직, 그리고 사회 전체에 긍정적인 영향을 미칠 무한한 가능성을 품고 있다. 이 변화하는 미래를 향한 여정은 이 길을 걷는 각자에게 도전일 수도 있지만, 동시에 더 큰 성장과 발전을 위한 기회이기도 하다.

10년 후의 인적자원 관리 분야는 분명 기술의 놀라운 발전과 인간의 따뜻함 사이에서 균형을 찾아야 하는 도전을 맞이할 것이다. 하지만 이 변화의 물결 속에서 인사 담당자로서의 직업적 전망은 적극적으로 변화를 받아들이고, 배우며, 함께 성장하려는 노력에 달려 있다고 믿는다.

이 일을 잘하려면
어떤 능력과 노력이 필요한가

첫째로 커뮤니케이션 역량이다. 조직 안팎의 사람들과 마음을 나누고 서로를 이해하는 것이 모든 인사관리 활동의 기반이 된다. 구성원들의 이야기에 귀 기울이고 회사의 정책과 절차를 명확히 전달하면서 신뢰 관계를 유지해야 한다.

감성지능 역시 중요하다. 구성원들의 감정과 동기를 이

해하고 그들의 감정과 필요에 공감하며 그들이 처한 상황에 적절하게 반응할 수 있는 능력은, 조직 내에서 긍정적인 분위기를 조성하고 유지하는 데 큰 도움이 된다.

하지만 인사팀 팀원으로 시작해서 중간관리자를 거쳐 현재까지 경험이 축적되면서, 가장 중요하게 떠오른 핵심 역량은 '학습 역량'이다. 급변하는 비즈니스 환경 속에서 회사 조직이 예상치 못한 문제에 직면할 때 두려워하지 않고 새로운 방안을 모색하려면, 인사 담당자는 평소 새로운 지식과 기술에 자신을 지속적으로 노출하며 생각과 관점을 예리하게 다듬어야 한다. 자율적이고 독자적인 학습에서 시작해서, 그룹을 이루어 질문과 토론을 통해 개념을 재정의하고 비판적 사유를 훈련해야 한다. 이를 기반으로 옳고 그름을 판단하고, 조직이 바람직한 방향으로 갈 수 있도록 지원해야 한다. 그 일련의 과정의 시작이 바로 학습이기에 학습 역량은 인사 담당자의 제일 덕목이 된다.

○

●

●

그 일을 하고 있습니다
평범하고도 특별한 세상의 어떤 직업들 그리고 일하는 마음들

초판 1쇄 발행 2024년 11월 30일

지은이. 정철 정지우 김재용 이명옥 강동훈 김아람 정희권 지민웅
　　　　김주화 선영 서산 구경희 김영란 안은경 정연
펴낸이. 김태연

펴낸곳. 멜라이트
출판등록. 제2022-000026호
이메일. *mellite.pub@gmail.com*
인스타그램. *@mellite_pub*
디자인. 강경신

ISBN 979-11-988338-2-2 (03810)